풀 뽑는 남자

차례

2장 여름

3장 가을

4장 겨울

프롤로그

시골살이 15년
순간순간 떠오르는 생각, 상념, 단상들을
잡기장에 긁적이고 버렸다.

펜션 살이 15년
떠나지 못하고
매 순간을 머무를 수밖에 없는
붙박이 여행을 하였다.

전원일기를 쓰듯
여행 후기를 남기듯
담담한 일상을 기록하였다.

몸속 깊이 갈무리 진
함부로 버리지 못하는 모진 습성이
다시 조각조각 주워 모았다.

글쟁이가 아니니
품격 가치 논할 필요 없고
모아서 엮었으니 책이 되었을 뿐
단지 그뿐…

1장

봄

천국 그리기

언제였는지 기억도 가물거리는 어느 나른한 봄날 그때도 늘 가난했던 나의 화실은 한 방문객을 맞는다. 깊게 팬 주름에 검게 그은 얼굴 농부처럼 보이는 80대 중반으로 바라보는 노인 양복을 입기는 하였으나 행색이 남루하여 양복을 입었는지 점퍼를 입었는지(?) 흐린 날에 안개비를 맞은 듯 아스라하다.

소개하기를 자신은 은퇴한 목사로 문경 어느 골짜기 개척교회에서 다시 목회활동을 시작하였다고 말씀하셨다. 당시 나의 시골집 울 밑에선 잡초와 원수라도 지신 양 비가 오나 바람이 부나 머리에 수건 한 장 질끈 동여매시고 평생을 잡초사냥에만 골몰하시던 구순(九旬)의 할아버지가 계셨다. 범접(犯接)이 옷깃을 여미게 하는 노인이시다.

어찌하여 한적한 시골구석 그림쟁이인 저를 찾으셨냐고 공손하게 여쭈었다. 사연인즉 여느 간판 집들을 전전하며 혹 이러저러한 그림을 그려 줄 수 있겠느냐고 물어봤는데, 간판 집 주인들은 그런 그림은 자신들이 도저히 그릴 수 없다며 고개를 흔들었다 하셨다. 그 중 어느 간판 집 사장님이 혹 이 사람을 찾아가면 가능할지도 모른다며 소개해준 곳이 바로 이곳이라 하셨다. 그분은 당시 이곳이 별 볼 일 없는 화가의 화실이라는 사실을 전혀 눈치채지 못하셨다. ("혹 아셨다면 분명 발길을 돌리셨을

겁니다." -.-)

갑자기 묘한 호기심에 궁금증이 생겼다. 도대체 어떤 그림이기에 이름도 모르는 간판 집 주인이 나를 추천하셨을까? "그래요? 저만이 그려 드릴 수 있는 그림이란 대체 어떤 것이지요?" 그분은 대뜸 공짜로 그려 달라는 것이 아니라 정당한 가격을 치를 것이라며 호기롭고 당당하게, 그러나 사뭇 그으한 애원 조의 눈빛을 보내셨다.

몇몇 간판 집을 전전하였으나 모두 다 고개를 절레절레 흔들었다는 것이다. 그렇게 애원 간절 그분이 그려달라는 그림의 실체는 유럽의 중세 성상화(聖像畵)와 궤(軌)를 같이하는데 그렇다고 중세나 르네상스 시대의 이콘(icon)형식의 그림은 아니었다. 이콘은 일정한 신앙과 종교적 양식에 의하여 그려졌다. 형식적 율법과 명분이 사람 목숨을 파리 목숨 여기듯 하던 서슬 퍼런 중세에는 하나님 아래 인간이 감히 예수를 십자가에 못 박은 원죄에 숨도 크게 쉬지 못했던, 무시무시했던 신권의 시대가 천 년을 이어갔다.

초기 그리스도교의 중세역사는 엄격했던 유대교의 율법조차도 조족지혈(鳥足之血)일 수밖에 없었던 그리스도 사후 교황의 신율법이 횡횡하던 시대로, 종교재판이나 마녀사냥이 사람 목숨을 파리 목숨처럼 여겨 마녀와 악마란 이름의 화형식이 신의 이름으로 벌어진 '촛불잔치'쯤 일어났었다. 이 모두 다 신앙의 이름으로 사람들이 저지른 죄악이지만 중세는 그런 무시무시한 공포와 암흑의 시대였다.

하나님의 비상계엄령 치하에서 우상을 섬기거나, 만들거나, 그리는 일은 긴급조치 제1호 위반으로 명줄이 두어 개쯤 되는 사람 아니고는 엄두를 낼 수 없는 일이었다. 당연히 하나님이나 예수상을 그리거나 만드는 것은 불가능 한 일이었다. 언감생심 신성모독은 목숨을 담보하여야 했었다.

훗날 무얼 만질 수 있던지 보아야 만 믿을 수밖에 없는 불쌍한 백성들 때문에 불문율처럼 금기시되던 족쇄도 풀리고 말았지만, 그 무렵은 대략 중세시대에서 르네상스 시대까지 이어져 내려왔다.

목사님은 현재 시골의 개척교회에서 목회활동을 하시면서 한 가지 벽에 부딪힌 문제가 생기셨단다. 목사직을 은퇴하시고 내려간 시골 개척교회에서 새로운 목회활동을 시작하셨는데, 성경과 설교를 통해 그들에게 지고무상하신 하나님 말씀과 신앙심을 심어주어 하나님의 나라로 인도 하셔야 하는 사명이셨다. 그래야만 주님이 이 땅에서 핍박받고 피 흘리신 온전한 뜻과 또한 그분의 제자로서 사명을 다 하실 수 있을 진데, 안타깝게도 평생 하늘 아래 근본인 농사일은 들어 봤어도(農者 天下之 大本) 사후(死後) 하늘 위의 가슴 설레는 천국 이야기를 들어봤을 리 만무했을 노인들만 사시는 동네에 터를 잡으셨다. (혹시 의도적이신가?)

그저 농사 짓는 일을 숙명으로 알고 죽도록 땅만 파며 살아온 시골 노인들만 사는 동네인지라, 사후 다가올 천국을 설명하고 이해시키기가 힘들다고 하셨다. 이러다가는 진정 천국의 길 인도는 시절이 하수상하다는 말씀이셨다.

오늘날 믿음이라고는 발가락 사이에 낀 때만큼도 없는 무지렁이 범부들이야, 무얼 봐야 믿든 말 듯 부뚜막 된장도 찍어 먹어봐야 한다는 사람들이다. 아니 땐 굴뚝에는 절대로 연기 나지 않는다는 사람들이다. 그러나 목사님께서는 '아니 땐 굴뚝에도 연기가 난다?'는 기적을 증거 하셔야 할 사명을 지셨던 것이다.

등잔 밑이 어두운 법, 하늘 아래 첫 동네에 사는 그래서 비교적 하늘 가까운 곳에 사는 백성들인데도 성경책만으로 고매(苦待)한 하나님의 나라를 전달하기가 쉽지가 않다고 고초를 말씀하셨다. ("당연하겠지요")

우이독경(牛耳讀經)에 마이동풍(馬耳東風)이라 뉘 집 개가 짖느냐는 식이셨다고 애 둘러 표현하셨다. 그리하여 부득불 어리석은 어린 양들을 위하여 뭔가를 보여주어야겠다고 작심하셨다는 것이다. 하여 그림을 잘 그리는 사람을 찾았고 수소문 끝 마지막으로 찾아온 사람이 하필이면 (?) 나였던 것이다. 목사님은 나에게 오매불망 제발 그럴듯한 천국의 환상을 그려달라는 것이다. 그러면 목사님께서 그 그림으로 어여쁜 백성들을 길라잡이 삼고, 최종 목적지인 천국까지 안전하고 편안하게 인도하고 싶다는 것이다.

그러면서 목사님은 당신의 30대쯤 젊은 날 모습이라시며 내게 엄지손톱만 한 크기의 흑백사진 한 장을 내미셨는데 자세히 살펴보니 그분의 조카 사진쯤 되어 보였다. 목사님은 내가 그려야 할 그림의 내용을 주문하셨다. ('드디어 나도 잘만 하면 교회 전속작가의 길이 열릴 수도 있겠다.' 생각했습니다. -.-)

약 60호 크기로 그려야 하는데 형식은 액자를 하지 않은 걸개그림 형식이어야 하고, 그림의 중앙에는 크기가 엄지손톱만 한 당신의 젊은 날 흑백사진을 확대 총천연색으로 배치한 뒤, 좌우로는 용암 불이 끓는 지옥과 타락한 인간들의 군상을 배치한 뒤, 위로는 천국의 이상향을 그려야 하는 것이 나의 임무였다. 대체로 목사인 나를 통하면 여러분들은 모두 다 하나님의 나라 천국을 갈 수가 있습니다는 내용이었다. 이런 종류의 종교적 상징화를 단 한 번도 그려본 적이 없는 터라 목사님의 기대에 부응할 수 있는 그림을 그릴 수 있을지 자신이 없다고 한 발 뺐다. ("하나님 회개합니다. 사실은 그림값을 올려 받기 위한 수작이었습니다. 아멘!")

목사님께서는 여기서마저 거절당하면 더는 부탁할 곳이 없다고 생각하셨던지 그림값은 제대로 지급할 터이니 꼭 부탁한다며 통사정을 하셨다. ("잘만하면 생애 최초로 그림값을 제대로 받아먹는 일이 생길 것 같았습니다.")

이미 이만한 전후 사정이야 척 보면 예측할 수 있다. 간교하고 가난한 화가인 나는 나름 몸값 올리기에 최선을 다한다.

가난이 온몸에 줄줄이 흐르시는 노 목사님과 세속의 젊은 가난뱅이 화가가 협상의 테이블에서 가난을 무기로 샅바를 유리하게 잡기 위하여 승강이 벌이는 것이다. 나는 이미 기선을 잡았다. 내가 불리할 일은 없었다. ("당시 절박하셨던 노 목사님은 더는 찾아갈 곳이 없다고 하였으니 나에게는 절호의 기회인 셈 이었습니다. 회개합니다!")

깎아 달라, 못 깎아 주겠다. 형편이 어렵다, 물감값도 안 나온다 등의 세속적인 흥정과 가격협상은 더는 표현하지 않겠다. 왜냐하면? 하나님이 위에서 내려다보고 계시기 때문이다. -.-

나야 교회를 잘 다니지 않지만, 울 마눌은 열렬한 지저스(jesus) 맨으로 평소에도 마음만 먹으면 늘 예수님과 소통하는 능력자이다. 하여 잘만하면 마눌 덕에 치마꼬리라도 잡고 천국을 갈 수 있지 않을까 호시탐탐 기회를 노리던 나다. ("물론 울 마눌은 그런 저를 길 잃은 한 마리 불쌍한 양으로 여기고 예수님 곁으로 돌아오기만을 오늘도 늘 성심으로 기도하지요." ㅠㅠ)

15

거래가 성사(?)된 후 나는 드디어 작업에 들어갔다. 작업에서 가장 힘든 부분은 두 가지였다. 손톱만 한 흑백사진 올컬러 실물 크기 확대와 천국을 그리는 일이었다. ("반드시 목사님의 젊은 날 모습이 나와야 한다는 것이 당시 계약조건이었습니다") 불행히도 나는 그 두 가지를 모두 실제로 본 적이 없다. 목사님의 젊은 날 모습은 당시 나는 태어나지도 않았으며 천국은 태초 이래 믿음이 없는 자가 본적이 없었을 것이다. ("믿음이 있는 사람이라도 휴거가 일어나지 않는 한 혹 사후에나 갈 수 있는 곳이 아닌지요?")

목사님의 피 끓는 젊은 날의 용안은 어찌어찌 수정을 거듭하여 목사님의 합격점을 받았으나, 문제는 천국이었다. 젠장! 언제 꿈이라도 한번 꾼 적이 있으면 어찌 기억이라도 더듬어 볼 텐데, 나 같은 속물에게 하나님께서는 꿈속에서 잠깐만이라도 천국을 허락하신 적이 없다.

고민이 죽 끓듯 하였다. 도연명의 무릉도원을 그려야 하는지 아니면 '안견의 몽유도원도'를 베껴야 하는지 그도 아니면 유토피아나 파라다이스에서 천국의 모델을 찾아야 하는 건지 도통 모를 일이었다. 자료를 찾고 또 찾아보았으나, 천국을 적나라하게 표현한 그림은 없었다. 역시 천국인 것이다. 아무나 그릴 수 있다면 천국도 아닐 것이다.

하나님은 오묘하고 전능하신 우주인 것이다. 원죄가 가득한 이 땅에 감히 천국의 흔적을 남기셨을 리 없다. 결국, 나는 유럽의 잘 먹고 잘사는 부자들이 모여 사는 가든 풍경과 교회를 그렸다. 그럴듯하게 그려졌다고 생각한 나는 목사님에게 중간평가를 받으러 갔다. ("하나님 또 회개합니다. 당신의 고결한 나라를 또 돈 많은 동네쯤으로 욕보이고 말았습니다. 아멘!")

대체로 흡족해하시며 그림을 찬찬히 살피시던 목사님은 갑자기 고개를 갸웃거리시며 나에게 이렇게 물었다.

"천국에도 교회가 있고 또 십자가가 있을까요?"
..............?????????.............. -.-
"그건 저도 잘 모르지만, 혹시 목사님은 알고 계십니까?"
..............??????????.............. -.-;;

나야 당연히 모르지만 그래도 목사님은 아시지 않을까? 여쭈어 봤는데 안타깝게도 목사님도 잘 모르고 계시는 것 같았다. 결국, 고민 끝에 목사님과 나는 교회는 그냥 두되 십자가는 지우는 쪽으로 합의를 보았다. 역시 천국이란 목회자이시자, 그리스도의 사도이신 목사님도 생전에는 볼 수 없는 저 높은 곳에 있는 하나님만의 나라였다. 이윽고 천신만고 끝에 난해한 목사님만의 성상화는 완성되었다. 완성된 그림을 가지고 발걸음도 가볍게 룰루랄라 콧노래를 부르며, 첩첩산중 목사님의 교회를 물어물어 찾아갔다. ("약정가격은 그림이 완성되면 납품과 동시에 일시불로 받기로 하였습지요^^")

복사 꽃과 능금 꽃이 만발한 맑은 계곡을 따라 민가가 듬성듬성 보이며, 들판에는 이름 모를 들꽃이 초록으로 멱을 감듯 일렁이는 평화로움이 잔잔한 동네! 바로 무릉도원이었다. ("제가 보기에는 목사님이 사시고 계시는 그곳이 바로 천국이었습니다") 계곡을 건너는 작은 다리 위로 교회의 뾰족 종탑과 십자가가 보이는 작고 소박한 겉모습의 가난을 면치 못해 보이는 소위 개척교회가 나타났다.

목사님께서 반갑게 맞아주시며 교회 안으로 나를 안내하셨다. 조금 큰 시골집 거실 크기만 한 예배실에는 가난하나마 정갈함과 엄숙함이 교차하고 방석에 앉아서 성경책을 펼쳐놓고 열심히 말씀 공부 중인 할머니 몇 분이 계셨다. 거의 목사님과 동년배쯤으로, 목사님과는 앞서거니 뒤서거니 하여 보였다. ("목사님께서 당시 그림을 그렇게 급히 서두시는 이유를 보는 듯하였습니다." -.-)

목사님께서는 아무도 그려주지 않았던 당신만의 성상화를 그려주어 감사하다며 낡은 편지 봉투 하나를 내미셨다. 보나 마나 약정한 금액이 들어 있을 것이다. 나는 거기에서 대충 절반을 떼어 다시 봉투에 넣어 목사님께 감사 헌금이라며 내밀었다. 목사님께서는 이러시면 안 된다며 헌금을 하더라도 본인이 다니는 교회에 하라시며 손사래 치셨다. ("목사님 당시도 제 마눌이 교회를 다닌다고는 하였지만 제가 교회를 다닌다고 하지는 않았습니다." ㅠㅠ)

기어이 받지 않으시겠다는 목사님께 반강제로 헌금 봉투를 쥐어 드린 후 후딱 자리를 털고 일어나 황급히 교회를 빠져나왔다. ("또 회개합니다. 하나님! 알량한 제 주머니는 또 물감값을 계산하고 있었습니다." ㅠㅠ)

그때 건너오던 작은 다리 아래에서 졸졸거리던 소리가 계곡 물소리였는지 교회에서 들려오는 찬송가 소리였는지 지금도 흐린 날 안개비 소리를 들은 듯 아득하기만 한다. 그 목사님은 지금쯤 천국에 계시겠지. 당시 목사님을 따르며 열심히 성경공부 중이시던 하나님의 착한 할머니들도 목사님과 더불어 앞서거니 뒤서거니 천국으로 동반 휴거승천(休居昇天) 하셨겠지. 내가 그린 사이비 천국 그림이 얼마나 그분들의 천국행에 도움을 주는 길라잡이를 하였는지는 몰라도 나머지 부족한 부분은 목사님께서 알아서 채워주셨을 것이다.

문득 창가가 따뜻한 봄날 오후 지난 상념이 시간을 거슬러 오른다. 다가오는 주일은 목사님이 계셨던 오두막 교회 앞 계곡 물소리를 들으러 가야겠다.

- 봄날 오수에 잠긴 달마 -

연속되는 증후군(설치) _혼합재료

그리움만 쌓이네

지나간 첫사랑 추억의 그리움이 쌓인다는 이야기가 아니고 노래제목입니다. '여진'이란 가수가 만들고 부른 노래를 '노영심'이 다시 리메이크해서 불렀지요.

시골살이를 결심하고 그 대안으로 펜션을 짓고 그동안 평생소원이었던 그림 원 없이 그리며, 게다가 민박집 운영으로 돈까지 수억 벌어 물감값에 보태 쓸 수 있다면 그야말로 '임도 보고 뽕도 따고, 도랑 치고 가재 잡는' 겁니다.

게다가 그토록 꿈에도 그리던 시골살이까지 할 수 있으니 이제는 공중부양하는 일만 남습니다. 울 마눌에게 감사패는 못 받아도 드디어 서방님의 재능이 펜션업계를 평정하고 능력 있는 사위로 자리매김해서 처가에 가서 장모께 닭 잡아달라! 큰소리쳐도 무리 없을 듯했습니다.

지금은 펜션운영 3개 월차 병아리 민박집 주인이지만 한 3년만 지나면 달마는 펜션업계의 떠오르는 기린아로 자리매김할 것입니다.

펜션 짓기를 마친 달마는 첫 방문객을 맞이할 고민에 쌓였습니다. 우리 펜션을 찾은 여행객에게 기억에 남는 멋진 추억의 이벤트가 무엇이 있을까? 하는 고민이었습니다. 뜻밖에 답은 간단하였습니다. '내가 잘할 수 있는 것을 보여주자'는 것이었습니다. 객실마다 전시한 내 그림은 당연히 보여줄 거리입니다.

현재까지 그림 제대로 팔아본 적 별로 없는 작가이나, 이제 원 없이 그리기로 작정하였으니 조만간 화랑가에서 나를 주목할 것이고, 이후 달마의 공중부양은 시간문제일 뿐입니다.

다음은 보여도 주고 들려도 주자는 것입니다. 공부하기보다 놀기 좋아하는 광대 기질이 선천적이었던 관계로 학창시절 기타 치며 놀기를 즐겼습니다. 기타 연주와 노래를 들려주어야겠다고 생각한 달마는 레퍼토리를 정한 후 맹연습에 들었습니다. 평소 프로 아티스트의 음악에 길든 불특정 청중을 감동을 줘야 할 일인데, 어설픈 연습으로는 어림없습니다. 탈 아마추어를 위해 손가락에 물집이 잡히도록 연습했지요.

드디어 펜션에 첫 손님이 오시는 날! 분위기는 무르익을 늦은 10시경 나는 은근히 분위기를 잡으며 우리 집에서 커피나 한잔 하자고 내가 사는 2층 거실로 유인했습니다. 일행은 세 커플! 원두를 우려낸 커피를 한 잔 돌리고 조명을 샹들리에로 바꾸었습니다. 바뀐 조명에서 빛을 발하는 건 단연 설치미술의 백미 '달마 표 벽난로'였습니다.

벽난로 앞에 기타를 들고 자리를 잡은 뒤, 여러분의 우리 펜션 첫 방문을 감사드립니다. 그런 여러분께 내가 드릴 수 있는 유일한 선물이라며 뻥 친 뒤 연주에 들어갔습니다. 고전음악을 잘 모르는 청중 기죽이는 데는 클래식이 좋습니다. 클래식 기타 명곡으로 유명한 '알함브라 궁전의 추억'을 연주합니다. 클래식을 잘 모르는 사람도 그 애잔하고 감미로운 선율과 연주법의 화려함에 그냥 속습니다. 내 실력은 당연, 그 뒤에 숨습니다. -.-;;

그런 다음 내가 노래를 조금 실수하여 잘하지 못하더라도 분위기상 묻어갑니다. 그렇지만 나는 문경 달마 즉 '못다 핀 꽃 한 송이'입니다. 그럴 리 없습니다. 거의 변비를 앓는 표정으로 감정을 이입하여 냅다 불러 젖혔습니다.

"그리움만 쌓이네~~~!"

아~??? 그렇게 열창을 했건만 청중의 표정은 무덤덤했습니다. 이럴 수가! 나의 예술이 통하지 않은 것입니다.

.... ⁻.⁻

청중의 음악적 수준을 의심해 보아야 한다고 우리 마눌에게 투덜거렸습니다. 그랬더니 우리 마눌 심각한 표정으로 이렇게 이야기하였습니다.

"당신 지금 제정신이에요? 아름다운 추억을 만들려 찾아온 커플들 앞에서 그리움만 쌓이다니? 그런 제목, 그런 노래가 지금 가당키나 해요? 더구나 그중 한 커플은 성악가이라던데…"

젠장~! 일마다 되는 일이 없다. 노래가 무슨 죄!

우포 나들이 _oil on canvas

4분의 4박자를 꿈꾸며

나는 4분의 4박자를 좋아합니다. 음악도 하드록이니, 힙합이니, 메탈이니 하면, 따라 부르기도 힘들고 도무지 그 빠르고 현란한 템포를 쫓아갈 엄두도 내지 못합니다.

조랑말을 몰고 나들이 나선 타박네처럼, 타박타박, 굽이굽이, 4분의 4박자 인생 바닷가 마을도 지나고 호수도 지나고 산모롱이 비탈언덕 넘었으면 좋겠습니다. 내 집에 여행객이 찾아옵니다. 서울이고 부산이고 먼 길을 마다치 않고 찾아옵니다. 젊은 친구가 하얀 스포츠카에 멋진 선글라스를 끼고 보무도 당당하게 도착합니다. 차 안에는 100m 결승점에 도착하기 전 숨 가쁜 음악이 우렁찹니다.

표현방식이 변하였을 뿐 나 또한 한때, 용솟음치는 젊음을 비켜간 적이 없었으니 광기를 발산하듯 한 그 젊음을 이해하고 또 사랑합니다. 그래서 빙그레 웃습니다.

또 다른 여행객에게서 전화가 옵니다. 시외버스 터미널에 도착하였다는군요.

픽업이라는 여행객 마중을 갑니다. 우리 펜션에 처음 온 여행객을 차 안에서 룸 밀러로 훔쳐봅니다. 여행 배낭을 멘 젊은 한 쌍인데 원앙처럼 예쁘군요.

뻔한 인사를 건넵니다. "왜 배낭여행을 하시나요?" 그들은 그냥 웃습니다. 나도 그냥 따라 웃습니다.

나도 예전에 달랑 배낭 하나 둘러메고 산으로 바다로 타박타박, 굽이굽이 4분의 4박자 흙먼지를 뒤집어쓰고 지금의 아내 된 여인과 손에 손잡고, 하염없이 걷고 또 걸었습니다. 세월이 지나고 자동차 대중화 시대가 도래하면서 마이카를 구매, 더 많은 곳, 더 먼 곳을 여행하였으나, 단 한 번의 여행도 제대로 기억하지 못합니다. 자동차는 달리기만 할 뿐 추억 사진 한 장 찍을 여유를 주지 않습니다.

달마는 떠나는 여행을 꿈꾸지 못합니다. 단지 내 집에 앉아서 떠나온 여행객을 맞을 뿐이지요. 그렇게 나의 여행 스타일은 붙박이형 되고 말았습니다. 기왕에 떠나지 못하는 붙박이 여행이니, 먼 길을 떠나온 처음 만나는 여행객에게 작은 여행 도우미 역할로 나만의 여행을 합니다. 그래서 4분의 4박자 발라드풍의 여행을 꿈꾸라며, 은근히 여행객을 부추깁니다.

커플에게는 뒷자리에 안장을 앉힌 자전거를 한 대만 내어 줍니다. 저의 음모를 대충 눈치챈 연인 중 남자친구가 슬며시 웃습니다.

그들이 그렇게 곡식이 자라고 따갑게 영글어갈 들판을 달려, 땀 흘려 들녘을 지키는 농부들을 만나고 참새도 못 쫓는 가여운 허수아비도 만나서 악수하고 소중한 사랑을 새록새록, 가을 동화처럼 엮어 갔으면 좋겠습니다.

인생을 소중하게 보듬고, 사람들을 사랑하며, 타인을 배려할 줄 아는 맑은 상식이 샘물처럼 흐르는 가슴 따뜻한 사람이었으면 참 좋겠습니다. 내 집에 잠시 머물다 떠나더라도, 도시에서 치열하게 바삐 살아온 삶에, 사색이 있는 휴식으로 쉼표를 찍었으면 좋겠습니다.

구슬땀 흘리는 농부가 어디 시골에만 있겠습니까? 도시에도 구슬땀을 흘리는 근로자, 노동자, 서민은 장소가 다를 뿐 다른 이름의 동의어이지요. 내 집에 언제나 편안하게 감상할 수 있는 작은 전시장을 만들고, 편안하게 즐길 수 있는 4/4박자 작은 무대를 만들고, 상식이 건강하여 타인을 배려할 줄 아는 자유인들이 머물며, 사색하는 쉼이 있는 펜션 달마네 집! 그 집에서 머물러 잠시 쉰 그대가 다시 활기차게 미래를 일굴 일터로 돌아갈 수 있다면, 내가 꿈꾸고자 꾸어온 4/4 박자 느리지도 빠르지도 않은 여행의 꿈은 시골 초보가 조금 넘어지고 깨어져 코피가 나더라도 계속 꿀 만한 가치 있는 꿈이겠지요.

이 작은 달마네 집이 자유와 사색으로 한 템포 늦춘 쉼이 있는 공간될 수 있다면 말입니다.

– 아름다운 여행, 꿈꾸는 달마 –

백색 신드롬 _혼합재료

4

춘삼월 백색공포

희뿌옇고 검흐른 회색빛 아침 창이 눈꺼풀을 밀어 올려 잠 깨웁니다. 어스름 창밖에는 서설(瑞雪) 같은 함박눈이 옵니다. 잠 깬 꿈결 자리에 함박눈이 살포시 내려앉습니다. 상서로운 서설은 그해 풍년을 기약해 준다지요. 겨울의 끝자락도 한참 지난 춘삼월 메마른 대지에 참으로 축복이라는 생각에 가슴은 촉촉한 습기를 머금습니다.

올해는 이 같은 하늘의 배려로 지난 풍수해(風水害)의 악몽을 떨치고 풍년을 기원합니다. 이른 아침, 때 이른 낭만, 상념, 서설의 꿈은 깨기도 전 갑자기 폭설로 변합니다. 한자 가량 쌓인 눈을 치우고 들어왔는데 금방 또 한자가 쌓였습니다. 합쳐서 두자 가량 퍼붓고 있으니 자그마치 60㎝가 넘습니다.

이렇게 많은 눈을 본 적이 있었는지? 기억으론 단연코 지금껏 한 번도 본 적이 없는 폭설입니다. 언제 그칠지도 모르는 눈은 인정사정이 없습니다.

갑자기 가슴 촉촉해지며 포근했던 서설이 공포로 바뀌어 버렸습니다. 지독하게 덧칠에 덧셈을 더 하는 이 눈은 아직도 비바람의 상흔이 가시지 않은 들판 지난여름 폭우의 생체기 위를 다시 융단폭격합니다.

그 긴 여름내 하늘을 원망하며 비와의 끝없는 전쟁을 하였지요. 사실 지금 쏟아지는 이 눈은 모양만 하얀 나비처럼 우아하게 변태를 한 것일 뿐 역시 빗물과 본질을 같이 합니다. 자연현상에서 지나침이나 모자람은 항상 인간을 두려움에 떨게 합니다. 그렇다고 신이 인간의 입맛에 맞추어서 적절한 기후를 제공해 주지는 않습니다.

창밖에서 눈의 무게를 이기지 못한 무엇인가가 와르르하고 쓰러지는 소리가 납니다. 지난여름 태풍 '매미' 때 뒤쪽 석축이 붕괴하는 소리처럼 가슴이 철렁합니다. 빨리 밖으로 나가 봐야겠습니다.

밖은 온통 백색 적막감에 쌓여 있습니다. 세상은 오로지 흰색밖에 보이지 않습니다. 정오를 넘긴 시각인데도 오가는 차량도 인적도 기척도 없습니다. 앉을 자리를 잃은 작은 새들만이 불안히 처마 밑을 날아듭니다. 세상을 삼킬 듯한, 백색공포가 하늘도 땅도 구분 없이 온 대지와 집과 산하를 위로만 솟구치게 하며 우주 속 유영을 하듯 미끄러져 하늘로 올라갑니다.

어디선가 무너지는 소리는 위치를 확인할 길이 없었습니다. 그런데도 부서지고 쓰러지는 소리는 계속 들려옵니다. 환청인지 실청 인지 확인할 길이 없습니다. 저 멀리 들판 한가운데서는 원인을 알 수 없는 굉음이 끝없이 들려옵니다. 눈은 이미 무릎을 넘어서 걷기도 힘드나 하늘은 변함없이 흰색 덧칠만 열중하고 있습니다.

비도 적당히 오면 가슴을 촉촉이 적시며, 눈도 적당히 오면 감성과 설렘으로 가슴이 뽀송해질 것입니다. 그런 느낌은 우리에게 감성과 풍요를 제공하며 그런 풍요는 예술로 승화되어 메마른 인간의 정서에 영양분을 공급해 줍니다.

이 풍진 세상, 삶의 고단한 삶의 무게에 겨워하다가도 세상은 참으로 아름답고 풍요롭고 따뜻한 곳, 그래서 참으로 살만한 곳이라 찬미하게 됩니다.

만년설에 쌓여있는 스위스 알프스의 그림 같은 풍광도 자연이 인간에게 주는 축복입니다. 열사(熱沙)의 나라 사람들에게는 이국적 환상적인 경치로 꿈속에서조차 동경하는 풍경일 것입니다. 그러나 시베리아 허허벌판의 외로운 고토(孤土) 황량한 동토의 주민들은 눈(雪)이야 삶의 투쟁 속 극복의 대상일 뿐이겠지요. 사철 싱그럽게 푸른 생명으로 넘쳐나는 따뜻한 남국의 경치야말로 이국적이며 평생 그리는 유토피아적 낙원으로 모두가 부러워할 것입니다.

이렇듯 인간들은 항상 삶의 본질보다는 피상적 타인의 삶에 자신의 현재를 투영시켜 비교된 삶을 그리워합니다.

시골 꿈을 지리 하게 꾸다가, 드디어 시골로 터전을 옮긴 달마입니다. 그런 내가 시골 한가운데서 변화무쌍한 자연의 작은 기침 소리에도 소스라치듯 놀라 몸을 움츠립니다.

비, 바람, 구름, 안개, 눈, 서리 어느 자연현상 하나에도 곤충의 더듬이를 내밀고 감지하려 애씁니다. 자연 속 삶을 선택한 나는 또한 자연 일부로 함몰합니다.

누가 시키지도 않아도 하늘을 바라보고 구름의 이동 모습을 관찰합니다. 바람의 강도를 온몸으로 느끼기 전에 한 발짝 먼저 마당 가운데 서서 묶고, 동여매고, 갈무리하고, 또 치웁니다. 장마가 오기 전 집주변 배수구를 파고 강풍을 동반한 혹한, 폭설이 오기 전 도시인들보다 훨씬 더 빨리, 바삐 더 많이 준비해 두어야 합니다.

도시 인공 미학의 결정체 거대한 바벨탑들은 작은 자연의 변화나 미세한 떨림쯤이야 회색빛 빌딩 숲 마천루가 병풍처럼 서로 어깨를 맞대고 기대며 인간을 자연재해로부터 막아줍니다. (가끔 그것이 인재(人災)가 될 때도 많습니다만) 그러고 보면 풍백, 우사, 운사를 거느리시고 신단수 밑으로 하강하신 환웅 님이야 괜한 일을 하신 듯 보입니다. 인간은 이미 바람신 구름신쯤이야 우습게 봅니다.

인간은 도시의 재난 방지시스템이나, 도시민의 편의와 안전 확보를 위하여 슈퍼컴퓨터로 네트워크화한 정교한 프로그램으로 경쟁적으로 살 만한 도시를 확대 재생산하고 있습니다. 그래서 사람들은 도시로 몰려가고, 도시인들은 불편(不便), 불리(不利), 불만(不滿)으로 3불(不)스러운 시골살이를 부담스러워하고 싫어하는지도 모르겠습니다.

'시골을 꿈꾸는 사람들'은 사춘기 때의 소녀적 감성으로 시골 꿈을 꾸어서는 안 됩니다. 불편부당한 시골살이는 낭만보다는 난관이 많으며, 또 때로는 반항보다는 순응을 천리(天理)로 알고 복종하며 살아야 할 때가 많습니다. 도시적 편리에 길든 삶으로 꾸는 시골 꿈은 이내 도시로 유턴하는 현실로 바뀌게 됩니다. 일주일도 못 가서 다시 도시가 그리워지게 됩니다. 그래서 시골을 꿈꾸는 사람들은 때로 자연의 질서에 소처럼 양처럼 순응할 줄 아는 사람이어야 합니다. 그럴 수 있을 때 그 꿈에 가치가 싹을 틔웁니다. 그럼에도 용감하게 시골 꿈을 꾸는 사람들을 나는 참 좋아합니다. 내 삶이 소중하듯 그들의 삶도 내 삶처럼 소중하게 보입니다. 아마도 초록이 동색이겠지요.

창밖에서는 나뭇가지 부러지는 소리가 아련히 들려옵니다. 지은 지 일 년여 밖에 지나지 않은 우리 집은 목조주택입니다. 건축적 하자가 발생해도 달리 책임질 시공사가 없습니다. 눈의 무게로 집이 주저앉는다면 책임자는 바로 달마입니다. 혼자 '북 치고 장구 쳐서' 지은 집입니다. 계획, 설계, 시공, 감리자가 따로 없지요.

지붕 위에는 약 60cm의 눈 이불이 덮여 있습니다. 아랫집 슬레이트 지붕은 이미 주저앉았고 멀리서 채소를 심은 하우스가 무너지는 소리는 계속 들려옵니다. 주름진 농심 억장 무너지는 소리일 것입니다.

재해는 시기와 계절과 장소가 따로 없습니다. 전 방위적 무차별적 시도 때도 없이 찾아옵니다. 마치 신기한 발명품이나 신약, 신제품 쏟아지듯 찾아옵니다. 장마철이라는 계절적 사이클링은 사라진 지 오래고, 예상 밖 혹한과 폭설은 계절을 잊은 지 오래이며, 흑사병과 콜레라, 장티푸스 이질 등은 중세시대 유행했던 흑사병쯤의 C급 전염병이 되었습니다.

암, 에이즈, 광우병, 조류독감, SASS 등도 끊임없이 새로이 도전해오는 새로운 질병들에게 이내 자리를 내주며 인류의 삶을 혼돈의 카오스적 질서로 내몹니다.

자연적 재해와 환란을 최일선에서 맞는 사람들이 있습니다. 농부들이지요. 가릴 것도 보호막도 변변치 않은 농부들입니다. 재난 방재관 들보다 항상 먼저 맨몸으로 눈비 바람을 들판에서 맞지요.

들판에서는 가여운 허수아비들이 농부들을 벗해줍니다. 이 눈은 또다시 수많은 시골의 삶을 주름지게 할 것입니다. 묵묵히 지난여름 쓰러진 벼를 일으켜 세우듯 노쇠한 노동력은 다시금 쓰러진 하우스 파이프를 움켜잡을 것이고요.

삶의 중심을 시골들판 한가운데로 옮긴 달마.

그러나 그들 삶의 중심에 가까이 기지 못하고 언저리를 기웃거립니다.

시골 곁방살이하는 달마는 사치한 꿈을 꾸듯 눈의 무게만큼 두꺼운 겨울 코트를 입은 음울하고 우울한 경칩일 입니다.

오늘의 백색공포는 비, 구름, 달, 안개, 눈, 바람을 미치도록 좋아했던, 달마의 허상일 뿐이었습니다.

5

춘래 불사 춘(春來 不似 春)

대지는 하루가 다르게 푸르름을 더해 갑니다. 봄은 오는 듯 실종되었고 여름은 어제가 봄이었느냐 듯 가는 봄을 이랴~ 이랴~ 재촉합니다. 산불 감시요원이 부산히 오가며 불조심 계몽 송을 골골이 틀어주며 가는 봄 끝자락 아직은 불조심할 때 그러니 아직은 봄이라며 우기고 있습니다. 이렇게 짙은 녹음 속에서도 산불이 날까 봐 의심스럽습니다.

들녘도 부산해지기 시작합니다. 파종을 준비하는 트랙터가 쉼 없이 논밭을 누빕니다. 논에는 못자리를 설치하고 비닐을 피복 합니다. 농자재를 실은 경운기도 바삐 들녘을 가릅니다.

농부들의 일상이 힘차게 시작된 것이지요. 주변은 온통 사과과수원 천지입니다. 하얗게 핀 사과꽃 사이를 SS기라 불리는 약재 살포기가 앵앵거리며 누비기 시작합니다.

중참을 나르는 읍내 중국집 오토바이도 논밭을 가릅니다. 조금 있으면 입가심으로 다방 커피도 배달될 것입니다.

"동민 여러분 안녕하십니까? 비료가 도착하였으니 호명하시는 분은……!"

이장님 영농 자재 안내방송이 울립니다.

오월 전원 _oil on canvas

"자~! 계란이 왔습니다. 계란, 두부, 멸치, 고등어, 콩나물……!"

뒤질세라 부식차가 스피커 볼륨을 높입니다. 적막강산 같은 시골이 아닙니다. 차창을 스쳐 지나가는 시골풍경은 평화롭고 고요해 보입니다. 이 고요 속에는 또 다른 치열함이 숨어 있습니다. 도시적 치열한 삶과는 다른 얼굴의 치열함이지요.

서울에서 출퇴근길 한두 시간 소요는 기본입니다. 시골에서 한두 시간 걸리는 논밭은 없습니다. 재 너머 사래긴 비알 밭도 5분, 10분 거리입니다.

도시와 시골이 서로 삶의 형태를 달리하고 출퇴근 복장과 교통수단이 다릅니다. 그렇다고 삶의 일상이 다른 것은 아닙니다. 누구나 생계를 위한 근무를 하고 노동을 하며 삶을 영위하지요.

에덴동산에서 쫓겨난 인간은 원죄에 따라 노동하여 일한 뒤 먹고 살라는 것이 하나님의 뜻이지요. 그러고 보면 하는 일 없이 빈둥빈둥 놀고 먹은 아담과 하와는 에덴동산에서 불문곡직(不問曲直) 쫓겨나는 것은 당연합니다. 하나님이 아니라 저라도 당장 내쫓았을 겁니다. 태초 적 삶의 가치나 오늘의 삶의 가치가, 큰 차이가 없습니다. 이 또한 하나님의 뜻이라 믿습니다. (하나님의 뜻? 음~ 너무 많이 알려고 하면 다치게 됩니다.-.-)

누구에게나 하루는 24시간이란 기록으로 남습니다. 이상의 시간은 필요도 용납도 되지 않습니다. 도시생활자가 두어 시간의 지루한 출근 시간 때문에 교통비가 많이 드는 도시가 길거리에 시간과 돈을 깔고 다녀 농촌보다 고비용 구조라며 투덜거리지 않습니다. 그런 걱정 하지 않는 자라야 도시인이 될 자격이 있습니다.

상대적으로 더욱 많은 시간을 가진듯한 농촌 들녘이 시골만이 낼 수 있는 소음으로 바삐 움직입니다. 아직은 시골 나들이 나선 도시인 마냥 방관 중일 수밖에 없는 달마입니다. 그들의 삶 속 깊이 동화되어 같이 살 수는 없어도 더불어 살 방법을 모색해야 합니다.

온 봄내 들녘엔 개미처럼 바쁜 농부의 일상들이 펼쳐집니다. 다시금 봄이 돌아왔건만 달마는 이방인처럼 엉거주춤합니다.

머리를 가로 흔들며 집 안팎 구석구석 봄맞이 청소를 합니다. 벗겨진 페인트를 칠하고 정원의 잔디밭과 화목들을 손질합니다. 잔디보다 일찍 올라오는 잡풀을 뽑고 나무 데크는 원목보존을 위해 오일스텐을 발라 줍니다.

겨우내 조용했던 펜션에도 손님 맞을 준비를 해야 합니다.

농부는 들녘에서 노동으로 새봄을 맞이하나 달마의 봄맞이는 펜션 마당에서 시작됩니다. 장소를 달리한 노동일뿐 삶을 위한 노동이니 농부나 나나 진배없습니다. 그렇게 농부와 달마는 전원의 심포니를 연주하는 각자의 포지션에서 함께합니다.

춘래 불사 춘(春來 不似 春) 봄이 왔으나, 봄을 느낄 겨를이 없습니다.

− 늦봄을 맞는 달마 −

6

전원생활자

우리 집 앞 하늘색 함석지붕 집은 몇 년 전부터 쭉 비어있습니다. 지붕만 함석으로 개량한 허름한 시골집이지요. 그러던 중 지난겨울 세입자가 들어왔습니다. 이런 시골 빈집에 세입자가 든다는 것은 흔한 일이 아니지요. 빈집이 늘어나 적막함을 더해가는 시골에서는 토픽감입니다. 더군다나 예쁜 전원주택도 아닌 허름한 농가에 도시 세입자가 드는 것은 드문 경우입니다. 이는 곧 세입자와 세입 온 사연이 뭘까? 하는 궁금증을 유발하게 합니다. 간간이 사람의 인기척을 느낄 수는 있었으나, 달마 또한 쉽게 사람을 사귀는 체질이 아닌지라, 한동안 서로 무신경하게 지냈습니다.

동네 반장님께 들어보니 세입자는 자녀가 모두 분가한 중년 부부로서, 바깥양반 직업은 인근 골프장 건설현장 감리단장으로, 공사가 끝날 때까지 거처할 수 있는 한시적 임시숙소를 구한다기에 마침 비어있던 옆집을 추천해 주었다는군요.

그분들이 우리 동네 세 들어오면서 변한 풍경이 하나 있는데 넓은 마당 한가운데 간이 골프 퍼팅 연습장을 설치해 놓은 것입니다. 도시인들은 역시 어딜 가나 항상 골프가방을 싸들고 다니는구나 하였습니다.

나야 뭐 앞으로도 쭉 골프하고는 거리가 멀 작자이니 아무래도 관심이 덜했던 모양입니다. 골프니 승마니 하는 귀족 레포츠는 마당쇠 달마

의 빨래, 설거지, 호미질, 삽질 뭐 이런 레포츠와는 분명 격을 달리할 것입니다.

어쨌거나 잠시 머물다가 떠날 '한시 형 전원 생활자'를 이웃에 두게 되었습니다.

그러던 어느 날, 서로 안면을 트고 대화를 나눌 기회가 왔습니다. 비교적 먼저 굴러와 박힌 돌에 속하는 내가 초대를 해야 하는 것이 순서임에도 게으른 나는 기어이 초대 순서마저도 빼앗기고 말았습니다.

사람 좋고 인심 좋게 생기신 아주머님과 골프하고는 전혀 거리가 멀어 보이시는 단장님 부부의 간이보금자리인 웰빙 주택에서 맥주를 대접받았습니다.

전형적인 도시생활자로 보이는 그분들은 시골의 모든 것이 낯설고 또 신기하였나 봅니다. 푸세식(재래식) 화장실에 적응하는 과정도 엄청난 사

건에 속하며,

들판에 지천으로 나 있는 토끼풀(네잎클로버)이 너무 신기하다며 캐다가 온 마당에 심어놓고, (그냥 두어도 봄이 오면 마당에는 토끼풀이 지천으로 올라옵니다.)

쉼 없이 올라오는 잡초는 이분들의 눈에 모두 야생화에 속하며 냇가에 지천으로 널브러진 자갈돌은 모두 훌륭하고 진귀한 수석(壽石)들 입니다.

강에서 주워온 막돌들을 마당 한쪽에, 촘촘히 박아 화단을 만들고, 비교적 잡풀 들을 모아 경계 안쪽에 심어놓고 수석과 야생화의 오묘한 조화라시며 감탄해 하는군요. (누가 이름을 불러주기 전에는 모두가 야생화라 음~ 잡초로 부르기보다 훨씬 부드럽습니다.)

달마가 사막에서 녹색 풀 한 포기 발견하고 "심 봤다~!" 하시는 분들을 만난 것이지요. 임자 제대로 만났습니다. -.-;;

내가 돌 틈 사이에 지천으로 올라오는 씀바귀를 뽑고 있으면 그렇게 아름다운 야생화를 왜 뽑느냐며, 도저히 이해할 수 없는 사람이라는 표정을 짓습니다. 수시로 찾아오는 들고양이들에게 친구 하자고 먹이를 나누어 주기도 하며, 오늘 찾아온 들고양이가 어디에 보금자리를 틀고 있는지, 새끼가 몇 마린지 그동안의 관찰내용을 연구논문처럼 좔좔 꿰고 계셨습니다.

마당에는 작은 웅덩이를 파고 물고기를 기르고 온 마당에는 고추며 토마토며 열무, 쑥갓, 땅콩 등을 심으셨습니다. 그리고 가을에 수확한 농산물은 같이 나누어 먹자며, 기염을 토하십니다. 씀바귀를 뽑아낸 자리에 해바라기를 모종하였더니 왠지 키 큰 해바라기를 심는 것은 이웃 간에 단절을 상징하는 것 같다시며 서운해하셨지요. 천하의 달마를 맨 해튼 한량 취급 하였습니다.

그분들을 한시형 전원생활자로 규정지었으나, 준비된 예비 전원생활자로도 전혀 손색이 없어 보였습니다. 한마디로 천방지축 견습 시골살이하는 것이지요. 오히려 그분들을 통해 저의 전원생활을 뒤돌아봅니다.

달마는 과연 온전한 전원생활자인가. 도시적 생식 습관과 사고를 가진 무늬만 전원생활자로 어쭙잖게 시골살이를 흉내만 내고 있는 것은 아닌가. 이분들이야말로 앞으로 전원생활을 할 수 있는 진정한 자격이 있는 사람들이겠구나 라는 생각이 들었지요.

도시생활자가 어느 날 갑자기 단봇짐을 싸듯이 시골로 내려오는 일은, 그것이 귀농이든 낙향이든 전원생활이든 성공하기 쉽지 않습니다.

갑자기 변화된 환경은 적응하기도 힘들거니와, 시골 향수가 아니라 이내 도시 향수에 빠져버리게 되지요. 그만큼 도시가 주는 간편함과 편리함, 안락함과 쾌적함은 중독성이 강합니다.

도시란 다중의 편의를 행복의 가치로 발전해가는 정교한 시스템입니다. 그 시스템 속에서 도시인들은 거대한 기계가 움직이기 위해 하나의 작은 톱니바퀴나 작은 부품의 역할도 반드시 필요하듯, 자신의 역할과 조직 구성원으로 해야 할 역할에 충실하며 도시적 안락함=행복감 등식에 중독되어갑니다.

그렇게 중독된 삶을 살다가 드디어는 일탈을 꿈꾸게 되고 때로 그런 시스템에 환멸을 느껴 벗어나고 싶어 합니다.

도시적 시각으로 시골을 바라보면 시골이란 비교적 정교한 시스템도 아니며 고도의 유기적 조직을 필요로 하는 사회 또한 아닙니다. 그저 어머니 품처럼 고요한 편안함과 넉넉함이 있고 낭만이 있으며, 황토 구리 빛바랜 멋과 자연의 풍성한 정서가 있습니다. 싱싱히 살아 숨 쉬는 대지에 맑은 생명수는 계곡과 하천을 적시며 넓은 벌 동쪽 끝으로 고즈넉이 흘러갑니다.

그러나 그런 시골일지언정 그 속에는 도시 못지않은 고요 속 소란스러움이 있고 그림 같은 들녘은 노동을 삶으로 하는 치열한 현장입니다.

고달프고 힘겨운 일상들이 시시포스의 신화처럼 끝없이 반복되는 곳, 우리 선배세대 농부들에게는 벗어나고 싶어도 도저히 벗어날 수 없는 운명의 사슬이 끝없이 옭아매는 곳이기도 하였고요. 경이로운 자연의 풍요로운 얼굴에는 항상 야누스와 같은 두 가지 모습이 있습니다.

우리가 이 두 가지 형상의 얼굴을 모두 다 사랑할 수 있는 준비가 되어 있을 때 그때부터 전원생활은 시작됩니다.

어느 날 갑자기 시골살이를 시작한다고 모두 전원생활자가 될 수 있는 것은 아닙니다. 철저한 계획과 준비기간도 필요하겠지만, 그보다 더욱 중요한 것은 포용하는 여유와 넉넉한 마음이 아닐까요. 넉넉한 시골 인심에 기대는 마음 말고, 자신부터가 먼저 넉넉해지는 마음 말입니다.

어느 날 넉넉하고 풍요한 마음은 머나먼 전설의 도시에 두고, 오늘날 박 터지게 살벌하고 핏발선 눈으로 시골살이 용맹정진하는 한심한 달마 모습이 보이는 것 같기 말입니다.

7

예술(藝術)에 대하여

'인생은 짧고 예술은 길다.'

인생이 짧은 것은 누구나 압니다. 그런데 예술이 긴 건 여태 깨닫지 못하며 살고 있습니다. 그림 그리는 행위와 흔적들을 예술이라고 부르는데, 정작 그림을 그리는 당사자인 달마가 무지(無知)한 관계로 예술인지 기술인지 직업인지 잘 모릅니다.

어릴 적부터 그림 그리는 소질이 있었나 봅니다. 별로 배운 적도 없는데 남보다 잘 그린다고 하니 우쭐해서 그리기를 좋아했고, 그런 재능을 물려주신 조상님께 감사했습니다. 조상님 중에 미술의 대가 한 분이 계십니다. 오만 원권 지폐 전속 모델이시지요. 신사임당이라고… -.-;;

그림 그릴 때만큼은 아무 생각도 나지 않고 곧장 깊이 빠져들곤 하였습니다.

그러나 그 재주로는 아쉬워 조금 더 깊이 있게 공부하고자 하였을 때부터 그림이 점차 어려워지기 시작했습니다. 너무 어렵고 난해하여 붓을 던져 버리고 싶은 적이 한두 번이 아니었습니다. 이것이 나의 한계상황인듯하여 절망하기가 수도 없었고 그러면 그럴수록 그림은 어려워지고 나에게서 멀어져만 갔습니다.

결국, 이 알량한 재주로는 평범한 그림이나 그리다가 그저 평범한 삶으로 마감해야 하나보다 자학(自虐)하였습니다. 도무지 내 그림에 비범함이라곤 눈 씻고 찾아봐도 없었습니다. 그런 나에게 그림이란 영원히 정복이 요원하고 그 끝을 다다를 수 없는 구원을 바라는 신앙이 되었습니다. 언제나 상위개념이 되었습니다. 이렇게 근접이 요원한 이상(理想)이다 보니 그림 그리기가 두려워졌습니다. 아무렇게나 되는대로 그림 그린다는 것은 신성모독이었습니다.

무엇을 그려야 할지, 어떻게 그려야 할지, 왜 그리는지 더 나아가 도대체 왜 사는지로 이어지는 존재와 철학 부재의 혼미한 시간의 연속이었습니다.

도무지 예술세계는 오리무중이었습니다. 이렇게 내 삶에 절대 가치요, 신성 불가침적 상위개념인 그리는 행위와 그려진 흔적들은 최소한 나의 분신처럼 여겨져 집착하는 버릇이 생겼습니다.

낙서 같은 스케치 종잇조각, 하나도 함부로 버리질 못했습니다. 모아서 후대에 가보로 남겨줄 가치조차 없음에도 버리기를 늘 주저하였습니다. 그림을 함부로 그리고, 또 함부로 버리는 친구들이나 제자들을 보면 호되게 나무랐습니다. '못된 송아지 엉덩이에 뿔 났다'며 눈에 쌍심지를 켰습니다. 나에게 그런 미술이다 보니, 내 눈에 대충 그려진 작품이나, 그런 그림 그린 작자는 작가(作家)라 부르지 않고 작자라 깎아내렸습니다. 제 눈에는 세상이 온통 그렇고 그런 작자들만 우글거려 보였습니다.

자기가 그린 그림조차도 동기와 논리와 제작의도를 전달치 못해 돈 주고 평론가의 필봉을 빌려야 하는 한심하고 무식으로 중무장한 작자!

그런 그림에 현란한 수사를 동원하여 F인 그림을 졸지에 A+로 둔갑

시키는 악어새 다름 아닌 평론작자, 그 이해하지도 못할 현란한 수사를 아는 척 이해하는 척 지식을 위장하며, 작품 매입에 열을 올리는 돈 많은 소장자 등은 단연 한통속이라고 싸잡아 매도하였습니다.

저도 이해 못 하며 그린 난해 할 수밖에 없는 작품, 이런 작품을 참으로 신선하다며 부추기는 작자 위의 작자, 철밥통 교수님들, 불쌍한 관객은 영문도 모르고 미술은 어렵고, 이해하기도 힘들며, 혹 갖고 싶은 그림을 만나더라도, 그 값은 이미 관객의 지갑을 열어선 구매할 수 없는 저 높은 곳에 있는 그림 속의 떡이 되어있지요.

그러고는 팔리지 않는 제 그림을 워낙에 수준이 높아 무식한 관객들은 이해할 수도 소장 할 수도 없다며, 똥폼 잡으며 자신의 가난을 합리화시키고, 장가나 들지 말지 죄 없는 자식들을 줄줄이 생산해놓고 가족들을 가난의 도탄에 빠트리는 작자! 부단한 자기반성과 예술혼의 개혁 없이, 가난한 예술가인 것이 무슨 훈장인 양 가슴에 달고 다닙니다.

현대에 와서 어려운 예술가로 가난을 업보처럼 등에 지고 살다가 간, 피카소와 샤갈과 미로와 살바도르 달리가 있다는 이야기를 들은 적이 없습니다. 그들은 부와 명예를 손에 쥐고도 무병장수하며 창작열을 죽는 날까지 불태운 가히 입지전적인 인물들로 모든 화가 지망생이 꿈꾸는 모범적인 삶을 보여주었습니다. 그들이 태어나기를 천재로 태어났기 때문이 아닙니다. 오히려 천재들은 재능과 현실의 부조화로 인한 갈등으로 대개가 요절하기 일쑤였습니다. 반 고흐나 고갱, 이중섭처럼 말입니다. 반면 그들은 요즈음 시쳇말로 마케팅의 귀재들일 것입니다.

실력은 개발새발 임에도 불구하고 무슨 A대 출신, B대 출신 하며 학연으로 똘똘 뭉쳐 기득권 내려놓지 않고 연줄 타기를 그림 그리기보다 더 열심히 합니다. 또 거기에 빌붙어 한 대가(大家) 되어보려고 무늬만 대가? 집을 풀 방구리 드나들듯 합니다.

그나마 그편에도 낄 수 없는 불쌍한 화가 지망생들은 소위 공모전 찾아 그림을 싸들고 미친놈 널뛰듯 뛰어야 합니다. 손바닥만 한 대~한민국에 무슨 신인 화가 등용문은 그리도 많은지 헤아려 보지 않았지만, 미술대전만도 수십 개는 될 듯합니다. 그런 공모전에 비싼 출품료, 작품 배송비, 수억 들여 출품하고, 소 뒷걸음으로 쥐 잡듯 수상(殊常)한 수상(受賞)경력을 쌓습니다.

그런 수상이력을 가슴에 주렁주렁 달고 화단에 등단하여 그 작가 출세하고 돈 수억 벌었단 기사를 본 적이 없습니다.

영양가도 없고 별 소득도 없는 공모전 수상경력을 어디다 쓰려는지 어쩌다 자기 개인전 도록에 평론가 모셔놓고 수련일지(修錬日誌)일지 쓰듯 당당히 쓰는군요. 제가 보기에는 무슨 범죄 전과기록처럼 보입니다.

그 공모전이라고 하는 것 역시 철저한 객관성이 검증된 것도 아닌 집안 잔치나, 명가(名家)들의 잔치로 오늘은 박 대감댁 내일은 허 대감댁하고 있는데도 말입니다.

달마는 진골 출신도 성골 출신도 못 되는 무명의 시골 화가이니 평생 취미 삼아 그림 그리며 살다 갈 것입니다. 프로 전업 작가 되기에는 마케팅의 등신 이고, 어차피 예술이란 나 같은 범부가 결코 다다를 수 없는 상위개념 인지라, 내 그릇의 크기와 처지를 압니다. 저 좋아서 그리는 그림이니, 평생 그리고 싶은 것 재료, 장르 구분 없이 미친놈 널뛰듯 그리며 놀다 갈 요량입니다.

능력 있는 작가는 물방울 한 개만 그려도 그 속에서 천변만변하는 질서와 아름다움을 표현하고, 신라 화가 솔거는 소나무를 그리니 새가 소나무 가지에 앉으려다 그림에 부딪혀 떨어져 죽었다지요. 달마는 그런 능력은 없고 평생 무엇을 그려야 할지 잘 알지 못하니, 이것저것 내 그리고 싶은 것 닥치는 대로 그리며 살다 가려 합니다. 그러니 '화백(畵伯)'이란 칭호는 당치 않습니다. 천방지축 토해버린 이 글이 그림을 천직으로 알고 오늘도 끊임없이 묵묵히 화업(畵業)을 달구시는 작가분에게 욕되지 않을까 하여 송구한 마음 없지 않으나, 쯧~~쯧! 저 인간 저러니 평생 변방(邊方)에서 구시렁거리며 살지! 하고 불쌍히 여기십시오.

오늘 문득 멀리서 전화가 왔습니다. 과분하고 민망하게 나를 '화백'이라 부르셨습니다. 화백이 아닌 이유를 장황하게 설명하려다 보니 이리되었습니다.

– 오지랖 생각 –

8

우매한 백성 현란한 정치

우매한 백성이 어찌 정치를 알겠습니까. 만은 주권재민(主權在民)이라고는 하나 그것도 선거철 한 표 행사라도 할 수 있어야 민초에게도 권리가 있는 것입니다. 그런 권리 행사도 정치행위에 속한다면 그조차 번거롭고 귀찮은 일이라 생각하는 백성들이 거의 반입니다.

정치란 생물과도 같다 하였으니 동물적 감각의 소유자가 아니면 입신의 정치 9단 경지는 꿈도 꾸지 못할 우화등선(羽化登仙)의 경지지요.

조선 시대 당쟁은 그 비생산성이 결국은 임진왜란 같은 외침을 불러 국가적 위기를 자초하였습니다. 환란을 극복한 것은 일인지하 만인지상 영의정과 좌의정이 아니라 결국은 무지렁이 민초들이었습니다.

그들은 입만 열면 어여쁜 백성 궁휼히 여기기를 죽 떠먹듯 합니다. 이에 감격한 백성은 당연히 목숨을 걸고 우리들 주군을 위해 결초보은해서 왜적들을 물리쳤지요. 주군의 나라 조선 백성 만세입니다.

어쩌다 켠 TV에서 끝모르고 이어지는 촛불시위가 집단지성(collective intelligence)의 발로인지, 극단 원성의 발악 인지, 진정 판단하기 쉽지 않지만, 응축된 에너지가 올림픽 같은 지구촌 행사에 민족과 국가를 묶어 하나 되는 모습으로 풀어내는 것을 또한 보게 됩니다. 종로에서 뺨 맞고 한강에 가서 눈 흘긴 건가요.

정치인들 입장에서 골치 아픈 집단 님비(nimby)들이 표적을 바꾸었으니 참으로 다행한 일일 것입니다. 정치에는 영원한 적도 동지도 없다는데 여야도 사실은 동전의 양면이지요. 처지가 바뀌면 어제 내가 목 놓아 부르짖던 야당적 가치를 오늘은 상대 여당이 악악거리며 부르짖습니다. 처지가 바뀐 것일 뿐 입장이 바뀐 것이 아니기 때문입니다. 입장은 해가 바뀌고 사람이 바뀌어도 변하지 않는 것이 정치판입니다.

아직도 우리 사회는 만주벌판 찬이슬에 노숙하며, 독립을 간절히 바라다 산화한 애국지사, 열사들을 제대로 기리지 못합니다. 헐벗고 굶주린 지사들의 후손은 가난을 대물림하며 지금도 묵묵하게 살아갑니다.

그와 반대로 일제 강점기 때 친일 지식층 부역자들은 당대에서도 부귀영화를 누리다가 그들이 역사의 장을 떠난 현재에도 부귀영화를 후손들에게 대물림합니다. 부자가 망해도 3대가 이어지고, 애국열사가 죽어도 가난이 3대를 이어갑니다.

정치판은 영원한 적도 영원한 동지도 없다며 철새처럼 이합집산(離合集散)합니다. 이런 정치마당에 원칙을 이야기하고 소신을 이야기할 수 있는 사람은 죽어도 9단의 정치인 반열에 오를 수 없습니다. 역사에서 소신과 원칙을 목숨처럼 귀하게 여기는 사람은 제 명대로 살지 못합니다. 기개가 대륙을 호령하고도 남을 사람은 늘 등에 칼침을 맞고 비명횡사하여야 했지요.

이유야 지정학적 반도에서 생존하며 살아남는데, 전혀 불필요한 기개요 만용이라, 그리하여 생존을 위해 지혜롭게 큰 나라에 사대(事大)하고 형님, 형님 알아 기면서, 후손에 물려준 아름다운 금수강산입니다.

서경으로 천도하여 자주국방을 부르짖던 묘청은 삼국사기 기록자 김부식이 그의 등에 칼침을 꽂고 묘청의 난이라 기록하였지요. 어차피 역사란 승자의 기록입니다. 이긴 자 김부식은 개경파 거두였다는데, 무슨 칠성파, 양은이파 같은 조폭 이름처럼 들립니다.

예나 지금이나 큰일을 도모할 때 원칙이나 소신보다는 패거리의 힘이 절대 필요하였기 때문일 것입니다.

원칙과 소신이 아름다운 것은 그것의 본질이 상식적이기 때문 아닐까요? 그런 아름다운 상식도 패거리의 이권에 부닥치면 등에 칼침을 맞습니다.

고려 말 정몽주, 최영 장군이 그러했고 조선조 김종서나 사육신이 그러했습니다. 그러나 우리가 이방원의 이름보다 정몽주를, 세조보다는 사육신을 더 높이 기리는 것은 그들이 아름다운 원칙과 소신을 목숨보다 귀하게 여겼기 때문입니다.

오늘, 그런 원칙과 소신이 대쪽 같은 정치인이 못 견디게 그리운 것은 정치마당에서 나라의 동량이라는 선량들은 많으나, 아무리 갈고 닦고 꿰어 주어도 '서 말의 꿴 구슬'을 만들 수 없다는 절박감 때문입니다.

그들의 사고 깊숙이 줄서기가 관행이 되었고, 신선한 새바람을 기대한 참신한 얼굴은 그 마당에 들어서기만 하면 블랙홀처럼 함몰되어 흔적조차 없습니다.

정치가 무엇인지 어리석은 자가 어찌 알겠습니까 만은, 이 필부 또한 말 없는 다수, 가여운 백성입니다. 선거철마다 토끼몰이식 줄서기를 강요당하는 다 반수 가여운 백성들 말입니다.

저녁상을 물린 뒤 텔레비전 정치 뉴스를 보다가 갑자기 낚시가 하고 싶어졌습니다. 소주 한 병 꿰어차고 오징어나 한 마리 구워, 강가로 가야겠습니다.

소주 한입 털어 넣고, 오징어 다리나 질겅질겅 씹으면서, 언젠가 나타날 무왕(武王)을 한없이 기다리던 태공이 그리워졌습니다.

바늘 없는 낚싯대를 드리울 진정 말입니다.

불편한 진실 _혼합재료

9

찡구에 대한 단상(斷想)

'찡구'는 우리 집 강아지 이름입니다. '짱구'는 어린이 만화영화 주인공 이름이고 '찡구'는 펜션 마당쇠 달마 집 근위견 이름이지요. 도둑에게만 경계경보를 발령하여야 하는데, 귀한 손님이 방문하셨는데도 시도 때도 없이 말을 걸어 민망하기는 합니다만 그래도 아주 사랑스러운 놈입니다.

놈이 5년 전 우리 집에 처음 발을 디딘 데는 사연이 있었지요. 태어나자마자 이미 그 운명이 예비 멍멍탕으로 사육될 운명이라는군요. 놈의 원주인인 친구가 살짝 귀띔한 내용입니다.

"이 식인종 잡아 삶아 먹을 놈아! 그래 기껏 키워 또 지가 잡아먹어? 이 나쁜 놈아!" 그랬더니 "아니 잡을 때는 내가 안 잡고 옆집 형님이 잡아! 그리고 먹을 때만 같이 먹어!" 라더군요. 이런! 악어의 눈물을 봤다는 무지막지한 놈으로 악어도 양심이 있다는 사실을 몸소 실천하는 중이랍니다. 쩝!

순간 내 손을 가엽게 핥고 있던 이 조그마한 새하얀 발발이를 구해주어야겠다고 생각한 것이 놈과의 첫 인연이지요. 그렇게 맺어진 놈의 이름을 '찡구'로 지어주었습니다.

무슨 뜻이냐고요? 예로부터 우리 조상들은 풍진, 마마 등 돌림병에 적나라하게 노출되었던 터라, 정상적이고도 튼실한 자녀의 육아는 운명

탓쯤으로 돌렸습니다. 우리네 부모들은 지금도 일곱 낳아서 다섯 건졌다거나 열 낳아서 여섯 건졌다. 라는 이야기를 대수롭지 않게 합니다.

그래서 아마 확률상 생존율이 높게 많은 생산에 열(?)을 올렸겠지요. 이렇게 생산된 아이들은 그 귀한 탄생 배경에도 불구 아예 천덕꾸러기로 불리며 자랐습니다. 이름도 되는 데로 함부로 불렸는데 지금도 아명이 개똥이, 삼돌이, 똘방이, 언년이라고 불렸던 어르신이 많습니다. 아마 갖은 병과 잡귀의 근접을 막아 무병장수하기를 바란 간절한 소망이 담겼다지요. 푸들, 치와와, 말티즈, 퍼그 외국산 애완견들은 우리 시골 마당엔 안 어울립니다. 다들 물 건너온 놈들인데 족보에도 없는 국산이름표를 달고, 참신한 이름으로 불릴 때가 많습니다. 우리 시골마당에 흰둥이라 불릴만한, 국산 발발이 한 마리 풀어놓고, 우리 집 마당에서 놀던 견공들의 이름을 떠올려 봅니다. 대대로 조선 백성들 집의 견공이었던지라 우리 집 강아지들도 '항렬자'를 따라 지었습니다.

'멍' 자 항렬의 개를 살펴보면, 멍구, 멍팔, 멍칠, 멍순, 멍자… 등. 다음은 '구'자 항렬의 개가 있습니다. 야구, 물구, 찡구 등 그 뜻이 아주 간단합니다. '멍구'는 '멍멍 짖는 개'라는 뜻입니다. '멍팔이'는 순서가 그다음이니 그러하고, 그 뒤를 이은 '자'와 '순'은 암놈이니 그렇고… 그다음 '구'자 항렬의 개는, '야구(별 뜻 없습니다. 야! 개야! 정도)', '물구(바지 가랑을 물고 통사정하였습니다.)', '찡구(면접날 낯 가림이 심해 밤새도록 찡찡거렸습니다.)'가 있습니다.

결론(犬論)은 이렇습니다. 멍구, 멍팔, 찡구야! 이렇게 불러주고, 놈들이 살살 꼬리 치고 달려오면 반갑게 맞아 주라는 겁니다. 귀할수록 천하게 부르면 좋습니다. 내 생각입니다.

10

나는 행복합니다

행복할 수밖에 없는 운명이지요. 사람들은 행복의 무지개를 좇아 행운의 파랑새를 찾아 자신이 찾고자 하는 무지개 동산 너머 행복의 환상을 좇아 동분서주합니다.

나 역시 파랑새를 찾아 사방팔방 헤매다가 비교적 주흘산 아래가 달마의 행복을 보증하는 명당이라 생각에 괴나리봇짐 쌌습니다.

문경의 주흘산이 참 아름다운 산이기는 하나 파랑새가 사는 무지개동산은 아닙니다. 달마가 주흘산자락에 비집고 숨어 살다 보면 그곳이 길지(吉地)요 복지(福地)일 것으로 생각하지만, 그렇게 해서 행복해질 수만 있다면 대한민국의 금강명산(錦江名山)은 불행한 사람들로 넘쳐 나겠지요. 그렇지 않은 걸로 봐서 주흘산은 달마에게만 행복의 조건인가 봅니다.

나는 정말 참 행복합니다. 긍정의 긍정은 부정이요 부정의 부정은 긍정이라 하였으니 달마의 거듭된 행복 주장은 불행의 표피적 포장이겠거니 지레짐작지 마십시오. 아닌 게 아니라, 너무 행복해서 거의 죽을 맛입니다. 모름지기 달마를 잘 모르시는 분들이야 달마가 교활하게도 자신의 불행을 윤색, 자조적 언어유희로 독자를 농락하는 발칙한 자라고 통박하실 분이 있겠으나, 달마의 행복만큼은 진정으로 사실이라 하겠

습니다.

내 집에 앉아서 펜션으로 여행 온 사람들에게 틈틈이 더러 기타도 쳐주고 노래를 불러주기도 하는데 본시 나의 가무(歌舞) 실력이라는 것이 근본 청중의 입장을 고려하지 않는지라 그들은 싫든 좋든 들어야 합니다.

이럴 때 달마의 행복지수는 청중의 반응과는 무관하게 업(up) 됩니다. 청중이 감동하여야 함에도 불구 달마는 자아도취에 심취를 더 하여 감동의 부산물 닭똥 같은 눈물을 보이기도 하지요. 어차피 행복이란 상대적일 수밖에 없습니다. 자아 삼매에 부른 기타 한 곡이 무슨 놈의 행복이냐 하지 마십시오. 한 술밥 얻어먹기 위해 가진 재산이라고는 빈 깡통에 숟가락 장단 품바타령 한 곡 뽑을 능력밖에 없는 각설이도 그 구성진 가락이 무기이자 재산이며 행복의 조건이지요. 그 옛날 한 덩이 찬밥과 맞바꾸었을 각설이의 타령 속에는 정승판서가 부럽지 않은 삶의 애증(愛憎)과 인생의 행복과 해학이 담겨 있지요. 물론 지나친 비약이지요. 그러나 어차피 행복은 상대적입니다.

하루에 단 한 번이라도 하늘을 우러를 수 있는 사람은 행복합니다. 광명천지 바쁜 세상살이에 하릴없이 하늘이나 바라보고 있을 자란 실업자, 노숙자밖에 더 있겠냐 하지 마십시오. 달마는 지금 하늘을 우러르고 있습니다. 지금 이 시각 하늘을 쳐다보고 있는 자가 어디 달마 뿐이기야 하겠습니까마는 누가 어디에서 쳐다보았건 하늘이 둘은 아니지요.

그리고 발견하게 되는 미미한 존재가치에 감사합니다. 그래서 지금 내가 행복 덩어리임을 알게 합니다. 걸어 다니는 행복 덩어리 말입니다.

가고 싶은 목적지로 이동을 가능케 하는 나의 두 다리, 여행 중 만나게 될 산하와 수목과 지천에 핀 이름 모를 꽃들 그들을 바라보고 느낄 수 있는 두 눈은 축복입니다. 지저귀는 실개천 소리와 산새 울음을 들을 수 있는 두 귀는 은혜입니다. 살갗을 부드럽게 간질이는 봄바람, 실려 오는 꽃향기는 감미롭습니다. 차라리 두려움에 떨게 하는 천지간의 광풍 폭우조차도 신이 내려주시는 내밀한 축복, 신의 섬세한 선물입니다.

사랑하는 이를 보듬고 느끼며 부여잡을 수 있게 하는 두 손과 허기와 갈증을 치유하는 나의 입술은 축복을 노래할 수 있으니 이 또한 감당키 어려운 신의 선물이지요. 평생에 단 3일 만이라도 세상을 바라볼 수 있기를 염원한 듣고 보고 말하지 못했던 '헬렌 켈러(Helen Keller)'에 비하면 나의 오감은 가히 사치로 중무장하고 있습니다. 그런데도 행복하지 않다면 쳐 죽일 놈입니다.

뿐만이 아닙니다. 너무나도 많은 육신의 행복조건을 달고 마음의 행복이라는 문을 살고 시 열면 그곳에는 또 다른 행복들이 나를 반갑게 맞아줍니다. 가슴 한편에 웅크리고 앉아 언제나 나를 행복하게 해줄 준비를 하는 양심 한 덩이. 혹여 불행의 마(魔)가 낄라치면 재빨리 경고음을 발해주지요. 온몸, 온 마음이 양심 덩어리였으면 너무나 좋겠으나, 난마처럼 얽히고 섞인 험난한 세상을 살다 보니, 안타깝게도 중심에 위치하지 못하고 구석에 비켜나 있습니다.

그래도 이자는 마지막 양심이 있어서인지, 암흑천지와 같은 세상살이를 천방지축 할 때 혹여 중요한 길목에 서면 어김없이 섬광과 같은 한 줄기 빛을 발하여 낭떠러지로의 무한 추락을 방지해 줍니다.

이 양심은 또한 천의 얼굴을 가진 자로서 어느 날 문득 내가 검고 어두운 불행을 행복인양 착각하고 있으면, 어느 틈엔가 달려와 불행 덩어리에 희고 밝은색을 덧칠해 놓고 사라져 비교적 단순 무식한 나를 금방 행복하게 만들어 주지요.

　나를 행복하게 하는 것은 이뿐만이 아닙니다. 토끼 같은 자식들과 여우 같은 마눌의 두 눈은 항상 푸르지요(아니 시퍼렇지요.). 특히 울 마눌의 눈빛은 환상 그 자체입니다. 나이가 들어서인지 아래로 처져야 할 눈꼬리가 위로 올라간 것은 내 탓이라기보다 아마 세월 탓이겠지요?

　그녀를 처음 만났을 때에 그녀의 눈빛은, 나를 향해 이렇게 이야기하고 있었지요. 사랑, 관심, 기대, 희망, 풍요, 걱정, 자애… 그 눈빛은 지금도 여태 변함이 없답니다. 이렇게 온통 관심으로 째려 노려보고들 있으니, 나는 감히 불행해질 엄두도 시간도 나질 않아요. 그들은 사랑스러운 모습으로 오늘도 나를 향해 이렇게 행복을 노래한답니다.

　"여봇! 힘내세요!!!" 아빠! 우리가 있잖아요~! ^0^

11

소원(訴願)

내 소원은 죽음을 달라는 것이 첫 번째요. 그것이 허락되지 않는다 면, 일구월심(日久月深) 중=승(僧) 되게 해 달라는 것이 두 번째요. 그것 마저 허락되지 않는다면 평생 독신(獨身)으로 살게 해 달라는 것이 세 번 째였다.

첫 번째 소원을 이루기 위해 자해(自害)할 용기는 당시 없었다. -.-

당시 주어진 상황이라는 것은 모두가 절망적인 것으로 절망을 아래로 대물림해야 할 아무런 이유도 없었다. 번식이란 곧바로 가난도 물림 해 야 하는 끔찍한 상황을 의미하는 것으로 지금 생각해도 당시 내 판단은 옳았다.

오호, 통재라! 나는 죽지도 못했고. 출가하여 중도 되지 못했으며, 중 이 못되었으니 당연히 결혼하여 떡 두꺼비 같은 아들을 낳고야 만 것이 다. 그것도 둘씩이나 낳아 눈썹이 휘날리는 삶으로 용맹정진하고 있다. 그들의 영양공급을 원활히 하고 인격을 도야시켜 장래 국가적 대들보 삼는 데 실수가 없어야 한다.

유소년기 간절했던 소원을 성장과 더불어 스스로 배반하고 만 것이다.

빛바랜 주간지처럼 퇴색되고 만 것이다. 이 같지 않은 소원은 안타깝게도 당시 나이 열두 어살 무렵 솜털도 벗지 못한 천둥벌거숭이 적 열병이었다.

나름의 자아가 싹트기 시작했을 사춘기를 앞둔 방황으로는 그 증상이 비관적이다 못해 절망적이었다. 죽음이 삶의 역설적 미학이 되든, 출가가 현실도피 전가(傳家)의 보도(寶刀)가 되든, 어린것이 겁 없이 도피 현실의 첨단을 걸었다. 당시 내게 주어진 시대적 암울한 현실은 절대 개선의 여지가 불가능한 것으로 여겨져, 죽는 날까지 이 소망을 붙들고 절대 놓지 않겠다는 옹골찬 다짐으로 이어졌다. 그러나 이제 세 가지 간절한 소망에서 모두 실패하고 죽지 못해? 살아온 시간이 40여 년도 더 지났다. 아니 한 가지 소원은 이루었다. 시방 산자(山姿)가 수명(水明)한 문경 주흘산 기슭 토굴에서 수행 중인 '문경 달마'로 불리고 있으니, 엉겁결 출가의 꿈은 이룬 셈이다. -.-

따위의 꿈을 오랫동안 지리 하게 꾸고 있었으니 말이 씨가 돼 스님의 꿈은 문경 달마로 이어지는 요상한 성취를 이루게 된 것이다. 최선이 아닌 차선쯤 되는 꿈이 이루어진 것이다. 그것도 천수경이나 반야심경 한 줄 욀 줄 모른 채 말이다. 머리는 백팔 번뇌 망상을 염주처럼 늘어뜨린 채 말이다.

나는 여태 죽지 못해 살고 있으며 아직 죽지도 못하였다. 최고의 꿈은 아직 이루지 못한 것이다. 내 유년기 소망이 틀렸다고 단정하지는 않겠다. 그 암울했던 비루먹은 정서 속에서도 현실을 분석하고 비관이라도 할 줄 알았으니 일찍이 철들 수 있는 싹수는 보였다 할 것이다. 잘 갈고 다듬었으면 고고한 실존주의(實存主義)철학자 길을 걸을 수 있었다.

어린 나이에 삶도 아닌 존재 이유를 '죽음'이란 화두로 공 굴렸지 않은가?

그러나 나는 이내 현실과 타협하고 현실주의자가 되었다. 보이는 것만 보고 들리는 것만 들었다. 내 눈에 보이지 않는 것은 허상(虛像)이고 들리지 않는 소리는 귀신 씨 나락 까먹는 소리였다.

어쩌든지 잘 먹고 잘살기 위해 웰빙을 힐링 삼아 실천하고 능력 있는 아비로, 잘나고 훌륭한 남편으로, 길이 후손에게 본보기가 될 자랑스러운 어버이로 살아남기 위해 한 푼이라도 더 긁어모을 궁리 하며 그 길만이 오매불망 유능한 가장으로 자리매김할 것이라 믿어 의심치 않으며, 그렇게 저렇게 환골탈태(換骨奪胎)를 생활화하다가 드디어는 축생(畜生)으로 거듭났다. 지천명(知天命)을 지나간 이 나이에 아우~!

– 축생 달마 –

12

나는 잡놈이다

옛말이 그랬는지 속담이 그랬는지 곁눈질하지 말고 한 우물만 들입다 파는 것이 성공의 지름길이라 했다. 동서고금의 진리다. 그러나 나는 싫다. 한 우물만 줄 창 파는 고집스러움이, 왠지 모를 우직스러움이, 왠지 모를 집요함이, 막연히 불안하고 싫은 것이다.

차라리 여기저기 파다 보면 우물도 발견하고 운이 좋으면 유전도 발견하게 되고…! 아닌가? 참으로 요행수나 바라는 잡놈이나 할 생각이다.

한 우물만을 고집하여 성공을 거둔 스타들이 있다. 수영의 왕자 마린보이 박태환 은반의 여왕 김연아 프리미어리그의 박지성 등등 기라성 같은 별들이 자신들이 걸어온 길이 한 우물이었음을 증명하고 있다.

그래서 난 그들이 싫다. 보통사람이 아닌 것이 싫은 것이다. 너무 잘나서 나 같은 잡놈 등속과는 먼 인류 같아 살가움이 느껴지지 않는 것이다. 질리도록 집요한 집념과 신념으로 뭉쳐진 성공의 화신(化神)들, 나 같이 허접스런 잡것에게 먼 나라 이야기려니 하여 느껴지는 열등감이 무지하게 싫은 것이다. 이유는 내가 잡놈인 까닭이다. 잡것이기 때문이다.

이미 지극히 평범한 사람은 범인(凡人)이 아닐 것이요, 뛰어난 데다가 비범(非凡)하기까지 한 사람은 내가 '공중부양' 후에나 만날 수 있다.

66

'재주 많은 놈이 밥 굶는다.'고 하지 않았는가. 나에게 재주 많은 비범함이란 약에 쓰려 찾아도 없는 개똥 같은 것이다.

프로필에 감히 '서양화가'라고 적었으나 근자에 나는 그림을 그린 적이 없다. 그림은 입으로 그리고 오라는 곳은 없어도 갈 곳은 많다며, 여기 저기 기웃거리며 허드레 물건이나 팔러 다니는 어찌 보면 방물장수다.

그것도 형체도 없는 물건을 팔아먹자니 잘 팔릴 리 없다. 디자인은 형체도 없는 물건으로 돈 되는 물건이 아니다. 새해 맞이하여 술, 담배를 끊었노라고 만방에 큰소리쳐 놓았지만, 아직 2주일도 지나지 않았으니, 조만간 다음 피우고 마실 때까지만 금주하겠다고 꼬리를 내리게 될 전망이다.

이런! 무슨 재주로 연초 작심삼일주(作心三日酒) 커트라인을 통과하겠는가.

나는 잡놈이다. 어쩔 수 없는 잡놈이다. 스스로 잡것과 한 통속임을 잘 알고 있으니 그것으로 위안 삼는다. 무릇 범인(凡人)들은 세상사에 무한책임을 지지 않아도 좋다.

운동을 좋아하면 그뿐이지 천하장사를 꿈꾸지 않아도 좋고 음악을 좋아한다고 해서 '비틀즈(The Beatles)'를 좇을 필요는 없다. 시를 김소월이나 정지용만큼 쓰지 못할 것이니, 그들의 시를 읽을 수 있음에 만족하고 그 시에 감동해서 펑펑 울 수 있어 행복하다. 그들도 나 같은 잡놈들이 많아야 비로소 행복해질 것이다.

비범한 1등만을 좇는 세상, 1등이 아닌 2등도 이류 인생이 되는 세상, 한우물 파서 이루기도 힘든 터에 올코트 프레싱, 멀티플레이를 요구하는 세상, 만능 엔터테이너에 열광하는 세상, 기타를 배우겠다고 작심하여 보았으나 '레드 제플린(Led Zeppelin)'을 따를 수 없어 포기하였고, 바이올린을 배우겠다고 샀으나, 아직 활을 드는 법도 모른다. 당연히 바이올린에서는 소리가 나지 않는다.

카메라를 구매하여 제대로 된 사진을 찍고야 말리라 결심하였지만, 아직 출사(出寫) 한 번 나가질 못했다. 역시 카메라는 먼지를 뒤집어쓰고 있다.

새해 벽두에 이루지도 못하고 지키지도 못할 자신의 약속을 공수표처럼 남발하니 언제 철이 들려 하는가. 연년세세(年年歲歲) 반복되는 작심삼일 주(酒)는 언제쯤 끊게 될 것인가. 슬프고도 슬픈 일이나, 다람쥐 쳇바퀴를 돌리듯 잡놈은 오늘도 제 놈이 만든 쳇바퀴를 벗어나지 않는다. 오늘도 내일도 잡놈의 해는 항상 떠오를 것이라 믿는다.

이런 잡놈이다. 나는,
그래도 잡놈이 좋다.

- 잡놈 달마 -

13

종잣돈

'삘~리 삐리리!' 몇 년 전 구매한 무전기 수준의 내 중고휴대폰 소리다. M 방송국 방송 작가라는 분이 전화하셨다.

"문경 달마님이시지요?"

"그렇습니다만, 무슨 일이신지요."

"저희 방송국 프로그램 출연 건인데요, 부탁 좀 해도 될까요?"

옳거니! 언론에서 드디어 변방 주흘산자락에서 공중 부양에 골몰하고 있는, 달마에게 관심을 가지기 시작하였구나. 이제 달마가 뜨는 것은 시간문제일지도 모른다. 비록 변방에서 무명의 서러움을 곱씹고 있는 처지이나, 호락호락 보여서는 안 될 일이다. 이참에 삼고초려 시키려면 두어 번 튕겨 줘야 한다. 그래야 그림값도 몸값도 동반상승 한다.

목소리에 냉정과 침착을 중저음으로 삽입한 뒤 "어떤 프로그램, 어떤 주제입니까?"

찰라 간 '한국미술의 허상에 따른 화단의 미래적 패러다임'쯤 되는 주제가 뇌리를 쥐어뜯었다. 오호라! "재테크에 관한 프로그램인데요…."

선생님께서는 종잣돈이나 쌈짓돈을 이용하여, 전원생활도 즐기고 또 재테크에도 성공하신 것으로 업계에 소문이 나 있는데…. 오잉?

소위 두 마리 토끼를 다 잡으신 성공사례를 시청자들에게 들려주어,

전원생활을 꿈꾸는 도시인들에게 희망을 주게 하는 프로그램이라고 한다.

푸하하하! 재테크에 종잣돈이라~! 성공사례라…!

그랬다. 작가님께서 번지수를 잘못 찾으셨다. 재테크의 귀재들이 이 소리 들으면 포복 졸도 한다. 나는 재테크의 귀신이 아니라 등신이다. 종잣돈이라는 것은 과거에도 없었고, 현재에도 없으며, 미래에 있으면…! 아마 로또 당첨 이후일 것이다.

내가 시골에서 펜션을 운영 중이기는 하나, 종잣돈이 있어 재테크를 하기 위함이 아니고, 그저 시골이 좋아 시골살이하며 부업으로 민박이나 치면서, 용돈 벌어 물감값 보태 쓰려는, 다소 약은 생각을 한 조금 덜 떨어진 무명 화가일 뿐이다.

펜션 건축자금도 꼬불쳐둔 종잣돈으로 지은 것이 아니라 그저 무식하면 용감하다는 똥배짱으로 지었으니, 그 부분은 사실 기적에 가깝다. 덕분에 신체구조에 총체적 부실을 불러와 요즈음 잠자리가 편치 못하여 꿍꿍 뒤척이고 있으며, 가정경제 또한 휠대로 휘어 하루도 편할 날이 없다. 얼마나 채권자들에게 시달렸으면 우체부 아저씨들만 만나면 놀라는 경기 증상을 보이고 있다.

이 책에서 보라. '저승사자보다 무서운 집달관 우체부 아저씨'라는 장문의 글을 올려 당시 피폐했던 심정을 피력한 바 있다.

어떤 정신 나간 분이 뭘 보고 나 같은 사람을 추천하였는지 모르나, 나는 단연코 아니올시다.

"아 그러시군요. 제가 좀 더 정확하게 알아보지 못했군요. 죄송합니다." 딸깍.

그럼 그렇지 '못다 핀 꽃 한 송이'가 활짝 핀 꽃다발 될 리 없지. 주흘산 자락으로 피접(避接)한 처지에 입신양명(立身揚名)이 웬 말! 다시 잠수(潛水) 꼬르륵~! 이런!

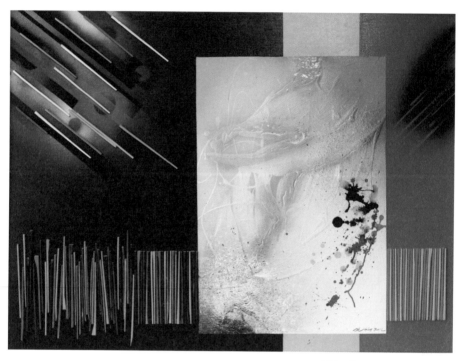

연속되는 증후군2 _혼합재료

14

아들아!

　네가 세상에 태어난 지 16년, 우리 부부가 너를 낳아 기른 지 16년 만에, 오늘 소위 부자간 '생각의 다름이 충돌'하였다. 네가 조금씩 그러나 이미 많이 성장하였고, 정신적 성숙이 시작되는 시기에 접어들었다는 방증(傍證)이다. 나 역시 처음 겪는 일이라 감정 조절이 쉽지 않아, 혹 네 가슴속 깊은 곳에 상처 주지는 않았을까 걱정이 앞선다. 나는 앞으로 너와의 '이분적(二分的) 부자 관계'를 차분히 정의하며 살펴보고 앞날을 대비해 보고자 이 글을 남긴다.

　아들아! 너와 내가 똑같이 지내온 16년이라는 시간을 너의 16년과 아빠의 16년으로 왜 나누어 이야기하였겠느냐. 그 시간 들을 합이 32년이라는 다소긴 세월이 된다. 네가 태어난 순간부터 이미 너만의 삶은 시작되었다.

　아빠인 나와 전혀 다른 이분적 구도가 너의 탄생으로부터 시작되었다는 것이다. 부모의 생물학적 인연으로 태어났으나, 유전적 요소를 제외한 하나의 온전한 생명체와 인격체로서 탄생과 성장 현실이 네게 주어졌다는 이야기다.

　혈육의 감성을 간과한 다소 건조한 이야기로 들릴지 모르겠으나, 나는 너의 탄생 순간부터 마음속으로 너의 독립된 탄생에 의미를 두었고 또 그 사실을 축하하였다. 나 역시 네가 태어나면서부터 네가 비교적 완전한 인격체로 성장한 그다음을 대비해야 한다고 생각했다.

아버지로서가 아니라 네가 자라나 갖게 될 너의 정체성과 내가 그때를 대비하여 준비하여야 할 나의 중년 성장기 또한 중요하기 때문이다. 이후 같은 남자로 너랑 좋은 경쟁자로 또는 친구로 어깨를 함께하고 싶었다. 그러니 너의 16년과 나의 16년은 궤도를 달리한 32년 세월이 된다는 것이다.

이런 무늬만 아빠인 내가 너희에게 물려 줄 것인들 변변히 있겠느냐.

본시 나 또한 부모로부터 물려받은 것이 없다. 아니 나라님도 구제 못 한다는 가난 하나는 확실하게 물려받았다. 장가들기조차 힘들어 빚을 얻어 너희 엄마 면사포를 씌워주었으니 말이다. 너희 엄마는 아파트가 아니라 빚을 결혼선물로 한 아름 안고, 아빠랑 고난의 신혼생활을 출발하였으니 기가 막혔을 것이다.

지금도 나는 미안하기 그지없다. 그럼에도 아빠를 사랑한다는 이유로 가난한 아빠를 버리지 않고, 너희 형제를 낳고 기르며, 힘들고 고단한 날들을 묵묵한 해바라기처럼 버티며 나만 따라왔다. 이런 내가 너희에게 물려 줄 것이 무엇 하난들 제대로 있겠느냐. 아니 그 이후 너희 엄마, 아빠가 개미처럼 부지런히 일하여, 축재한 재물이 있다 한들, 그것은 너희가 만든 것이 아니니 줄 수도 없다.

너희 엄마는 '소도 비빌 언덕이 있어야 등을 긁는다'며 자신의 가난을 자식에게 대물림하지 않겠다는 옹골찬 오기로 힘겨운 삶을 버티는 모양이다만, 그것은 재물이 아니라 부모로서 너희에게 살아서 몸으로 보여줄 수 있는 산 교육의 일부분일 것이다. 근검절약하지 않으면 살 수 없는 절박함 속에 녹아있는 삶의 지혜요 생활철학이다.

예로부터 '제논에 들어가는 물과 자식의 입에 들어가는 밥이 제일 보기가 좋다.'라고 하였다. 잘 먹이고 잘 입히며 부족함 없이 잘 가르치고 싶은 것은 모든 부모의 바람이다. 제 부모에게 효도 하지 못하면서 자식에게는 끝없이 잘 해주고 싶은 마음 그것을 '내리사랑'이라고 하였다.

너희에게 바라는 자녀 상이 왜 없겠느냐마는, 있다 한들 바란다 한들 꼭 그리되지 않는다는 사실을 나는 잘 알고 있다. 마치 네 할아버지 할머니가 간절히 소원한 대로 나 또한 그리 성장하질 못했다는 말이다.

이는 마치 자신이 이루지 못한 꿈을 자신의 또 다른 분신이라고 생각하는 2세를 통해서라도 이루고 싶어 하는 대리만족의 지나친 욕심으로 2세의 자아(自我)와 정체성 형성에 대한, 부모라는 이유로 행해지는 폭거요 인격모독일 수도 있다. 자녀를 통해 얻으려는 대리만족은 어찌 보면 단 한 번밖에 살 수 없는 자신의 삶을 자녀를 통해 두 번 세 번 살고 싶어 하는 욕망이라는 이름의 전차일 것이다.

아들아, 부모가 자녀에게 너 잘되라고 하는 일과 훌륭한 사람이 되라고 시키는 일이라는 이름으로 행하여지는 일들은 너희가 자라면서 싫은 일, 귀찮은 일, 힘든 일, 성가신 일일 것이다. 그러나 부모 역시 힘에 부치고 능력에 부치며, 고단하고 지치기는 마찬가지다.

결국, 너희는 성장할 것이고 이후 자신의 정체성과 삶의 목적 존재의 목표가 뚜렷해지면서 유년시절 부모로부터 선택의 여지 없이 강요받았던 수많았던 정신적 유산에 대하여 날카로운 메스를 댈 것이다. 잘된 교육에 대하여는 부모에 대한 신뢰와 고마움을, 잘못된 강요받은 유산에 대하여서는 이유와 논리로 반박하고 때로는 반면교사(反面教師) 하게 될 것이다.

부모의 뜻대로 자라주는 자식은 없다는 말은 고금을 넘나들며 항상 시대를 반영해 왔다. 사회학자들이 인간의 인성교육에 의한 바람직한 사회인 육성을 이야기하고, 생물학자가 인간의 유전적 우월성을 비교하거나, 진화론자가 인간 진화의 역동성 등을 논하기 전 인간은 그 자체가 단순 비교분석이 불가능한 오묘한 '우주'이다. 시스템과 프로그램이 무한성능으로 복제 불가한 피조물(被造物)이다. 역설적으로 인간만이 인간을 복제할 수 있게 하는 감히 신의 영역을 넘보는 고도의 유기체인 것이다.

이런 인간이 가진 유일성을 어찌 부모가 바라고 희망한다는 이유만으로 훌륭하게 자라 부귀와 영화롭게 살아주기를 바랄 수 있겠느냐?

자녀에 대한 양육이야 인간만의 의무는 아닐 것이다. 살아있는 모든 생명은 종의 보존을 위하여 우등한 양질의 유전자를 퍼트리고 싶어 하며, 또 종의 보존 번성을 위하여 목숨 걸고 새끼들을 키우는 것을 오늘도 주변 동물의 세계에서 수없이 보고 있지 않으냐.

아빠가 너희에게 바라는 자녀 상이라는 이유만으로 기대할 것은 없다. 나는 이 가정의 가장으로 중심에 서서 너희가 '홀로서기'를 하는 그 날까지 건강하게 자라기를 바랄 뿐이다. 이후에 너희가 홀로 설 수 있는 날이 오면, 역시 스스로 결정한 가치에 따라 목적지를 향해 비상(飛上)하렴. 자유롭고 힘차게 날아가렴.

아빠가 가난한 농부의 자식으로 태어났고 미래의 가난이 불 보듯 한 화가의 길을 선택하였으니, 경제적 우등한 가치를 좇아 가난을 면할 수 있는 직업선택을 바라던 네 할아버지 할머니의 기대에 얼마나 실망을 안겨 드렸겠느냐?

당시 그분들은 가난과 대가 적은 농사일이 싫어서 어떡하든 자녀를 공부시켜 도회지에 나가 보란 듯 잘사는 자식들의 모습을 꿈꾸셨다.

그렇게 억지 춘양 도시로 보내져 공부한 게 이 아빠다. 그러나 이 아빠는 할아버지 할머니의 기대를 보기 좋게? 무너뜨리고, 고단하고 가난한 삶이 하염없이 녹아 있는 곳, 빈곤과 절망이 충만하던 내 유년의 성장지 시골로 다시 돌아왔으니 기가 막히셨을 것이다.

아들아, 아빠가 부모에게 물려받은 재물은 없으나 건강한 정신과 몸을 물려받았고, 현실에서 도피하듯 비굴하게 시골로 내려오지 않는 가치와 정체성은 가지고 있었다. 그것만으로도 적잖은 유산을 상속받았다고 생각한다.

부모 곁을 떠나 도시로 가서 출세하여 공명(功名)을 드날린 훌륭한 자식이 되어 1년에 두어 번 명절날 고향에 계신 부모를 찾아 용돈 봉투 내미는 도시에 사는 잘난 아들이 아니라, 부족하고 모자라지만 부모 곁에 살며 살갑게 부모의 등을 긁어드릴 수 있는 자식으로 남겠다며 설득하였다.

물론 할아버지와 할머니는, 당신이 소위 대학물 먹여 훌륭히 키워 놓았다고 생각한 자식이 큰 꿈을 가지고, 도시로 나가서 출세할 생각은커녕, 죽기보다 싫은 시골의 당신 주변을 어슬렁거리는 것은 참으로 용서할 수 없는 일이셨다. 그러나 마침내 자식 이기는 부모 없듯, 끈질긴 나의 설득에 마뜩잖게 아빠의 시골살이를 허락하셨다.

그렇게 나는 너희 할아버지 할머니 곁에서 즐겁고 슬픈 일, 힘들고 괴로운 일을 부대껴 함께하며, 오늘날까지 오랜 세월을 더불어 지근지근 살아왔다.

이제야 와서 노쇠하신 당신들은 가까이 자식이 있어 바람막이도 되고, 외롭지 않고 든든하다며 좋아하는 눈치다. 당시 이 아빠의 결정이 훌륭하지는 못했더라도, 적어도 잘못된 결정은 아니었다고 생각한다.

아들아, 이 아빠가 이 글을 쓰는 이유는 지금은 너희가 이해할 만큼 자라지 못했으니 훗날, 너희가 충분히 자란 그 어느 날, 아빠의 아들임이 자랑스러울 수 있는 그 날이 오기를 간절히 바라는 소망을 담고자 함이다. 아주 뛰어난 사람이 아니라, 가슴에 담은 상식이 흐르는 물처럼 몸과 마음이 건강한 보통사람이었을 때 이 글을 읽어주었으면 좋겠다.

이 아빠는 네가 내 아들이란 이유로 역사에 큰 발자취를 남긴 위인들처럼 타고난 용력이 하늘을 덮는 역발산 기개세(力拔山 氣蓋世)이고, 비범하기가 범부가 넘볼 바가 아니며, 총명하기가 사서오경(四書五經)을 줄꿰고, 범상치 않은 태몽(胎夢)쯤이야 상식이었던 그런 위인(偉人)으로 태어나고 성장하기를 바라지는 않는다. 훌륭하고 큰일이란 근본 비상한 재주를 타고난 비범한 인물만이 하는 것이 아니라는 것을 나는 잘 알고 있다.

상식이 투명하고 따뜻한 가슴이 자신보다 남을 먼저 안아주고자 하는 지극히 평범함이 가슴속에 고요히 흐를 때, 너희가 그런 보통사람, 평범한 사람이라고 느껴졌을 때 훌륭한 일도 꿈꾸고 위대한 생각도 가지렴. 그리하여 펼치는 네 꿈이 세상을 덮을 듯이 큰들 이 아빠가 말리겠느냐?

기껏 필부의 용렬(庸劣)함 만 못한 꿈이라 한들 나무라겠느냐. 바른 가치관이 정립되기를 바라나, 가치관이라는 것이 어찌 공맹(孔孟)을 외듯 외워서 펠 수 있겠느냐 어찌 교과서 안에만 있겠느냐. 부모의 삶이 바르면 그 유전인자를 지닌 너희 또한 그리될 것이다.

부족한 엄마 아빠가 너희에게 보여주고 물려줄 수 있는 것이란 원래가 아주 적고 보잘것없다. 엄마와 이 아빠는 서로 사랑하고 있으며, 이후로 세상을 떠나는 날까지 서로 사랑하며 살다 갈 것이다. 그런 마음으로 너희를 사랑하며 보듬을 것이다.

그러나 사랑한다는 이유로 모든 것을 너희에게 나눠 주지는 않을 것이다. 너희 스스로 고기를 낚는 어부로 자라나길 바라듯, 너에게 줄 것은 학벌도 재물도 명예도 아닌, 한 줌의 관심과 사랑이며, 그것 또한 아끼고 아껴서 주고 싶은 것이다. 마치 너희 할아버지나 할머니께서 나에게 물감 한 통, 스케치북 한 권 사주신 적 없고 미술학원 한번 구경시켜 준 적 없으나, 나는 화가의 길을 선택하였고 비록 지금 무명이나 후회 없이 희망을 놓지 않는 언제나 화가지망생인 것과 같다.

모든 것이 풍족하여 부족함이 없는 삶이야 개, 돼지와 다를 것이 무엇 있겠느냐. 인간만이 신으로부터 유일하게 부여받은 극복이란 자유의지(自由義志)가 있다. 그것이 있으므로 미래가 있고 희망이 있으며, 삶이 아름다워 꿈꿀 가치가 있다고 나는 믿는다.

아들, 사랑하는 아들아!

뜬금없이 길어진 나의 잔소리는, 어찌 보면 너 태어난 16년을 다시금 기념하고 싶은 설렘이다. 나는 오늘 설레는 마음으로 그 '기쁨'을 눈으로 가슴으로 확인할 수 있었다.

– 그 잘난 아빠 –

15

기자 이야기 1

달마는 한적한 시골에서 전원생활을 하며 저 먹을 농산물은 직접 지어 먹으며(그래 봤자 채마밭 정도지만) 원 없이 그림 그리다, 마지막 흙으로 돌아가겠다는 소박한 꿈을 가진 시골 그림쟁이다. 단지 흙을 파먹으며 살 수 없고, 흙으로 그림 그릴 수 없는지라, 궁여지책 민박이라도 쳐서 물감값에 보태 써야겠다는 한심한 작자이다.

언감생심 그림 팔아서 생계를 꾸릴 수도 있다는 생각은 못 했다. 그렇게 잘 그리는 재주를 가졌으면 '전업 작가'이다. 전업 작가란 달마가 넘을 수 없는 요원의 경지다. 그저 자연을 좋아해 전원에 함께 모여 그림 그리며, 살다간 프랑스 남부 바르비종에서 활동하던 자연주의 화가 '밀레와 루소' 정도라도 흉내 낼 수 있으면 감지가 덕지덕지 할 일이다. 그들을 우리는 '바르비종파'라고 부른다.

역량과 한계를 인정하니 평생 면벽 수행 하여도, 아마추어 수준을 크게 벗어나지 못할 것이다. 이런 작가라고 하여 예술적 고뇌와 작품에 대한 열정이 없는 것은 아니다. 긴긴 시간 끝 모를 예술적 가치 발견하기 위한 여정을 운명처럼 안고 살아갈 뿐이다. (삼류를 부르짖음이 일류에 대한 로망 보다는 차라리 자신을 합리화하기 위한 불편한 진실일 수 있다. 치사하게 아류(亞流)의 등 뒤로 숨은 것일지도 모른다. 어쩌면) 이런 나는 그림이 작업실에

서도 안 되면 창고로, 창고에서도 불편하면, 한적한 시골로 보따리를 싼다. 핑계 없는 무덤이 없다는 따가운 소리를 들어가며, 그림을 핑계로 나그네 괴나리봇짐 싸듯 했다. 그렇게 시골로 삶의 터전을 옮긴 달마가 어쩐 일인지 언론이나 잡지에 몇 줄 기사이나마 오르내릴 때가 있다.

문경 '예인과 샘터'
객실 곳곳 그림 '숲속 미술관'

나는 새도 쉬어간다는 문경새재. 이곳까지 방문객이 올까 싶은 곳에 자리 잡은 펜션 '예인과 샘터'는 '문화와 예술'을 테마로 내걸어 소리소문없이 단골을 많이 확보했다.

문경새재는 예부터 문인들이 영감을 얻는 곳으로 유명했고, 소설가 이문

열 씨의 부학문원이 자리 잡은 문경의 특성을 잘 살린 테마다.

이곳의 신상현 사장 역시 전직 예술인이다. 미대에서 시각디자인을 전공했다. 스스로 자신 있는 분야를 최대한 살려 이용객에게 색다른 추억을 남긴 것이 산골짜기에서 이름을 드높인 비결이다.

우선 집안 곳곳의 디자인부터 심상치 않다. 전체적으로 이국적인 집안 곳곳에는 크고 작은 그림이 액자에 담겨 전시돼 있다. 모두 하나하나의 작품으로 대접받기에 손색없다. 객실 내부 곳곳도 그림으로 도배된 것 같은 느낌. 대부분 신 사장이 직접 그린 것들이다.

신 사장은 펜션의 주 고객층인 연인이나 가족 단위의 방문객은, 시끄러운 도회의 삶에서 일탈해 조용하고 안락한 예술적 호흡을 갈망한다는 사실을, 마케팅의 초점으로 삼은 것이다. 예술 작품을 감상하는 즐거움을 더욱 부각시키기 위해 신 사장이 저녁 8시께부터 2층 자신의 방 앞 베란다에 나가, 기타를 연주해 주기도 한다.

이 같은 독특함 때문에 펜션 위치가 찾기 어려운 곳에 있다는 단점을 너끈히 극복했다. 현재 3층으로 된 건물에는 가족 거주 공간 외에 6개 객실이 있다.

이곳 역시 객실 가동률은 연간 60%를 넘어 안정적인 운영 궤도에 접어들었다. 가히 전원생활과 재테크 두 마리 토끼를 잡은 것이라고 할 수 있다.

—하략—

감사하게도 변방 문경 무명의 달마네 집을 너무나 광고를 잘해 주고 있다.

쉰도 안된 비교적 젊은 신 사장은 마케팅의 귀재로 전직? 예술가이다.

현재 붓을 꺾고 절필하였으나, 취미인 그림이 거의 입신의 경지라 작가 수준으로 잘 그리고, 또 그 기술을 마케팅 전략으로 적절하게 사업에 도입 크게 성공하였다. 사업이 일취월장 객실 가동률은 연간 60%를 넘겨 이제는 안정적인 펜션운영에 성공하였다. 조만간 달마가 부자 되는 것은 시간문제다.

이 기사를 접한 독자라면 꽤 젊은 나이에 성공한 신 사장이 부러워서 벤치마킹하러 한 번쯤 우리 집을 방문해 줄지도 모르겠다.

혹 방문해 준다면 입에 단내가 나도록 유려한 문장의 X 일보 기자님을 칭찬해 드려야겠다. 내 일찍이 퇴직한 공무원은 보았어도, 은퇴하여 붓을 꺾었다는 전직 예술가를 본 적이 없으며, 문경새재 3관문은 수없이 다녀보아 잘 알고 있으나 그곳에서 소설가 이문열의 부학문원(?)을 구경한 적이 없다.

경기도 여주인지 이천 인지에 있다는 부악문원(負岳文院)은 언제 문경으로 이사 왔나? 기자 이름도 잘 모르고 얼굴도 본 적 없으니 미디어 비평을 할 처지는 아니다. 하나 유력 중앙지 기자의 이름을 걸고 쓴 기사일 것이다.

기자는 발로 뛰는 현장취재가 원칙일 것이고 기사의 반향을 예측하고 사회의 공적 기능에 충실해야 한다. 여론을 호도해서도 안 되고 취재원에게 피해를 주어서도 안 된다. 사실이 아닌 부풀려진 기사라면 빈대 잡으려다 초가삼간 태울 수도 있고 더 나쁘면 사이비 기자 소리를 들을 수도 있다.

나날이 도시엔 사람들이 넘쳐 나고 시골에는 사람들이 없어 적막강산을 더해 간다. 이런 시골에 올바른 귀농이나 귀촌을 유도할 목적이라면 가감 없는 정확한 정보를 전달하여야 한다.

다행히 달마네 집이야 별 영양가도 없고 대단치도 않은 그렇고 그런 민박집 이다. 그렇더라도 기사는 확인 또 확인하고, 경제적 능력이 람보에 육박하는 신 사장에게 기사 전문이나 전화 한 통이라도 넣어 주는 게 예의일 것이다.

두 마리 토끼로 땡? 잡았다는 기사가 신 사장에게 누가 될 수도 있으니 말이다. 우리 집에 온 적이 없으니 나는 당연히 그 기자 얼굴도 모른다.

"염병할 놈! 그렇고 그런 펜션을 예쁘게 포장해서 광고까지 멋지게 해 주었는데, 망할 놈의 자식이 고마우면 잡지구독이나 하나 해 줄 것이지 웬 트집이야, 트집이…!" 라고 하실 수도 있다.

붓 꺾고 산채로 매장당한 그 전직 예술가 붓을 다시 들고 현업 복귀 시간이 다소 많이 걸리는 것이 좀 문제겠지만…!

– 전직 예술가 달마 –

16

애마 '로시난테'

열심히 닦고, 기름 치고, 조입니다. 나의 두 번째 친구이지요. 첫 번째 친구는 당연히 우리 집 근위견 '찡구'입니다. 로시난테는 이름처럼 결코 비루먹어 새 차가 될 수 없는 중고차입니다. 앞집 과수원을 운영하시는 우리 동네 반장님의 초보운전 연수용 차였습니다. 그분의 사위가 타다 가 폐차하려던 차를 당신이 운전연수용으로 쓰시겠다며, 애용하던 차였 습니다. 몸에 난 험한 상처의 원인이 보입니다. 그나마 또 수명을 다했다 며 폐차 직전 골목 어귀에 세워 두었을 때 저를 처음 만났지요. 저를 만 남으로 두 번째 폐차 위기를 넘겼습니다.

처음 대면하였을 때 놈의 몰골은, 비교적 허접하고 민망하였습니다. 그러나 내 눈은 보석을 만난 양 빛났지요. 반장님께 이차 제게 팔 수 없겠냐고 부탁했습니다. 반장님은 껄껄 웃으시며 고맙다는 듯 얼른 가져 가라! 셨습니다.

고맙습니다. 감사합니다. 은혜를 잊지 않겠습니다.^^

나는 남의 운명을 바꾸는데 소질이 있나 봅니다. 예비 멍멍 탕으로 사육될 운명이었던 찡구가 그러하였고, '로시난테' 또한 폐차 직전 구사 일생으로 내 바짓가랑이를 잡은 것이지요. 아니 내가 붙잡았지요. ^^;;

이름도 폼나게 천리 준마 '로시난테'로 작명 하사하였습니다. 주인을 제대로 만나 감읍하였던지, 놈도 지금까지 무던히 결초보은(結草報恩)하 는 자세로 새 주인을 위해, 견마지로를 아끼지 않고 있습니다.

벌써 3년째입니다. 고마운 로시난테! 놈과 더불어 벌써 꽃피는 팔도 강산을 서너 차례 주유천하 하였지요. 어디를 가나, 로시난테는 인기 가 짱이었습니다. 모두 다 신기한 듯, 한편으론 부러워하는군요. 눈에 넣어도 안 아플 귀여운 것입니다. 구석구석 쓸고 닦습니다. 달라붙은 진드기도 떼어주고 안장도 털고 닦아줍니다. 시내에는 말(?) 병원을 운 영하는 친구 놈이 있습니다. 갈 때마다 뜬금없이 로시난테의 안락사를 권하는군요.

내가 그랬습니다. 특별히 자네를 로시난테 '전용 주치의'로 모실 테니, 더도 덜도 말고 앞으로 5년만 더 탈 수 있도록 부탁한다. 더는 무리한 부탁은 하지 않겠다 하였지요. 그랬더니 그자가 이미 벌써 무리가 지났 다는군요. 허참! −.−

그랬거나 말거나 나는 오늘도 콧노래 부르며 로시난테를 쓸고, 닦고, 기름 치고, 또 조입니다. 룰루랄라~!

남도의 들녘 _oil on canvas

17

묘지강산 묘지공화국

우리나라 산은 어딜 가도 분묘형태가 예쁜 처녀 젖가슴 닮은 봉분이 지천으로 산재해 있습니다.

봉분만 바라보면 푸른 소나무 숲에 둘러싸여 참으로 그림같이 아름다운 명당이며 환경친화적인 매장 풍습이라고 탄복하다가 시야를 넓혀 산을 바라보면 생각이 달라집니다. 마치 푸르고 푸른 금수강산에 여드름이 덕지덕지 난듯하여 보기에도 민망하고 아름다움과는 거리가 멉니다. 예쁜 처녀 가슴이 졸지에 여드름으로 둔갑하는 것이지요.

게다가 자신과 후세 자손들의 발복(發福)을 보장해줄 명당 터를 찾기 위해 이산 저산 골골이 발품을 팝니다. 그리고는 산사람이 살아도 참으로 명당인 터를 기어이 찾아내어 어김없이 죽은 사람을 들여보냅니다. 그러다 보니 산세가 수려한 배산임수 언덕배기에 양지바르고 물 빠짐 좋고 토질 부드러운 (사질 양토라고 부르지요) 곳에는 약속이나 한 듯 죽은 자의 '전원형 저택분묘'가 들어섭니다. 산자의 터를 양택(陽宅)이라 부르고, 죽은 자의 터를 음택(陰宅)이라고 부른다지만, 망자들의 집단 합숙소인 유부(幽府)의 음울한 땅보다는 양지바른 단독주택을 선호합니다. 돈만 있다면 말입니다.

죽은 자는 말이 없건만 산자가 죽은 자를 살아생전 대하듯이 효도하기 위해 그런답니다. 게다가 효성 지극한 동방예의지국 우리 민족은 사후관리도 철저하여 분묘 주변을 석축으로 두르고 봉분 또한 화려한 석물로 치장한 뒤, 주변을 한 평 남짓 죽은 자의 공간을 위하여 백여 평도 넘는 자연림을 긁어내고 잔디를 심고 조경을 합니다.

살아서의 부귀영화가 대를 이어 죽어서도 이어집니다. 망자는 잘난 후손을 둔덕에 죽어서도 저택수준의 안방을 제공받습니다. 이런 북망산 저택은 우리 주변에 수없이 산재합니다. 동방예의지국 백성은 봉제사(奉祭事) 접빈객(接賓客)이라 하였으니 드디어 이장, 가토 등 조상님 묘소 성역화 시즌이 돌아왔습니다. 청명 한식이 가까워진 것이지요. 주말이면 이런 시골구석에도 임도(林道) 입구에는 어김없이 주차공간이 부족합니다.

우리 집을 지나 야트막한 산을 하나 넘으면 망자(亡者)들의 집단 공동부락인 공원묘지가 있습니다. 드디어 때가 되어 돌아온 효자들 차량이 우리 집 마당을 점령합니다. 주인 허락 없는 무단주차가 일상이 되지요.

이미 시골살이가 6년 차인 달마입니다. 나의 인심은 시골살이에 비례해가며 나날이 넉넉해지고 있고요. 어쩔 수 없이 주인 허락 없이 주차하게 되어 죄송하다며 음료수를 권하며 친밀감을 표현하는 양심적인 분도 있고, 내 집 주차장에 주차하듯이 주차하고는 주인을 힐끔 쳐다보며 인사도 없이 휑하니 산으로 올라가는 분도 있습니다.

몹시 운이 나쁜 날에는 올바른 진입과 주차를 부탁하다가 대뜸 젊은 놈이 버릇없고 시골인심이 고약하다며 멱살을 잡히기도 하였습니다.

일행 중 한 분은 자신이 이 지역 출신 전직 판사였다며 대뜸 하대(下對)하더군요. 나라님보다 더 무서운 분이셨습니다. -.-

살아서 섬기기를 다 하는 것이 효(孝)의 근본입니다. 죽어 흙으로 돌아간 부모 조상 무덤에 금테를 두른다고 조상님이 어여삐 여겨 자손들을 굽어살펴 주실는지요? 눈길 닿는 산산 골골 마다 늘어만 가는 봉분들을 보며 착잡한 마음 가눌 길 없습니다. 이런 달마도 언젠가는 선대 산소를 이장해서 가족 묘원 조성을 해야 할 텐데 하고 혼자 고민하고 있습니다.

유구히 이어온 전통과 냉엄한 현실이 혼재한 오늘날 어쩔 수 없는 달마도 유수부엽(流水浮葉)처럼 등 떠밀려 정처 없이 흘러만 갑니다.

18

노블레스 오블리주(Noblesse oblige)

이 말의 사전적 의미는 '귀족이 지켜야 할 윤리와 도덕'쯤 이다. 외국어가 짧은 달마도 그 뜻이 참으로 좋다고 느껴져, 좌우명으로 삼고 있다.

앞으로 귀족으로 거듭날 미래를 대비하여 방정(方正)한 품행(品行)유지, 그리고 조신(操身)한 몸가짐을 해야 할 것이다. '고귀한 신분에 따른 사회에 대한 도덕적 책무'라고 확대해석해도 별 무리가 없다. 달마가 언감생심 귀족 흉내를 낸다면 소도 웃을 일이다.

내 평생 귀족이 요원한 시골 무지렁이이나, 마음만은 귀족 부럽지 않게 살려 오늘도 허리끈 졸라맨 '시골 쥐(鼠) 족'이다. 행복하고 싶은 시골 쥐(鼠) 족이 뭐 별거인가 달랑 불알 두 쪽 가지고 손바닥만 한 시골에 웅크리고 살아도 압구정동 만석꾼 부럽지 않다. 귀족이란 단어는 참으로 많은 사람들이 그리되어 살고 싶은 욕심을 갖게 한다. 시골 길거리 간판에서도 귀족이 참으로 많다.

노블레스 룸 싸롱, 노블 양화점, 노블 힐 아파트, 노블레스 안경원 등 그곳만 다녀오면 누구나 다 한 번씩 호사를 타고 잠시나마 귀족이 된다. 이렇게 귀족 아닌 백성들은, '귀족 사진관' 앞에서 잠시 기념사진 찍는 것만으로 만족하며 산다.

우리나라에는 참으로 귀족들이 많이 산다. 그러나 귀족들은 폼 나는 명사 '노블레스'에만 관심이 있지 뒤에 따라다니는 동사 '오블리주'에는 흥미가 없다. 우아한 귀족적 삶에는 흥미가 있지만, 사회에 대한 도덕적 책무라는 다소 주제 무겁고 교과서적인 이야기에 귀 기울이기에는, 무관심이 곧 품위 유지의 지름길이다.

아마 그런 일들은 아랫것들이 알아서 적당히, 제 주인의 품위에 손상 가지 않을 만큼, 흉내 내주면 된다고 생각할지도 모른다. 귀족이라면 적어도 신분유지를 위해서만 움직이며, 자신과 주변 생활은 항상 누구도 따를 수 없는 저 높은 곳에서 내려다보며 살아야 할 직성이 풀릴 이들이다.

유아독귀(唯我獨貴) 독야귀족(獨也貴族) 하여야 한다. 매스컴에서 새로 지은 아파트를 입주하면서 단 한 번도 사용해 보지 않은 가구며, 문짝, 창호, 바닥재 등을 송두리째 교체한다는 뉴스다. 아! 역시 대한민국은 OECD 회원국이구나! 역시 품위 유지비가 많이 드는구나! 누구도 부인할 수 없는 귀족국가 반열에 올라섰구나! 대~~한민국!

아니지? 다는 아니지, 아마 서울 민국 강남 특별시 이야기로 우리랑은 아무런 상관없는 딴 동네 일이거니 하였다. 그런데 아니었다. 바로 우리 동네 이야기였다. 그것도 상위 건설업체가 지은 아파트에서 일어나고 있는 일이다.

아파트 모델 하우스나 샘플 하우스는 항상 최고의 디자인과 최상의 품질로 설계 시공한다. 이유는 간단하다. 유행 지난 위생도기나 가구 조명등을 시공하였다가는 그 아파트 분양은 요단 강 건너간다. 치열한 경쟁에서 살아남으려면 일류, 이류 업체가 따로 없다. 어느 업체나 편리한 동선과 구조, 격조 있는 설계, 고급스러운 가구 조명을 알아서 설계 시공한다. 그래서 우리나라 아파트는 그 구조와 동선 조형과 디자인이 가히 세계적 수준이다. 이런 아파트는 이름도 우아하게 지어진다.

'노블힐스!' '우아한 당신 품위 있는 1% 당신을 위해 탄생한 아파트'라고 기품 있게 광고한다.

그렇게 힘겹게 잉태 탄생한 귀족 전용 보금자리다. 그러나 그 아파트 입주도 전에 귀족에게 갈가리 난도질당한다. 우리네 귀족의 눈높이는 단연 1% 눈높이다. 그들의 눈높이에 맞춘 주거 공간 만들기란 애초 1군 건설업체로는 무리였다. 까고, 부시고, 뜯어내며 귀족적 안목으로 새로이 디자인한다. 단 한 번도 사용하지 않은 값비싼 자재들이 한순간 쓰레기로 바뀌어 아파트 주차장을 메운다. 그들의 눈에는 값비싼 자재가 아니라 단지 자신의 품위에 맞지 않는 획일화 저급 화한 마트 형 물건일 뿐이다.

옛날에도 귀족은 있었다. 양반이었다. 경주 최 부자는 '사방 100리 안에 굶어 죽는 사람이 없게 하라'고 하였다. 벼슬은 진사를 넘지 말며, 재물은 만석을 넘겨 모으지 말고, 시집온 며느리는 3년 동안 무명옷을 입게 하고 흉년에는 남의 논밭을 사들지 말라며 경계시켜, 베풂과 나눔과 근검절약하는 절제를 몸소 실천 한 '선각적 귀족' 이였다.

최 부자는 '귀족이란 어떤 사람들이어야 하는가?'라는 물음에 대한 모범 답안을 오늘까지 전해 주고 있다. 그저 부자가 망해도 삼대는 간다라는 냉소적 비 아양 섞인 속담을 전한 것이 아니다. 진정 '노블레스 오블리주'를 실천한 것이다. 그런 귀족은 못 되더라도, 그런 재력 있고, 명망 있고, 지혜로운 귀족은 못되더라도, 단 한 번도 사용 안 한 멀쩡한 문짝과 마룻바닥을, 뜯어내는 이유를 설명해야 한다.

바로 당신의 자녀, 앞으로 반드시 귀족의 반열에 오를 예비 귀족, 당신의 자녀에게…!

— 오지랖 달마 생각 —

2장

여름

우체부 아저씨

"아저씨, 아저씨 우체부 아저씨
큰 가방 메고서 어딜 가나요.

큰 가방 속에는 편지, 편지 들었죠.
시집간 언니가 내일 온대요."

'우체부 아저씨'라는 동요의 첫 소절입니다. 고무줄놀이에 열중하던 여자아이들이 저녁밥 짓는 연기가 골목을 감아 돌고 땅거미가 고무줄 무릎까지 올라오도록 까르르 골목을 울리던 시절이었지요.

옛날 우체부 아저씨는 희망과 꿈을 안고 도시로 간 형제 누이의 소식을 전하던 반가운 전령사였습니다. 군인 간 아들의 일자 소식에 애가 타던 중 고단한 들일을 마치고 뉘엿뉘엿한 귀갓길 골목 어귀에서 만난 우체부 아저씨는 반가움 그 자체였습니다. 오늘도 무소식을 전해준 우체부 아저씨. 어머니는 자식의 안위를 걱정하며 휘적휘적 주름진 사립문을 힘겹게 열었지요.

이렇게 하루나 이틀에 한 번 자전거를 타고 동네에 나타난 우체부 아저씨는 누구나 좋아하였으니, 당연히 동네 꼬맹이들도 시집간 언니가 내일 온다며 신나게 '우체부 아저씨'를 노래하였습니다. 기다리고 기다리던 서울 간 윤 초시 댁 손녀딸의 연서(戀書)를 받을 수 있는 날 하늘은 온통 나만을 위하여 존재합니다.

이제는 그런 반가운 소식을 전해주는 우체부 아저씨는 없습니다. 우체부 아저씨는 없고 '집배원'이라는 다소 낯선 이름의 아저씨가 있지요. 이름이 달라서 그런지 배달해주는 내용도 아주 달라졌습니다.

애틋한 사연이나 간절한 소식을 전해주는 것이 아니라, '고지서'라고 불리는 아주 건조하고 살벌한 우편물을 부르릉~! 오토바이 소리와 함께 무표정하게 전달해 줍니다. 혹 "등기요~! 도장 가지고 나오세요!" 하는 날에는 죄진 것도 별로 없다고 생각한 가슴도 덜컥 내려앉습니다. 어김없이 독촉장이나 과태료 통지서를 받아야 합니다.

그러니 이제는 집배원 아저씨가 오는 소리는 압류 집달관을 만나는 것처럼 무서워졌습니다. 이 겁나는 고지서는 형태도 다양하여 각종 전기세, 전화요금, 수도세, 가스요금은 기본이고 독촉장 최고장, 주차위반, 속도위반 고지서 등 살벌한 데다가 국민연금, 의료보험, 자동차보험, 만기통보, 등 납부기한이 지났다고 호통치거나, 한 번만 더 납부기한을 준수치 않으면 가만두지 않겠다는 위협적인 내용 인지라, 능력이 없거나 부족한 서민들은 늘 상실감 무력증에 놀란 토끼 가슴을 쓸어내리곤 합니다. 납세의 의무야 국민의 기본의무이니 거기에는 재산세, 주민세, 소득세, 등의 세금까지 이야기하면 나쁜 놈 됩니다.

더 있습니다. 담보대출, 연체이자… 이런! 벌이도 시원치 않은 우리에게 집배원 아저씨는 아무 필요도 없는 DM 광고 홍보물까지 덤으로 한 아름씩 안겨주고 뒤도 돌아보지 않고 부르릉~ 가버립니다.

그 옛날 낭만의 우체부 아저씨가 사약을 든 저승사자처럼 무서워졌는데, 전화로 배달되는 육성 메시지인들 반가운 목소리를 듣기는 쉽지 않습니다.

전화받기가 이제 겁이 납니다. 수화기를 들면 은행의 채권추심에다, 카드사의 연체독촉 전화가 "당신 나빠! 쾅~ 확! 신용 불량자로 처리할 거야!"라며 호통칩니다. 신용상태가 별로 좋지 않은 서민인데도 신용과 관계없으니 필요한 만큼 대출해 주겠다고 유혹하기도 하지요. 또 감사하게도 너무 많이 낸 보험료가 있어 환급까지 해주겠답니다.

게다가 수시로 "시간 있으세요? 나 오늘 한가해요!^^;;" 라는 야릇한 문자까지 무차별 서비스로 배달해 줍니다.

신용사회를 살아가기가 무척 힘이 듭니다. 신용은 국가의 경쟁력이라지요. 우리는 매월, 분기마다 너무나 많은 날짜를 빠짐없이 기억하고 있어야 합니다. 기억만 해서는 안 됩니다. 기억 속 약속을 지키기 위해, 열심히 뼈 빠지게 일해서 돈 벌어야 합니다. 그렇게 돈 벌어도 납부기한 준수하기가 쉽지 않습니다. 그래도 그래야만 위기의 수렁에 빠진 국가의 경제가 살아납니다.

그리고 나머지로 생활하고 연명하여야 합니다. 그 나머지인 지갑을 열어보면 장기판에 차(車) 떼고 포(包) 떼고 두는 장기입니다. '졸(卒)'로서 삶의 승부를 걸어야 하는 가장(家長)의 처지는 힘에 겹습니다. 결과가 뻔한 '박보 장기'임에도 승부수를 띄워야 합니다. 그렇게 승부수를 띄워 대박 터진 사람보다 쪽박 깨진 사람이 훨씬 많습니다.

무능하고 덜떨어진 우리는 정작 꼭 잊지 말고 살아야 하는 마누님의 생일, 결혼기념일, 내 생일은 상시 잊어버리고, 우리 아이가 몇 반 인지 가장 친한 친구가 누구인지 담임 선생님 이름은 무엇인지 또 여자인지 남자인지 할머니 제삿날이 언제인지조차도 기억 못 하는 불출(不出)이 되어 버린 지 오래입니다.

그립습니다. 반가움에 버선발로 뛰어 나가 받아 쥐던 한 통의 편지. 떨리는 목소리로 안부를 물어보던 '따르릉~!' 하며 울리던 전화기. "편지요!" 하고 사립문 밖 감나무 아래서 들려오는 우체부 아저씨의 반가운 목소리!

다들 오데로 갔나요? 오데로!

― 우체부 아저씨가 그리운 달마 ―

신(新) 십승지(十乘地) 문경

변방 문경도 도시 축에 속한다며, (지도상으로는 거의 국토의 중심에 위치한다.) 더 구석진 곳을 찾아 주흘산 자락으로 숨어든 지, 해가 여러 번 바뀌고 또 중천(中天)에 떴다. 그렇다고 내가 도시에서만 굴러먹던 뼈다귀는 아니다.

300여 년 조상 대대로 문경에서 살아왔고, 그 덕에 문경에서 태어난 토박이다. 잠시 10여 년 도시 물먹은 것을 제외하면 오리지널 문경놈 문경 사람이다. 그러니 저 태어난 문경을 널리 홍보하여 밥값을 해야 한다.

직업이 디자인 기획 업무가 주 사업 아이템이었던지라, '미래 문경 체험형 녹색 관광과 신재생 저탄소 에너지 육성사업의 중추적 역할 및 멀티형 체육 도시 발전 방안'이라는 안(案)을 갖고 고찰(高察)을 일삼다 보니, 기획안이 너덜너덜 고색창연(古色蒼然)해졌다.

각설하고 예로부터 문경은 '신석호(申石虎)의 땅'이라고 하였다. '申가 성을 가진 자들이 많이 살고, 돌(石)이 많으며, 호랑이(虎)가 많다.'라고 한데서 유래되었다. 지금은 신(申), 석(石)은 의구(依舊)하되, 문경호(虎)는 간데없다. 주흘산 자락으로 숨어든 범(犯)(?) 같은 달마는 있다. 참고로 달마의 성씨는 '달(達)'이 아니고 '신(申)'이다.

백두대간의 중심, 국토의 중심인 문경 땅은 지리적으로 바다가 멀다.

종로든, 영등포든, 차라리 미아리로 가던 바다를 만나려면 족히 서너 시간은 달려야 한다. 그러면서도 강원도의 수려하고 웅장한 산세, 평야를 연상케 하는 너른 벌판이 공존한다. 또한, 산이 크고 깊으니 계곡 또한 깊고 맑은 계류가 지천으로 숨겨져 있다.

삼세판 도전 끝에 드디어 동계 올림픽 유치에 성공한 의지의 강원도민이 자랑하는 평창 흥정계곡이나 금당계곡은 문경에서는 계곡으로서 명함도 내밀기 어렵다. (평창군민 열 받으시려나?) 내 생각이 그렇다는 것이다.

그러나 사실이다. 그럼에도 문경의 계곡과 산들은 강원도의 산과 계곡처럼 유명하지는 못하다. 생각해보면 '틈새 계곡'이기 때문이다. 덕분에 계곡들이 잘 알려지지 않은 관계로 청정하다. 그래서 숨겨진 비경이 지천으로 많다.

이렇게 입에 침 튀기며 '그린 & 초록 문경'을 홍보한다고 해서 관계 공무원이 우리가 해야 할 일 대신 해주어 고맙단 소리 들은 적 없다. 태생이 문경산(産)인지라, 의당 문경을 널리 알릴 업보가 있을 뿐이다.

많은 사람들이 문경으로 여행을 오나, 그들은 문경을 제대로 알지도 보지도 느끼지도 못하고, 스쳐 지나가기만 한다. 문경새재 입구에 들려 용인 민속촌 비슷하게 생긴 KBS 사극 촬영장 한번 구경하고, 밥 한 끼먹고, 내려와 온천욕 한번 하고, 그리고는 관광버스 타고 훌쩍 떠난다. 그리고는 "문경새재 별 볼 것 없다!"며, 문경을 다 아는 양 깎아내린다. "볼 것도 즐길 것도 별로 없다"며 장님 코끼리 코를 더듬는다. 그런 덕분에 문경은 오히려 더욱더 청정한 자연이 잘 보존되었는지도 모른다.

이런 문경을 제대로 살펴보려면 3박 4일이 필요하다. 문경 중에서도 중심인 중북부 권은 영남 팔경의 하나인 진남교반과 주변의 고모산성, 오미자 테마터널 그리고 인기 있는 관광 상품인 철로자전거를 즐길 수 있다.

북부권인 문경새재는 이름만큼이나 유명한 한양으로 연결되는 청정 고갯길로, 주변에는 KBS 촬영장과 자연생태전시관, 생태공원, 영남대로의 길 박물관, 문경온천, 박정희 전 대통령의 하숙 집 청운각, 패러글라이딩 문경활공장, 퍼블릭 문경골프장, 신라 시대 한양길 관문인 하늘재 등이 있으며, 주변에는 무수히 많은 전통 소성 기법으로 누대를 걸쳐 제작되어 오고 있는 '장작 망뎅이 가마'가 임진왜란 전 선조 도공들의 맥을 이어 장인정신과 예술성을 면면히 이어져 오고 있으니, 문화적 탐방 1박 코스로 부족함이 없다.

동부권은 수려한 경천호를 중심으로 동로 생달 계곡과 한여름 얼음 같은 '냉골(冷谷)'이라는 운달계곡이 있으며, 운달계곡에는 천년고찰 김룡사와 인근 선승들의 요람 사불산 대승사(四佛山 大乘寺)가 있어 힐링을 겸한 사색적 여유를 즐길 수 있는 1박 코스가 될 수 있으며, 더불어 문경 동로의 오감오미(五感五味) 청정 오미자 체험 잊지 마시라.

서부권으로 농암 청정 비경인 쌍룡계곡과 가은의 희양산 백운대계곡과 4월 초파일을 제외한 연중 입산금지 터인 국내 최대 선승들의 수행 도량인 봉암사가 있으며, 주변에는 선유동계곡과 용추계곡이 그림처럼 펼쳐져 있고, 남녀노소 다 같이 지난날 석탄에너지의 도시였던 문경의 광산 갱도를 체험할 수 있는 석탄박물관이 있어 또한 1박의 체험여행으로 부족함이 없다.

직업상 더러 우리나라 산하의 풍광을 화폭에 담기 위해 스케치 여행을 떠날 때가 가끔 있다. 소위 봉고차 좌석을 뜯어내고 침상을 들여 놓고 물감이랑 화구를 챙겨 싣고 차 안에서 기숙하며 전국을 떠도는 소위 '집시카' 생활을 했다. 요즈음 유행하는 집시카보다 근 30년 전 이야기로 원조 집시맨에 속할 것이다. 봉고차는 제 주인을 싣고 거리의 찬이슬 노숙을 밥 먹듯 하였다.

고행처럼 전국을 떠돌며 산천을 그리다가, 지치면 다시 고향 땅인 문경으로 돌아온다. 그럴 때 만나는 문경땅의 풍광은 가히 조선 시대 풍수 예언가이신 격암(格菴) 남사고(南師古) 선생도 미처 보지 못한 '십승지'를 발견한 듯 감격스럽다. 내 고향 땅이라서가 아니라, 거친 들판을 노숙으로 일삼던 여행객 입장에서 다시 만나는 문경 땅은 이보다 더 아름답고 살기 좋은 땅이 있으랴 싶은 듯, 가히 콜럼버스적 발견을 경험한다.

문경 하늘 아래에서 살 때는 문경이 잘 보이질 않았다. 그러나 강원도 찍고, 전라도 터닝(turning), 충청도 살짝 밟고, 문경으로 마무리할 때쯤이면 아주 객관적인 시각이 발달한다.

어디를 가나 만날 수 있는 계곡과 맑은 계류, 넓은 들판과 사과농원, 산세는 강원도의 험준한 준령을 닮아있고 그 아래 펼쳐진 너른 들판은 남도의 평원을 연상케 한다. 게다가 항상 가뭄과 홍수 등 자연 풍수해로부터는 늘 한 발짝 비켜나 있는 동네이다.

과거에는 영남과 한양을 이어주는 문경새재가 중요한 길목 역할을 하였으나 현재는 국토의 한가운데 자리 잡고 있으면서도 비교적 교통의 사각지대이다 보니 공해 없는 청정자연이 잘 보존되어 있다. 이제는 중

부내륙고속도로가 개통되어 교통의 오지에서 해방되어 어디에서든 두 시간 이내 도달 할 수가 있다. (또 오염되려나?)

한 가지 아쉬운 점은 석탄 에너지 산업의 몰락으로, 경제활동을 하기에는 부적합한 지역이다. 그래서 이농과 이직이 늘어서 많은 사람들이 도시로 먹고 살길을 찾아서 떠나 버렸다. 그러다 보니 문경은 인구가 가히 반 토막 났다. 생존을 위해 뿔뿔이 도시로 흩어진 것이다.

대체산업이 없는 문경에 남은 것은 천혜의 자연만이 덩그러니 남아 있다. 그것을 있는 그대로 보여주어, 다시 찾는 문경 땅을 만들기 위해, 관(官)과 민(民)이 많은 노력을 기울이고 있는 현재의 문경이다.

양력 5월 초승께 문경새재에서는 대한민국 대표축제인 '문경 전통 찻사발 축제'도 열린다. 막사발이든 찻사발이든 우리 선조들의 얼과 지혜가 담긴 '그릇'이다. 조선 도공 후예들의 예술혼으로 빚은 소중한 우리 문경의 문화유산이다.

그래도 잘 모르시겠다면 이 달마에게 기별 한 번 넣어주시구여. 그래야만 문경산(産) 달마로서 밥값을 할 수 있을 터.

– 여행을 겁박하는 달마 –

여행객과 행락객

여행이란 삶의 참 좋은 동반자입니다. 홀로 떠나는 여행도, 함께하는 여행도 설레임과 기대로 마음은 풍선처럼 부풉니다. 그래서 여행은 떠나 기전 기다림이 절반이라고 하였나 봅니다. 기대를 안고 목적지에 도착하면 그 기대가 반감하여 실망할 수도 있습니다.

때론 불친절로 불쾌할 수도 있고, 바가지요금으로 인상이 찌푸려지고, 과대광고로 포장되어 실제 본모습은 보잘것없는 여행지인 곳도 있습니다. 그러나 적어도 떠나기 전까지는 멋진 상상을 하며 한껏 기대 부푼 여행을 꿈꾸게 되지요.

예로부터 '사람이 아름답다'고 하였습니다. 훌륭한 경치를 보는 것도 좋겠고, 색다른 문화를 체험하는 것도 좋지만, 인정 넘치고 상냥하며 친절함이 온몸에서 진심으로 우러나는 그런 사람을 만나는 일은 여행지에서의 또 다른 즐거움입니다.

사실 우리나라같이 작은 나라에서는 전라도를 가거나 강원도를 가나 좁은 땅덩어리다 보니 보이는 풍경은 비슷한 모습을 하고 있습니다. 우리나라가 아닌 이역만리 아프리카나 유럽을 가지 않고는 별다른 이색적인 경치와 인종과 문화를 만나지 못합니다. 그렇더라도 우리는 집을 벗어난 자유와 낭만을 그리워합니다. 그래서 늘 현실에서 벗어난 일탈

법교하(法橋下) _oil on canvas

을 꿈꾸게 되지요. '집 떠나면 고생'이라는 여행을 수행승처럼 고행으로 다녀오고 나면 역시 집이 제일 좋다며 긴장을 풀고 두 다리를 뻗습니다.

그러나 시간이 지나면 우리는 또다시 여행의 향수에 젖습니다. 또다시 떠나고 싶은 목마름에 진한 여행의 향수를 그리워합니다.

그래서 인간은 죽을 때까지 방랑과 유혹에 낯선 땅을 서성이는 이방인으로 살다가 생을 마무리하는지도 모르겠습니다. 아마 우리의 핏속에는 원시 유목민의 유전자가 면면히 이어져 왔을 것입니다.

때는 바야흐로 휴가철이 돌아왔습니다. 펜션도 소위 성수기를 맞습니다. 1년에 한 번 있는 현상이지요. 평소에 파리만 날리던 우리 집도 웬일인지 제법 여행객이 많이 찾아옵니다. 때가 때이니만큼 드디어 '메뚜기도 한 철'이 돌아온 것이지요.

달마는 여행을 여행하는 4분의 4박자 형 여행객을 기다립니다. 우리집이 그런 여행자에게 목마른 갈증과 여독을 풀어줄 청량한 샘터이기를 꿈꿉니다.

고단한 일상에서 잠시라도 벗어나 자연을 벗하고 가슴이 따뜻한 사람을 만나러 떠나라고 부추깁니다. 그래서 운전도 하지 말고 버스를 타거나 기차를 타고 떠나라고 협박합니다.

하루에 서너 차례밖에 다니지 않아, 기다려도 기다려도 오지 않는 먼지 나는 시골 시외버스를 타고 펜션에 도착한 여행자는 안락하고 편안한 쉼터에서 만나는 주인장의 친절을 잊지 못할 것입니다. 그런 여행객은 주인장 또한 잊지 못하는 법이지요. 주인장 역시 떠나지 못해 머무는 여행을 하는 또 다른 여행자이기 때문이지요.

도시의 편리함을 몽땅 싸들고 시골에 와서 즐기겠다는 것은 여행객의 마음이 아니라, 가까운 도회지 근교의 유원지를 찾아서 봄에 핀 벚꽃 놀이나 가을 단풍을 즐기겠다는 행락객의 마음일 것입니다.

그들이 행락지에서 음주와 가무를 하든, 끼리끼리 모여서 고스톱을 치든, 게임방에서 게임을 하고 노래방에서 노래를 부르든 아무도 말리지 않습니다.

보는 사람들도 드디어 꽃피는 춘삼월 호시절이 도래하였구나 하며 오히려 그들을 부러워할 것입니다. 적어도 유원지 행락질서만 어지럽히지 않는다면 말입니다. 그러나 그런 사람들을 여행객이라고 부르지는 않습니다. 비교적 가볍게 떠나고 즐기는 단풍놀이나 벚꽃 축제 참가자인 행락객이지요. 펜션을 겸하고 있는 우리 집은 유원지의 방갈로가 아닙니다. 여행 중 편안한 쉼이 필요한 여행객의 숙영지 쉼터이지요.

우리나라에는 현재 약 10,000여 개가 넘는 엄청난 수의 펜션이 경쟁적으로 우후죽순으로 생겨나고 있습니다. 그중에는 월풀 욕조에다가 노래방 기기도 기본이고, 고객이 심심할까 봐 화투와 카드도 기본으로 비치해 줍니다.

내, 외부에 수영장 시설을 갖춘 곳도 많이 있습니다. 정원에서는 바비큐 시설을 항상 무료로 이용할 수 있으며, 주인장은 친절한 미소로 항상 중무장하고 있습니다.

어떤 곳에서는 고객의 기념일을 위하여 폭죽까지 준비하여 시골 밤하늘을 불꽃으로 수놓아 주는 곳도 있습니다. 고객이 만족할 정도로 감동하였을지는 모르나 시골주민의 분노는 밤하늘에서 폭죽처럼 폭발하였을 것입니다.

이곳은 주인장 달마가 두 눈 부릅뜨고 시퍼렇게 살아있는 고객이 주인이 아닌 달마가 주인인 '달마네 집'입니다. 손님이 주인의 눈치를 보아야 하는 다소 이상한 집입니다. 나는 온종일 땡볕 가득한 펜션 마당에 앉아 '풀 뽑는 남자'로 하루해가 뜨고 기우는 남자입니다. 텃밭은 덤이지요.

그러다 저녁이 되면 책도 읽고 그림도 그리며 더불어 여행객과 수다도 떨면서 소주도 한잔 얻어 마십니다. 공짜가 있을 수 없으니, 내가 커피도 한잔 대접하고 내 집을 찾아주셔서 감사하다며 기타도 한 곡 칩니다.

우리 집은 펜션이기 전에 내 평생 시골살이 꿈이 담긴 요람입니다. 여행객에게 졸도할 친절한 서비스를 베풀기 보다, 내 삶이 더욱더 소중한 '달마네 집'인 것이지요. 이 집은 나와 더불어 잔잔한 삶의 현장으로 생을 같이 할 것입니다.

그러다 보니 우리 집은 요즈음 별로 인기 없는 펜션이 되어 여행객도 뜸하고 나의 취미는 파리 사냥(?)이 되었습니다. 어쩌면 '성철 스님'처럼 토굴 둘레에 철조망을 치마처럼 두를지도 모를 일이지요.

그러니 행락객 여러분! 이쯤에서 발길을 돌리심이 어떠실는지요?

　　　　　　　　　　　　　　　　　　　　－ 행락객에 지쳐가는 달마 －

4

장마 일기

감자를 캡니다. 지금 캐지 않으면 감자는 세상 구경을 하기도 전 땅속에서 썩어버리고 말 것입니다. 감자밭 하얀 감자꽃이 허드레 피울 때 씨감자를 심은 게으른 달마입니다. 수습 농부가 초보농군 흉내를 내었지요.

파종시기를 놓친 감자파종은 정상적 발육과 수확은 이미 심을 때 물건너갔습니다. 농사일뿐만 아니라 세상사 모든 일에는 적당한 때가 있습니다.

집 안과 밖 그리고 텃밭을 모조리 더해봤자 그저 800여 평 남짓한 일터입니다. 이만한 크기도 달마에게는 넓은 벌 동쪽 끝이지요. 펜션 정원 잔디밭에 풀 뽑는 일은 일견 수월해 보입니다. 그러나 100여 평 남짓한 잔디 관리는 천 평 넘는 감자밭 관리보다 훨씬 힘이 듭니다.

사실 펜션을 지을 때 마당쇠를 자처하였으니 구시렁거릴 일도 아닙니다. 여행객은 비교적 잘 정돈된 정원을 보며 힐링 할 것이며 또한 부지런한 이 집 마당쇠도 칭찬해 줄 것입니다.

'풀 뽑는 남자'의 뿔 뽑는 일은 밥값의 기본입니다. 그렇다고 그것만으로 밥값을 다했다고 할 수는 없습니다. 담장이 없는 우리 집에 올해는 해바라기로 담장을 둘렀습니다. 정원석 사이로 해바라기를 모종하였더니, 꽃을 피운 뒤 늘 종종거리는 나만 따라 돕니다. '달(마) 바라기' 들입니다. 기특한! ^^

그 큰 키에 혹 장맛비에 쓰러질세라, 양질의 부엽토를 퍼다가 흙으로 덮어 주고 지주목도 세워 주었습니다. 지주목이 필요한 놈들이 또 있군요. 올해 고추는 80모밖에 심지 않았습니다. 요놈들도 지주목을 박고 노끈으로 단단히 잡아매었습니다. 탄저병과 역병 때문에 초토화된 경험이 있어 나름의 방역에 최선을 다합니다.

매년 장마철 물 폭탄에 경기(驚氣)를 수차례 경험한 달마였던지라, 장마 오기 한 달 전부터 '의무 방어전'에 돌입합니다.

한계 강우량을 기본 300mm 이상으로 설정하였습니다. 배수로 정비는 기본이고 건물 누수 혹은 습기 잠복, 난간도색과 장맛비에 데크(마루)가 부패하는 것을 막기 위해 오일스텐을 발라주는 등 나름대로 철저한 대비를 합니다.

대체로 이런 부분들은 지나친 품위유지비를 발생시킵니다. 달마의 부실한 체력과 곤궁한 경제는 또 한 번 허리가 휩니다. 노동으로 휜 허리야 한잔 술로 달래주면 되지만 부실한 경제로 휜 허리는 달래줄 방법이 없습니다. 유일한 방법은 여름 성수기 때 여행객을 아주 많이 받아 떼돈을 벌어야 하는데, 예약상황을 보아하니 기대가 난망입니다. ㅠㅠ

석축 사이의 잡풀은 집중호우를 대비하여 장마가 끝난 후에나 손봐줄 것입니다. 흙을 잔뜩 움켜쥐고 있는 그들이 집중호우에 토사유실을 방지해 줄 수 있습니다. 이제는 풀들과는 전쟁할 때가 아니라, 적당한 공존과 타협을 해야 할 때입니다.

어제는 총각무를 뽑아 이웃에 나누어주었고, 그제는 머위를 잘라 친구들에게 나누어 주었습니다. 오늘은 감자를 캐어 기러기 아빠인 친구에게 보냈습니다. 감자를 캐면서 곧바로 망을 지어 가을 김장배추 파종에 대비했습니다. 캔 감자는 쥐방울만 한 것 하나도 버리지 않고 알뜰하게 수확합니다. 그런 뒤 진흙을 씻어내고 크기별로 나눕니다.

이 쥐방울만 한 감자는 껍질째 졸여서 밑반찬으로 먹을 수 있습니다. 버릴게 하나도 없던 달마의 유년시절에 어머님께서는 늘 그렇게 밥상 위에 올려주셨습니다.

막내와 함께 지나가던 마눌이 기어코 한마디 거들고 갑니다.

"아빠가 저렇게 알뜰하고 부지런하시니 우리도 조만간 부자 소리 들으며 살겠지?"

막내는 알 듯 모를 듯한, 싱긋한 미소로 지네 엄마의 의견에 동의합니다. 비비 꼬는데 꿀 꽈배기가 다된 마눌입니다. 에이! 발칙한~~~! 그

렇지만 힘없는 백성이 참아야 합니다. ㅠㅠ

옥수수는 키가 너무 웃자라 흙덮기를 단단히 해주었지만, 아무래도 이번 장마를 무사히 넘길 수 있을지 걱정입니다. 옥수수밭 사이에 심어 놓은 땅콩은 그늘이 져서 그런지 도무지 생육이 시원치 않습니다. 가을에 땅콩 한 바가지 수확하면 기적일 것입니다.

읍내 교회 장로님께서 들깨 모종을 한 움큼 주고 가셨습니다. 총각무를 캐낸 자리에 정식간격으로 꽂아 주었습니다. 대체로 손봐주지 않은 우리 집 식구로는 호박만 남았군요. 매년 항상 호박들이 넝쿨 채 굴러들어 오는지라 요놈들은 크게 손보아주지 않아도 될듯합니다. 넝쿨을 정리해주고 웃거름을 조금 하였습니다.

애고! 허리 한번 펴고 나니, 원한의 장마가 바야흐로 진짜 도래 하였습니다.

"그래 나도 이미 수방 대책 다 세워 놓았다. 어디 할 테면 한번 해봐!"

하늘에 짙게 드리운 먹구름을 향해 인상 한 번 써주었더니 제깟 놈이 힘은 못 쓰고 붉으락푸르락 으르렁! 용만 쓰는군요. 짜샤~ 흐뭇 통쾌합니다. ㅎㅎ

그렇지만 달마 조사께 대든 것은 아니니 굽어살피소서! 저야 뭐 영원히 아랫것일 수밖에 없는 새빨간 달마일 뿐이지요.

언 듯 언 듯 먹구름 사이로 햇살이 반짝이고 미루나무 꼭대기엔 매미가 "응 차~! 응 차~!" 깊어가는 여름을 알립니다.

– 허리 휜 달마 –

무엇으로 감동하는가? _oil on canvas

5

제초제 맞은 달마

　시골살이 6년 차, 주말이면 불알에 요령 소리가 난다. 온종일 집 안 팎을 종종거려 보지만 일한 흔적은 별로 보이질 않는다. 온 집안을 돌며 한바탕 잡초와 전쟁을 치른 뒤 처음 자리로 돌아가면 어김없이 망초와 비름, 바랭이, 쇠뜨기가 "나 또 왔지롱~!"하며 반겨준다. 나는 항개도 안 반갑다. −_− ;;

　놈들은 단 일주일만이라도 기다려 주는 법이 없다. 끊임없이 매일매일 부지런히도 올라온다. 들녘 머리 무리 지어 하얗게 흐드러지게 핀 개망초 꽃들, 5월 늦바람에 파도처럼 부서진다. 한발 물러 바라보면 대자연의 환상적인 전원의 심포니요 싱싱한 초하의 변주곡이다.

　자연이 자연스럽게 살아있는 생명의 대지일 것이니, 이곳이 바로 천국 바로 파라다이스다. 그러나 그들에게 한발만 가까이 다가서면 졸지에 공생이 불가한 천적 관계가 성립된다. 그들과 생존을 위한 아귀다툼을 벌인다.

　그들도 죽기 살기로 또 올라온다. 결국, 내가 이길 수 없다는 막연한 불안감 속에서 그래도 질 수 없다는 오기로 그들을 뽑을 수밖에 없다.

　농부는 죽어도 농부의 호미 끝에 허리 잘린 그들은 살아남는다. 그것이 자연의 섭리 그러나 그들과의 전장인 농촌은 오늘도 제초작업에 쉼이 없다.

대를 이어 내 아들들도 언젠가는 그들을 또 뽑을 것이다. 요놈! 요놈들! 내 할아버지의 할아버지가 죽는 날까지도 따가운 햇볕에 머리에 질끈 동여매시고 논고랑 밭이랑을 떠나지 못하게 만들었던 바로 요놈! 요놈들! 그러나 이내 나는 그들을 이길 수 없음을 알게 된다. 뽑다 지쳐 드디어는 제초제를 살포하기에 이른다. 환경론자임을 자처하던 달마가 일품을 줄여 보겠다고 자연주의를 포기하는 꼼수를 쓰고야 만다.

이윽고 며칠 뒤, 결국은 내가 그들을 이길 수 없는 진정한 이유를 목격하게 된다. 고엽제인 제초제 세례를 온통 뒤집어쓰고 서서히 누렇게 말라 죽어가던 씀바귀가 마지막 죽을힘을 다해 꽃대를 올리고, 다 죽은 줄기 끝에 처절하게 보라색 꽃을 피운다.

일견 그들은 종의 보존을 위한 몸부림 앞에 숙연해진다. 엄숙한 경외심을 갖게 된다. 순리에 역행한 행동은 그만 양심에 상처를 입고 만다. '잡초박멸'을 하겠다며 판쓸이 내지는 싹쓸이를 하겠다는 발상이 도대체 어디에서 왔는지 참으로 한심한 내 모습을 보게 된다.

공생이란 다중 사회에서 필요한 질서처럼 편 한 것, 아름다운 것이라는 간단한 진리를 깨닫게 한다. 진리를 몰라서 사람들이 어리석게 사는 것은 아니다. 내 안에 진리가 없으므로 사람들은 힘들어하고 삶이 고통스럽다 할 것이다. 진리가 사방에 모래알처럼 널려져 있음을 느낄 수 있다면 그 많고 많은 진리가 문득 나를 찾아오는 어느 날 우리 모두 내 안에 그들이 머무를 수 있는 자리를 마련해야겠다.

언제나 품속에서 휴대용 맑은 거울을 꺼내어서 나를 비출 수 있게 하듯, 그들이 앉을 자리와 마주할 나의 자리를 마련해야겠다.

'잡초'란 이름의 풀은 본시 존재하지 않는다. 우리가 그들의 이름을 불러주지 않아 외로웠던 들풀 야생화가 있었을 뿐이다.

- 제초제 뿌린 달마 생각 -

열대야

여행을 꿈꾸며 가고 싶은 여행지를 상상하는 것만으로도 이미 절반은 여행 중이라 할 수 있습니다. 시골을 찾은 사람이나 여행 온 사람들은 모름지기 시골이 주는 불편, 불결 등의 열악한 환경을 볼 것이 아니라, 편의성과 효율성을 극대화한 도시와 다른 불편구조가 시골이며 또한 이런 구조가 진짜 시골이라 생각해야 합니다.

원래 자연은 편리한 구조가 아니라 원시성이 내포된 불편한 구조입니다. 그래서 혹은 파리가 끼고, 모기가 물고, 들쥐와 마당을 공유하고, 뱀 닮은 굵은 지렁이를 만나더라도 자지러질 일이 아니라 그것이 곧 시골 문화요, 향기요, 정서요, 혜택이니, 그대의 일탈한 행위는 곧 반 시골 반 문명이라며 점잖게 꾸짖어 주었지요.

비교적 그런 모습으로 시골 가운데를 조용히 살아가고 있다 믿고 있는 우리 집 상황은 오늘 조금 아이러니합니다.

이른 초저녁 기특하게도 우리 집 거실을 방문한 하루살이들의 집단 군무(群舞)를 바라보며, "허 참 고것들! 오늘 하루 치가 네 인생의 전부일터이니 부디 여유롭고 우아하고 행복하게 비행하라"고 명령합니다.

저들은 은혜로운 나의 자비에 감복한 듯 천방지축 맘껏 군무를 즐기고 있었고요. 저녁상을 준비하던 울 마눌이 '끼~약!' 외마디 비명과 함께 "난 이게 싫어 난 이래서 시골이 정말 싫어"하며 송충이를 본 듯, 벌레를 씹은 듯 혐오의 극치를 연출, 휑~하니 제 옆을 바람처럼 지나 안방으로 들어갑니다. 쾅!

쯧쯧~! 참으로 곤충이나 벌레와 공존이 시골살이의 백미(白眉)임을 모르는 참으로 한심한 도시형 아낙이로다. 달마야 면벽 좌선 중 개미가 항문을 스멀스멀 기어도 별로 개의치 않을 자이지요. 제깟 놈들이 물어봤자 먹을 것도 없습니다. -.- 타고난 촌놈인 까닭이지요.

울 마눌은 '귀족', 나는 '머슴', 평강공주와 바보온달입니다.

"도시적 식생활 습관을 그대로 가지고 시골로 장소만 옮긴 그대는 무한 귀족임을 인정하라"고 저는 사뭇 엄히 다그칩니다. 그러면 울 마눌은 "황소 닮은 귀족 봤느냐"며 되받아칩니다. 시집와서 20여 년 동안 무진 노동력 착취와 봉사와 부림만 당했는데 그런 귀족 있으면 나와 보라며 겁박합니다. 가만 생각해보니 울 마누님 황소처럼 일 한 것은 인정합니다. 경제적 능력이 현저히 떨어지는 환쟁이(화가의 경상도식 표현) 서방을 만났으니 어찌 고달픈 삶을 황소에 비견하였겠습니까?

서방의 벌이가 시원치 않으니 동서남북 가릴 것 없이 사방팔방으로 분주하게 살아야만 목구멍 전선이 안녕하였습지요. 내 비록 무늬만 가장(家長)이지만 더 늦기 전에 집안 경제 회생에 고군분투해야 번뇌가 망상처럼 주렁주렁하다 하겠습니다.

그런 우리 마눌 귀족인 것도 사실입니다. 전원생활을 위해 푸른 초원 위에 그림 같은 집을 짓든 고향 땅 느티나무 옆에 초가삼간을 엮든 마누님의 눈높이에서 출발해야 만사가 형통한 법입니다.

귀족형 마누님의 눈높이에서 설계한 달마 표 전원주택은 독일 라인 강 주변 중세시대 영주의 성 스타일입니다. 내 눈에 그렇다는 것입니다. 그러고 미켈란젤로도 다빈치도 하였는데 나라고 못 할쏘냐?

붓 대신 망치를 들었지요. 거실 모서리에 제작한 벽난로는 지구에 단 하나뿐인 달마 표 예술품으로 탄생하였습니다. 타고난 귀족, 사랑하는 아내를 위해 -.-v

벽난로 화실에서는 불이 붉은 혀를 날름거리고 그 앞에서는 중국 황실 청자 잔으로 갓 볶은 원두커피를 한잔하는 우리 마눌 모습을 상상하였습니다. 의상은 자줏빛 이브닝드레스가 좋겠군요. 상상만으로 즐거워 신나게 일하였습니다. 그렇게 짓고 부수고 까고 만들고 하며 막노동을 생활화하였지요. 나날이 마당쇠를 닮아가는 서방의 모습이 불쌍했던지 어느 날부터인지 무슨 선크림인지 선탠오일인지 매일 얼굴에 도배해 준 덕분에 용안(龍顔)을 보존하고 공사를 마칠 수 있었지요.

사실 귀족 위에 왕족 엘리자베스 2세의 신랑 필립공도 별로 기품과는 거리 멀어 보였습니다. 누가 찰스 아버지 아니랄까 봐 바람둥이 찰스에게 길쭉한 코만 물려주었더군요. 품위와는 다소 먼 촌닭 모습이었습니다.

이 글이 '데일리 메일'에 실리면 영국 황실 모독죄? 저런!

날씨는 덥고, 마눌은 방문도 안 열어주고, 오늘 저녁 하루살이 날 파리는 유별나게 다리털을 부여잡고 통사정을 하는군요. 젠장! 열대야로는 어림도 없고 스무 대야도 부족할 한여름 밤, 으스스한 귀족산장!

- 열대야 달마 -

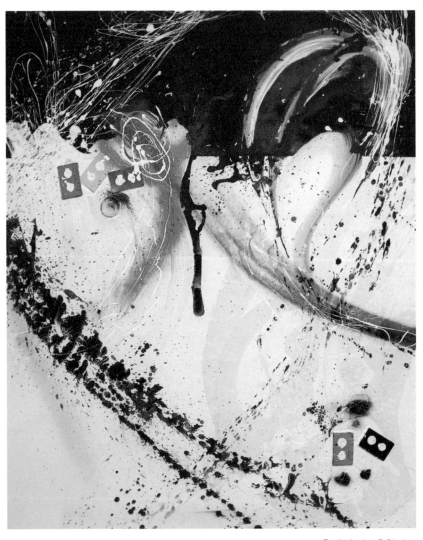

축제의 밤 _혼합재료

7

반딧불이야? 개똥벌레야?

반딧불이면 어떻고 개똥벌레면 또 어떻습니까? 똥이나 된장은 원료가 근본적으로 틀리지만, 쇠똥구리나 말똥구리는 정확히 구분합니다. 개똥벌레가 환경의 지표 곤충이라고 하니, 들녘에서 한여름밤 반딧불이를 지천으로 만날 수 있다면 오염되지 않은 청정자연의 축복인 것입니다. 문경의 생태가 청정하다는 것을 알려주는 바로미터(barometer)지요.

요즈음 반딧불이 만나보기가 어렵습니다. 예전에 여름밤 들녘에서 지천으로 만날 수 있던 반딧불이는 이제 '반딧불이 축제' 같은 박제(剝製)된 기획물로 남아있습니다. 반딧불이가 없어진 이유는 대체로 가로등과 같은 인공조명과 농약 살포 때문이랍니다.

소시적(少時的) 반딧불이는 7월의 여름밤 들판을 불꽃축제처럼 반짝였습니다. 동심은 땅 위에 내려온 은하수를 만난 듯 설레었지요. 폭죽처럼 소음도 없고 화려하지 않지만, 한여름 들녘 은근한 명멸(明滅)은 낭만과 동화 속 요정 나라처럼 무한 꿈같은 상상의 나라를 제공해 주었습니다. 이런 정서와 감성을 영양분으로 공급받으며 성장하였습니다.

개똥벌레는 언제부턴가 우리 주변에서 사라져 버렸습니다. 깜박이던 '방향지시등'을 꺼버린 것이지요. 사람들은 이유도 잘 몰랐고 이유를 알

여유도 없었습니다. 그저 밤하늘 무수한 별 중 별 한 개가 없어진 듯 표도 나지 않았습니다. 적어도 누군가 "반딧불이가 없어졌다"고 '방향지시등'의 중요성을 외치기 전까지는.

그렇게 귀하디귀하신 요놈들이 요즈음 우리 집 앞 넓은 벌판인 요성들판에서 소쩍새 울음을 코러스(chorus)로 환상적인 빛의 오케스트라 협연을 펼칩니다. 하늘엔 고즈넉한 달빛, 은하수 모래 별은 파도가 되어 요성들 위로 부서집니다. 어디가 하늘이고 어디가 땅인지도 모르게 들판엔 은하수가 내려옵니다.

시골살이에 연식을 더해가고 있는 달마입니다. 처음에 밤 들녘을 산책할 때 정말 어쩌다가 한 마리 개똥벌레를 발견하고 "심 봤다~!"하며 경이의 탄성을 질렀습니다. 역시 시골은 환경이 오염되지 않았구나 하며 전원생활을 자축하였습니다. 옆에서 따라 걷던 우리 마눌도 신기한 듯 공감하고 탄성하였지요.

못난 낭군님의 시골살이 결행을 막지 못한 것을 뼈저리게 후회하며 울며 불고 겨자 먹으며 따라온 도시형 아낙 마눌입니다. 그런 마눌이 반딧불이 앞에서 공감의 탄성을 합창하였다는 것이지요.

"거 봐라 이게 다 누구 덕이겠느냐"며 으쓱거렸습니다. 동시에 날아오는 라이트훅은 가볍게 피했고요. 슉~~~! 퍽! 어퍼컷은 미처 생각지 못하였습니다. 이런!

그러나 정말 이런 귀하신 몸을 만난 것은 참으로 행운이었지요. 나의 시골살이 야간비행(산책)도 변함없이 해를 더해갔습니다. 봄, 여름, 가을, 겨울을 가리지 않고 밤 들녘을 서성거렸습니다.

그런데 반딧불이가 해마다 조금씩 개체 수가 줄어드는 것이 아니라 조금씩 늘어나고 있었습니다. 3~4년 전부터는 심심치 않게 산책 중에 만날 수 있었는데, 지난여름에는 무리 지어 관찰되고 또 유성이 흐르듯이 지나가기도 하며 밤하늘에 별들이 땅 위로 내려온 듯 온 들녘을 별빛으로 수를 놓습니다.

반딧불이가 우리 집 근처 들판에 많아진 것은 참으로 환영할 일입니다.

늦은 나이에 잃어버린 동심과 꿈을 찾은 듯하니, 백 권의 동화책을 읽은 것보다 더 감성이 풍부해졌습니다. 그런데도 나는 궁금한 것이 많습니다. 생태학자가 아니니 그 이유를 밝힐 처지도 못되고 또 밝힐 능력도 없습니다. 그냥 지레짐작 주변 생태계가 차츰 좋아지고 있겠거니 할 뿐입니다.

조금 불안한 상상도 이어집니다. 주변 환경은 조금도 변한 것이 없는 듯한데, 개똥벌레가 변해가는 것 같습니다. 시쳇말로 내성(耐性)이 생기지 않았을까? 하는 의구심 말입니다.

모든 동식물은 살아남고 또한 종족보존과 번식을 위하여, 필사적으로 노력한다는 사실입니다. 잡초의 끈질긴 생명력과 종을 번식하기 위한 그들의 노력을 매년 잔디밭에 앉아서 풀들과의 전쟁을 치르는 나는 압니다.

처절하고 눈물겹다고 느껴질 정도의 그들의 종의 번식을 위한 방어적 노력 앞에 저는 결국 적당 공생의 길을 선택하였었지요. 종을 전면 또는 박멸시키겠다는 발상은, 처음부터가 잘못된 히틀러식 발상입니다. 생태계는 순환합니다. 물, 공기, 바람, 구름이 모습을 바꿀 뿐 본질이 변하는 것은 아니지요.

그러나 무차별 살포되는 농약에 대항하기 위하여 생태계가 내성을 키워 간다는 것은 결국 바람직한 현상이 아닐 것입니다.

체내에 유해물질을 품은 체 번식함은 결국 기형의 번식입니다. 나아가 더 많은 생태계를 교란시키는 파멸의 서곡일지도 모릅니다. 놈들이 청정해진 생태계로 복귀한 것인지, 아니면 생존번식의 법칙을 따라 내성을 키워 변신하는 것인지, 그 속내를 나는 알 수가 없습니다.

어느 날 갑자기 개체 수가 많아진 반딧불이를 보며 그들의 회귀를 진심으로 축하합니다. 그러면서 마음 한구석 걱정을 지우지 못하는 달마는 자연이 주는 고귀한 선물조차 의심병으로 갸웃거리는 못난 축생입니다.

자연에 대한 신뢰가 가출하고 인간에 대한 의심병만 키워온 도시형 촌놈의 업보(業報)입니다. 광우병이니 조류독감이니 하는 소식에 솥뚜껑 보고 놀란 자라 가슴 달마만의 기우(杞憂)겠지요. 그러나 조금은 진지하게 한 번쯤 관심 가져야 하지 않을까요.

반딧불이가 돌아온 여름밤 푸른 들녘을 축복하는 사람들이라면 말입니다.

- 감사 달마 -

8

바보 노무현

비록 정치인이 아니고 정치에 관심이 전혀 없는 국민이라 하더라도 피할 수 없이 정치적 견해를 가진다. 현실정치라고 하는 작용이 무의식적 미미한 반작용을 부른다.

정치란 행위는 대상인 백성들에게 어떤 형태로든 반작용을 발생시킨다는 것이다. 그것이 옳다고 생각하면 민초들은 부지불식 따를 것이요 그르다고 생각하면 말없이 저항한다. 이도 저도 아니면 속내를 드러내지 않고 수면 아래로 잠수한다. 심증은 가는데 반증에 확신이 없다고 생각하는 말 없는 다수는 무리 속으로 침몰한다.

옳고 그름을 판단하는 기준은 개인의 유불리에도 있고 집단의 공감하고 보편타당성에도 있다. 소위 거국적, 대승적 차원이라는 집단 이데올로기 같은 것일 것이다. 그러나 정치가 절대 불변의 진리를 추구하는 것은 아니다. 시대 상황을 반영하는 것이 변화의 가치요. 살아있는 생물적 가치요, 끊임없이 움직이는 현실정화의 가치이다. 잘하고 있는 정치라면 그렇다는 것이다. 못하는 정치도 정치가 아닌 것은 아니다.

소통의 단절 대화의 부재 이해와 양보 없는 대립들은 끊임없는 갈등의 수레바퀴를 쳇바퀴 돌리듯 할 뿐이다. 우리의 수많은 질곡의 역사가 이와 같았음을 증명한다.

빈자리 _혼합재료

대통령직을 수행하고 자연인으로 돌아갔던 노무현 전 대통령이 불행한 종말로 서거하셨다. 다시는 돌아올 수 없는 길을 스스로 걸어갔다.

그와 견해를 같이했던 지지자, 노빠, 노짱이라고 추종하던 노사모뿐만 아니라. 그동안 말없이 검찰의 수사를 지켜보던 수많은 민초들은 알 수 없는 슬픔과 분노로 온 나라가 비애감에 젖어있다.

반면 견해의 반대편에 있었던 사람들은 도덕적 파산자, 자살이라는 극단의 도피방법을 선택한 못난 전직 등으로 비아냥과 냉소적 시각이 싸늘하다. 그가 수뢰하였다는 포괄적 뇌물수수에 등장하는 7~80억이 뉘 집 강아지 이름이냐며 분통해 한다.

그렇다. 실로 어마어마한 금액이다. 강남의 주상복합 고급아파트값이다. 현 집권 세력의 핵심 '강부자, 고소영'이 보면 몇 푼 안 되는 하찮은 금액일지는 몰라도 백성들은 아마 평생 한 번도 만져보지 못할 어마어마한 거금이다.

그 거금으로 자녀 유학비에다 고급빌라를 사주었다니……. 쯧!

미국의 고급빌라가 강남의 아파트 한 챗값도 못 된다는 사실은 처음 알았다. 기왕에 힘 있을 때 맨해튼에 빌딩 한 두어 채는 사 주었어야지 그것도 못하고 전직이라는 자가 겨우 '생계형 범죄'를 저질렀느냐.

현직 때 파워가 그것밖에 되지 못했으니 내가 씌워준 감투가 배신하고 내게 칼끝을 겨누지 않는가? 팔과 다리를 자르고 드디어는 심장을 겨누며 싸늘하게 웃지 않는가? 저런!

검찰, 내 칼에 맞아 죽지 않은 전직이 없다. 너도 그런 전직 중 한 명일 뿐이다. 너는 한때 나를 불쾌하게 한 적이 있다. 통치보다 무서운 권력 있음을 알라. 너는 권불 오 년이나 나는 무한권력이다. 나의 권력은 죽음을 담보로 살아난다. 곧 저승사자이니라!

우리는 안다. 강제 수뢰한 수천억이 당시 업계 관행이었고 단지 통치 자금일 뿐이라던 전직. 추징금은 29만 원밖에 없으니 뒤져서 찾아가라며 큰소리치던 배포 큰 전직. 그는 현재 영욕으로 점철한 자신의 삶을 빗대어 "고통스럽더라도 전직으로서 꿋꿋하게 살아 대응했어야 했다"는 애도사를 했다. 우리는 제법 많은 전직 대통령을 모시며 살고 있다. 그러나 진정 존경해 마지않는 살아있는 전직이 없다는 것도 사실이다.

그가 떠난 뒤 그가 머물던 자리의 흔적이 만만치 않은 무게로 다가왔다. 떠난 뒤에라야 깨닫게 되는 어리석음이다. 도덕성은 지도자의 기본 덕목이다. 그러나 가장 지키기 힘들고 어려운 덕목이기도 하다. 도덕성의 가치는 교과서적이고 청교도적이기 때문이다. 도덕성의 앞뒤에는 수사나 형용사를 용납지 않는다.

단지 살인적인 도덕이 있을 뿐이다. 너무나도 선비적이기를 원하는 도덕성 앞에 살아남을 수 있는 정치는 없다. 우리의 정치가 그러하다는 것이다. 스스로 대쪽 같은 도덕적 양심에 상처를 입는 일을 죽기보다도 참기 어려운 치욕으로 알았다.

"국민 여러분 이제는 저 노무현이를 버리십시오."

이렇게 말할 수 있는 사람은 역설적으로 이제 도덕의 굴레에서 벗어날 때임을 알고 자신에게 단호히 떠날 것을 주문한다.

지도자로서 그 방법을 문제 삼는 이들이 있으나, 국민 앞에 머리를 풀어헤치고 석고대죄한 후, 사약을 받거나 단도로 자진하는 형식을 취할 수도 없다. 시공을 넘어 결과는 그와 같았으니…

바보 노무현은 대통령이라는 무소불위의 권력을 스스로 내려놓고 자신을 던져 이념과 좌우와 기득권과 남북과 동서의 지역분열을 뛰어넘고자 하였으나 뜻을 이루지 못하고 우리 사회에 누구라도 자유롭게 피할 수 없는 부패라는 지뢰와 덫에 걸려 산화하였다.

우리 모두 그의 고난의 가시밭길 인생역정과 도전과 좌절과 영광을 알진데 토끼몰이식 결과에 냉소하고 결국 '너도 별수 없는 정치 무뢰배에 지나지 않았구나!'라며 비아냥거렸다.

'그러면 그렇지 제깟 놈이…' 하며 폄하하기를 주저치 않았다.

지난 선거에서 BBK 사건으로 후보검증 정국이 기세 드높을 때에도 '심증은 가지만 물증이 없다'는 식으로 우리의 저승사자들은 결국 될성부른 권력에 면죄부를 주었고, 그래도 막판에 마음이 변할지도 모르니, 전 재산을 국가에 헌납하겠다는 결재기간이 빠진 보험성 백지 약속어음도 받았다. 국민은 그래도 그것이 옳을 것이다. 라는 심정적 합의를 거쳐 정권을 탄생시켰다. 이후 정치판이 어떻게 돌아갈지는 국민들이 잘 안다. 아직 결과가 나오지 않았으니 많은 시간이 필요할 것이다. 아니 그렇게 믿고 싶은 것이다. 믿지 않으면 손해니까…!

이제는 진짜 청산된 줄 알았던 철거민 이야기가 무시무시한 화마(火魔)와 함께 죽음으로 TV 화면을 뒤덮고, 점차 공권력이 서슬 푸른 옛날의 아픈 기억을 떠올리게 하며, 촛불이 등장하고 죽창이 난무하고, 마타도어(Matador) 흑색선전이 판을 치며 추모 분향소마저 경찰들의 닭장차에 에워싸인다.

막연한 이 불안감은 어디에서 오는가. 위대한 지도자 위대한 영웅은,

우리를 이끌 진정한 위대한 지도자는 평화가 깃든 때가 아니라, 난세에 나온다고 했다. 진정 난세를 자양분으로 성장해 정치 없어 정처 없이 헤매 도는 나를, 우리를, 이끌어줄 지도자는 아직 어둠 속에 숨어만 있는 것인가.

바보 노무현, 그가 바보인 이유는 노무현을 사랑하는 노사모가 결성된 이유는 영남의 대표성도 호남의 대표성도 없었던 이유는 그런 바보가 대통령이 될 수 있었던 이유는 그가 리더십이 뛰어나고 탁월한 정치지도자가 아니라 영악하지 못하고 바보스럽게도 안 되는 짓만을 골라서 하는 순수한 열정 때문이다.

단지 대통령이 되기 위해 3당 합당을 실현하고 단지 대통령이 되기 위해 정계 은퇴를 번복 하는 현실에서 원칙이 혼미한 세상을 바보의 눈으로 바라볼 줄 안 것이다.

꼭 변해야만 한다고 믿는 시대적 가치 하나만을 원칙에 세워놓고 우직하고 바보스럽게 달걀로 바위를 치고 있는 모습에서 사람들은 감동했고 우리의 미래를 차라리 바보에서 찾고자 하였다. 그것이 그가 대통령이 되었던 이유이다. 또한, 그가 죽어야 할 이유이기도 한 것이다.

그는 바보다. 죽으라고 하면 바로 죽는 바보다. 우리가 '바보 노무현'을 기억해야 하는 이유는 진정 바보 같은 순수 가치 하나만으로도 충분히 칠흑 같은 세상을 등대 삼을 수 있기 때문이다.

"담배 있나?"라고 물어보며 담뱃불처럼 사그라진 바보 노무현!

− 우울한 달마 −

9

어느 날 갑자기 1

언제부터인가? 도무지 이해가 되지 않는 일들이 생기기 시작하였다. 드물게 그러나, 사실은 아주 조금씩 내 몸 위에는 가랑비가 내리고 있었다. 감성을 깨워주는 낭만의 가랑비는 무량하게 좋으나, 뒤늦게 느껴지는 이 축축함은 참으로 싫은 것이다.

평소 가랑비쯤이야 비 축에도 끼이지 못한다고 생각하던 나다. 적어도 비라면 광풍 폭우를 동반하고 천지간에 용호상박이 벌어지듯 대지를 집어삼킬 듯 휘몰아쳐야 비로소 비(雨)로 인정하는 습성에 이골이 난 자다. 시골살이 7년 동안 낭만의 비, 이슬비, 가랑비는 구경한 적도, 맞아본 적도 없다. 기왕 왔다 하면 물 양동이를 힘껏 내리던지는 수준이었다. 부득이 아래에 위치하여 어쩔 수 없이 아랫것일 수밖에 없었던 나는 매번 비(雨)폭력에 시달렸다. 그러나 역시 나는 비폭력 무저항주의자이다.

상대가 강하면 강할수록 나의 복종은 반비례하였다. 늘 알아서 기었다. 그렇게 사는 것만이 시골살이 면벽 7년 차가 겪는 복종의 미학일 것이다. 지금 불편한 것은 삶의 지혜 복종의 미학이 아니라, 어느 날 갑자기 내 속곳이 젖어있는 사실을 발견한 데 따른 노여움이다.

방귀가 잦으면 부득불 팬티가 오염될 것이요, 그쯤이면 이른 치매를

경계하여야 한다. 권투선수가 상대편이 날리는 잽! 잽의 잔 펀치를 눈두덩에 자주 허락하면, 드디어는 눈탱이가 방탱이가 되어 앞도 잘 보이지 않을 것이다. 결과는 한방 블루스로 캔버스에 편히 쉬게 될 것이다. 잔매가 누적되면 다음 경기를 위하여도 일찌감치 드러눕는 게 상책이다. 상황판단이 빠르다면 말이다.

어느 날 갑자기 TV 리모컨에 버튼이 너무 많다는 사실에 열 받고, 휴대폰으로 문자 메시지를 보내야 할 일에 열 받는다. 차라리 손가락으로 숫자판을 두드리는 편이 훨씬 편하다고 생각했다.

참으로 시대를 거스르는 발상이라 하겠다. 트랙터로 밭을 가는 일보다 소를 몰고 쟁기질로 논밭을 갈고 싶다는 이야기니 로빈슨 크루소가 하품할 일이다. 점점 생각과 습성은 시대를 거스르게 되고 글로벌 시대에 양키 고 홈! 을 외치듯 시대에 덜 떨어진 이데올로기 갑옷을 입듯, 문명의 이기(利技)를 거부하기에 이르렀다.

기술과 과학의 발전에 따른 문명이 이제 눈부시다 못해 실명(失明)의 지경에 이르렀다. 나의 경우만 그런지도 모르겠다.

모두가 그 편리함과 신속함에 길들어 고맙고 감사를 누리는지 모르겠으나, 외려 나는 놀랍고, 두렵고 불편한 것이다. 이렇게 폭발적으로 발전해 가는 가공할 시스템들이 이미 시작된 4차 정보 산업혁명은 나의 신체 정신적 구조가 적응하고 따라가기에는 역부족이다.

언젠가부터 나는 기성세대였으며, 중천의 해가 아니라 기울기 시작한 해였다. 이제는 점차 피로를 느끼고 기력이 떨어지는 현상이 찾아오니, 별수 없이 비겁하게도 마르고 닳도록 오래 살 궁리나 해야 할 때가 된 것이다. '비루빡(벽)에 환칠(그림)할 때까지' 살 궁리를 해야 할 때가 된 것이다. 환칠은 본시 내가 환쟁이니 불문곡직(不問曲直)하고 좋아하나, 근본 재료로 분뇨(?)를 선택하고 싶은 마음은 추호도 없다. 이런!

담배를 끊고 금주를 하며 수시로 혈압을 체크 하고, 정기적으로 건강 검진을 받고 힐링, 잡지를 구독하고, 적어도 일주일에 한 번은 산을 찾아야 한다.

그런 내가 MP3나 디지털카메라, PDA, 화상시스템, 채팅 등 별로 알고 싶지 않은 새로운 테크놀리지 방식의 삶을 살아야 하니 망연자실하고 기가 막힌 것이다. 이미 나는 한번 보면 기억하고 귀동냥만 하여도 이해하고 대충 만져만 보아도 구조를 떡 주무르듯 할 수 있는 세대가 아니다.

한때 나도 그런 시절은 있었다. 옛날 음악다방의 디제이가 예스터데이였으며, 그들이 틀어주던 LP판 '예스터데이(yesterday)'가 어제였다. 당시 인기를 누리던 카세트 녹음기는 조작이 간편하고 구조는 장난감처럼 다루기가 쉬웠다. 음질이야 어찌 되었건 야외용 전축 같은 것에 불법 복사판 LP 몇 장 들고 산으로 들로 나가면 잘나가는 신세대였다.

거기서 'Keep On Running' 틀어놓고 서양 춤 한판 추면 더욱더 잘나가는 아이들이었다. 당시 들었던 'The House Of Rising Sun' 같은 곡은 주옥같은 명곡이었다. 지금도 귓가에 맴도는, 다소 긁혀서 쇳소리가 나던 음질은 슬프게도 원래 원음이 그런 줄 알았다.

어쨌거나, 나는 지금 슬프다. 신기한 물건을 보면 소유하고 싶은 강렬한 구매욕을 느끼거나, 아니면 때려 부숴서라도 그 물건의 구조나 원리를 이해하였을 내 지난날.

"도구와 조작은 척~! 보면 압니다."라고 할 만큼 나는 손끝의 감각이 가히 동물적이었다. 그렇게 모든 사물과 대상에 지적(知的) 호기심으로 들끓던 시절이 불과 어제였다. 그 시절이 지금은 흑백 슬라이드 필터를 끼운 것처럼 흐리게 보이니 슬프고, 지금은 가족들 눈치나 보며 자리보전에 연연할 수밖에 없는 현실이 또 슬픈 것이다.

아침마다 출근준비로 바쁜 아내는 비교적 할 일 없는 내게 황급히 등을 내밀며 "이거나 좀 올려줘요." 한다. 나는 그녀의 원피스 등 한복판을 가르고 있는 지퍼를 위쪽으로 운전하여 그녀의 출근길 피복을 도와준다. 역시 늦은 저녁 퇴청하신 아내는 예의 그 드라이한 목소리로 "이거나 좀 내려줘요." 한다. 그러면 역시 나는 지퍼를 아래쪽으로 운전하여 그녀의 탈피를 돕는다. -.-

아내의 말처럼(이거 좀 올려주거나 아니면 내려주는) 역할밖에 할 수 없는 현실이 못 견디게 슬프고 노여운 것이다.

어제의 핏덩이였던 아들놈은 지금 상전이 되어있다. 놈의 하교 시간에 맞추어 못난 아비는 늦은 밤이슬을 맞으며 문간 앞을 서성인다. 매일 긴장하며 맞이해야 하는 주인마님의 퇴청시간도 지겨운 마당에… 제길!

어느 날 갑자기 내 곁을 떠나간 나 그대는 지금 어디쯤 무엇을 하고 있는가.

– 슬픈 달마 –

10

여행객 친절히 안내하기

"어서 오세요. 반갑습니다. 나는 이 집 쥔장 달마라고 합니다. 사람들이 '문경 달마'라고 부르지요. 그렇다고 내 성씨가 '문 씨'나 '달 씨'는 아니랍니다. 사람들이 자꾸 달마, 달마 불러서 그리되어 버렸습니다.

원래는 '못다 핀 꽃 한 송이'라는 우아한 아이디(ID)를 소유하고 있었더랬지요. 어쨌든 우리 집을 여행 중 숙영지로 탁월한 선택을 하신 것을 감축(感祝)하며 지금부터 친절, 그리고 상세한 객실 안내를 해드리겠습니다.

로마에 가면 로마법을 따르듯 우리 집에도 당근 우리 집 규칙이 존재합니다. 참고로 말씀드리면 우리 집은 '고객이 왕'인 집이 아니고 '쥔장이 주인'인 집 되겠습니다. 보충설명 드리자면 '주인이 왕'인 집입니다. 애당초 고객이 졸도할 서비스를 기대하시기엔 상당히 무리가 따르는 펜션이라고 할 수 있습니다.

내 눈빛이 비교적 날카로운 이유는 처음부터 눈빛으로 상대방을 제압하여 나의 행동반경을 넓히고 여행객의 행동반경을 축소 시키고자 하는 음흉한 속내가 숨겨져 있습니다. 그렇다고 너무 긴장하시지는 마십시오. 내 외모가 권투선수를 닮아 다소 험악하게 보이시겠지만 마음만은 비단결 같다는 말을 늘 듣고 사는 편이랍니다. 단 여행객이 마음에 들

때만 그렇습니다만 쩝!

각설하고, 객실 설명에 들어가도록 하겠습니다. 먼저 남자 친구분 앞으로!"

(참고로 오늘 여행객은 그림 같은 커플이군요. ^^) 남자 친구는 이미 내 눈빛에 제압당해 쭈뼛거리며 앞으로 나옵니다.

"우리 집 규정 1번은 남자가 주방을 책임지게 되어 있습니다. (이때 여자 친구는 잠시 긴장을 풀며 손뼉을 치며 마구 좋다고 하는군요.) 아~! 내가 여성동무님께서 좋아하시라고 인기성 발언을 하는 것은 아닙니다.

내가 이 집에서 그러고 삽니다. 나는 주방뿐만 아니라 빨래, 청소, 정원 손질, 텃밭 가꾸기 등 비교적 모든 가사를 담당하며 당당하게 살고 있습니다. 참고로 우리 집 마누님은 지금 돈 벌러 나갔습니다." (이때 여자 친구는 심각한 표정을 지으며 다시금 긴장의 끈을 부여잡습니다.)

"계속 설명하겠습니다. 주방 가스레인지는 안전잠금장치가 풀어지게끔 몇 번 정도 돌려주어야 합니다. 그릇과 수저 등 모든 조리도구는 싱크대 속에 다 들어 있습니다. 수도꼭지에서 나오는 물은 식수로 마셔도 될 만큼 안전하니 그냥 드셔도 됩니다. 개수대 걸음 망에 모인 음식물 쓰레기는 거둬가셔서 주차장 옆에 비치된 쓰레기통에 반드시 분리 배출하여 주십시오. 이 밥솥은 압력밥솥입니다. 사용법을 모르시면 가르쳐 드리겠습니다."

이때 남자친구는 요즘 그것도 모르는 남자들이 어디 있느냐는 듯한 표정을 지으며 으쓱거리나 은근 여자친구에게, 구원의 눈빛을 보냅니다.

"이거 조사해보면 다 나옵니다. 냉장고는 가동 중입니다. 모든 객실에는 인터넷을 즐길 수 있는 컴퓨터가 설치되어있습니다. 멀리 산 좋고 물 맑은 문경 주흘산에 위치한 그림 같은 펜션까지 오셔서 구들장 지고 인터넷 고스톱 치는 불쌍한 남자 되시지 않기를 바랍니다. 다음!

내 도움이 필요하시면 벽에 붙어있는 인터폰은 들기만 하면 내가 받습니다. 나는 이 건물 2층에서 살고 있습니다. 그러나 밤 11시 이후에는 될 수 있는 대로 들지 마십시오. 나도 그 시간이면 잠자리에 들 시간입니다.

화장실에는 바닥 난방이 되므로 춥지 않을 것입니다. 비누, 수건, 샴푸, 휴지 등이 모두 비치되어 있습니다. 이불장 속에는 최대 4명까지 덮을 수 있는 양의 이불이 준비되어 있으며, 화장대 서랍 속에는 빗과 드라이기가 들어있습니다. 그리고 실내에서는 고기를 구우실 수 없습니다. 다음에 입실하시는 여행객이 돼지고기 냄새나는 객실을 좋아하실 리 만무합니다. 그렇다면 당근 바비큐는 야외에서 구우셔야 하는데, 객실 앞에는 각각 바비큐를 할 수 있는 마루 탁자가 놓여있습니다.

이때 바비큐 하시기 10분 전쯤에 인터폰을 주시면 내가 가차 없이 그릴에 불을 피워서 데크까지 배달해 드립니다. 그러면 여러분은 가차 없이 그냥 맛있게 구워 드시기만 하면 되겠습니다. 물론 나는 또 가차 없이 바비큐 이용 요금을 청구하게 될 것입니다. 참고로 나는 불 장사를 이용하여 비자금을 조성하고 있는 처지라 불 값은 외상이 아니 되겠으며 그것도 반드시 선불로 주셔야만 합니다. 후불로 받았더니 치사하게 불 값도 떼어먹는 비양심적 여행객이 있더군요.

달마의 불 값을 떼어먹은 여행객은 분명 십 리도 못 가서 발병이 났을 것입니다. 내가 안전한 귀가를 빌어 줬을 리 만무 합니다 -.-

그리고 음식물 쓰레기는 당연히 분리 배출 하시면 되겠으나 음식물이 남는 경우에는 절대 버리지 마십시오. 버리면 쓰레기, 남겨두시면 재활용입니다. 냉장고 속에 넣어두시고 그냥 퇴실하시면 이 달마가 꺼내어서 맛있게 재활용하도록 하겠습니다.

이상 고객이 졸도할 친절한 객실사용 설명을 끝내고 보충설명을 드리겠습니다. 우리 집은 보시다시피 엄청나게 깨끗합니다. 그 이유는 내가 직접 청소를 하기 때문입니다. 여러분들의 청결한 펜션이용은 나를 엄청나게 기쁘게 할 것이며, 나는 또한 객실 이용 상태가 감동적인 여행객을 위하여 마일리지를 준비해두고 있습니다.

일명 '살생부(殺生簿)'라고 불리지요. 이름이 다소 섬뜩하기는 하나 별 것 아닙니다. 객실사용이 아름다운 여행객은 기록해 두었다가 '생부'에 올려서 다음 기회에 우리 집 무료숙박권으로 보답해 드리고 있습니다.
반면 객실에 폭탄을 터트려 놓고 간 여행객은 기록해 두었다가 '살부'에 올려놓고 출입을 제한하며 저희 홈피에 그 명단을 실명공개 합니다. 잠시 후 개봉박두 예정입니다.

그럼 소인은 이만 물러가겠습니다. 편안한 휴식, 잊지 못할 추억의 여행 되시기를 빌겠습니다. (__)
제가 뭐 더 도와 드릴 일은 없겠습니까??" (거의 이 대목쯤 가면 빨리 나가 달라고들 하시더군요. 찝!)

지리산 가는 길 _oil on canvas

11

관광버스를 타다

내 집을 찾아오는 손님을 관광객이라 하지 않고, 여행객이라 부른다. 관광과 여행은 형태와 정서가 다르기 때문이다. 은근 용어상 관광을 폄하(貶下)하고, 여행을 부추기는 언어 유희적 측면이 없지는 않다. 그런 내가 관광버스에 몸을 실었다. 관광버스 여행을 다녀온 것이다. 목적은 시조 할아버지 탄신 지를 답사하기 위함이었다.

시조 할아버지의 탄신 유적지는 전라남도 곡성군에 위치한 '용산대'라는 곳이다. 달마의 시조는 인도(India)태생이 아니라 신라 출신으로 고려 개국공신으로 시호가 장절공(壯節公) 휘(諱) 자가 숭겸(嵩謙)으로 KBS 대하사극 '태조 왕건'에서 능산 신숭겸 장군으로 출연?하셔서 용맹을 드날리시다가, 후백제의 견훤과 대구 공산 전투에서 왕건을 대신하여 순절하신 분이다.

뼈대 있는 가문의 후손으로서 늦었지만, 유적지를 답사해야 할 의무가 있어 종친들과 답사 버스에 몸을 실었다. 답사 버스가 관광버스인 것이 다소 마음에 걸렸으나, 그렇다고 90년산 애마 '로시난테'를 몰고 갔다간 평소 8기통 용마를 즐겨 타시던 조상님께서 옹색한 스케일에 대로하시고 가문에서 쫓아내실지도 모를 일이다. -.-

명경(明鏡) 계류(溪流)에 섬섬(纖纖) 버들이 한가한 손짓으로 유혹하는 섬진강을 끼고 목적지인 곡성 용산대에 도착하였다. 시조 할아버지의 탄신지를 참배하는 자리인지라 종친 모두는 엄숙하였다. 친절하고 자세한 유적지 안내원의 설명을 들은 뒤 모두 숙연하고 정숙하게 준비해간 제물로 제례를 올렸다. 그리고 제사(祭祀) 뒤 뜰에서 조용히 점심 도시락을 까?먹고 엄숙하게 탄신지를 물러나 소리 없는 귀갓길에 올랐다.

지리산을 가로질러 뱀사골로 귀가코스를 정한다. 내심 조금 불안하다. 갈 때는 유적 답사 버스이지만, 올 때는 본연의 임무인 관광버스로 둔갑할지도 모를 일이기 때문이다. 그런 걱정은 그리 오래가지 않았다.

지리산으로 접어들면서부터 우리 통뼈가문의 종친 대표격인 형님이 마이크를 잡더니 "자~! 자! 지금부터는 아재비도, 조카도, 형수도, 제수도, 다 필요 없으니 도착할 때까지 한번 신나게 놀아 보자."라며 멘트를 날리셨다.

다들 "야~호!"를 외쳤고 기사님께서는 잘 알았다는 듯 빙긋이 웃으시며 노래하는 이 박사의 볼륨을 최대한 높였다.

아~! 이제부터 죽었다. 출발 무렵 야심 찬 '답사기(記)'를 쓰려 필기구를 소중히 챙겨 손에 들고 있던 처지였다. 그 손에 술잔이 돌아오고, 싫다며 사래질하는 손에는 안주를 덥석 쥐여준다.

그리고 좋게 말할 때 분위기 깨지 말고 한번 신나게 놀아보자는데 거부하였다가는, 족보에서 빼야 할 못난 놈이라고 손가락질할 것이다.

나도 평소에는 애주가다. 그러나 오늘만큼은 그 목적이 상당히 숙연한 여행이다. 그러나 우리의 종친들은 "이 술은 오늘 참배 제례 후의 음복주이니 당연히 한잔하여야 조상님으로부터 발복이 있다"며, 조상님 음덕을 무기로 협박하였다. 속이 좋지 않아 멀미가 심하니 한 번만 봐달라고 부탁하였다.

이후부터 나는 술도 못 마시는 것이 신나게 놀 줄도 모르는 가문의 한심한 졸장부가 될 처지였다.

상당히 학구적이었음 직한 유적지 답사 버스는 관광버스로 바뀌었고, 해가 떨어지기가 무섭게 다시 이동식 카바레를 겸한 나이트클럽으로 화려하게 변신하였다. 노래방 기기는 기본이고, 번쩍이는 무대 조명은 필수이다. 게다가 적당히 흔들리며 달리는 차 안 인지라 춤 출줄 모르는 사람들도 댄서 못지않다.

관광버스 문화가 저급하고, 달리는 차 안 음주·가무가 얼마나 위험한 짓인가를 지적하기 위함이 아니다. 그렇다고 종친들의 이런 여행 행태가 이유 있고 정당하다는 것도 아니다.

장장 네댓 시간을 귀를 찢는 듯한 소음과 신경질적으로 번쩍이는 불빛, 불안하게 흔들리는 실내, 쏜살같이 달리는 버스는 차라리 공포였다.

그러나 악몽 같은 시간이 점차 지나면서 점차 따뜻한 시각을 갖게 된다. 세상만사 생각하기 나름이라더니 차라리 따뜻한 시각으로 바라본 관광버스 안은 정말 신나는 광경이었다. 세상에 이해하지 못할 일은 아무것도 없다.

예로부터 우리 민족은 즐거운 일에는 둘만 모여도 가무를 즐겼다. 하물며 수십 명의 혈족이 모여 자랑스러운 조상님의 유적지를 답사하고 기쁘게 돌아오는 길이다. 게다가 가무에는 음주가 빠질 수 없으니, 당연

'음주·가무'로서 두 배의 기쁨을 표현한 것이다.

　장소가 달리는 차 안이어서 다소 위험하기는 하나, 사실 그만한 장소
도 드물다. 뼈대 있는 가문의 후예들로서, 만천하에 드러내놓고 오두방
정을 떨 수 있는 처지도 아니고, 칠흑같이 어두운 밤 적당히 어두운 실
내에다가 방음 완벽하지, 소음으로 남에게 피해를 주지도 않지요, 달리
는 차 안이니 남들에게 꼴불견을 장시간 연출하지 않아도 된다.
　버스가 달리면서 적당히 흔들어 주는지라 가무의 실력 또한 살짝 업
그레이드할 수 있다. 비싼 돈 들여가며 카바레나 나이트클럽을 가지 않
아도 되며, 값싼 술과 안주를 무진 즐기면서, 분위기를 만끽할 수 있는
장점도 있다.

　더구나 늘 품행이 방정해야 할 안방마님들을 한번 살펴볼까?
　그들은 대체로 몰락하여 무늬만 사대부, 가난한 농군의 집에 시집온
운명들이시다. 무늬만 사대부인 집은 예나 지금이나, 곤궁한 살림을 단
지 시집온 죄밖에 없는 안방마님들이 무한 책임져야 했다.
　일부종사는 기본, 대체로 양반 치레에 사회적 능력 부족이 뻔한 낭군
님을 내조해야 하고 자녀의 양육과 교육은 필수인 데다, 가사와 노동 가
족부양까지 책임져온 역전의 안방마님들이시다. 어찌 그 고단함과 수고
로움이 눈물겹지 않았으리. 그 사연 많았을 법한 마님들이 일 년에 한
두어 번 있을 집단외출이다. 게다가 낭군님과 동반한 외출이니, 남의 이
목이 두려울 리 없다.

　예전에는 빨래터에 모여 앉은 아낙들이 빨랫방망이로 고단한 시집살

이 스트레스를 다스렸다 하나 지금은 그나마도 없어졌다. 한 방에 스트레스를 날릴 수 있는 절호의 기회다.

적당히 남의 이목을 두려워하지 않아도 좋고, 남들에게 피해를 주지 않아서 좋고 혹여 교통사고로 죽는다 한들 낭군님과 함께하는 행복한 동반열반이다.

일정한 간격으로 배치된 좌석은 흔들고 뛰다가 넘어져도 안전하게 보호해 준다. 그러니 우리의 마님들은 지치지도 않고 네댓 시간을 신나게 흔드신다. 집에 도착하시면 양어깨에 파스 좀 부쳐야 할 것 같다.

그러나 그동안 쌓인 스트레스를 한 방에 날려버리고, 마님들은 다시 활기차게 현업에 복귀해서 근무에 최선을 다할 것을 믿어 의심치 않았다. 그리하여 품행은 방정하면서도 능력은 마징가인 안방마님으로 다시 돌아갈 것이다.

나의 심정적 양보로 장장 5시간의 귀가는 즐거운 마음으로 돌아왔다. 고통의 귀가시간이 되었을 '관광버스 여행'은 버스 기사님의 "즐거우셨습니까? 감사합니다. 다음에 또 꼭 이용해주시고 안녕히 돌아가십시오!"라는 마지막 멘트에 감사한 마음을 얹어 "기사님 참 수고하셨습니다."라고 화답해드렸다.

관광버스여행, 차~암 따뜻하게 잘 다녀왔다.

– 철든 달마 –

12

기자 이야기 2

언제부터인지 기자들이 자주 찾아옵니다. 잡지사 기자, 신문사 기자도 있고, 방송국 기자도 있습니다.

유명한 화가를 기획 취재 목적으로 방문해 주는 것이라면 고마운 마음에 버선발로 영접하겠지만, 그냥 집이 예뻐서 찾아왔답니다. 허!

예쁜 펜션이라며 집의 겉죽에 초점을 맞추고 셔터를 누릅니다. 앞으로 펼쳐질 달마의 미래와 새로울 예술 가치는, 에둘러 찾아볼 생각조차 없군요. 참!

내가 본시 오는 사람 막지 않고, 가는 사람 잡지 않습니다. 물어물어 힘들게 찾아온 사람들 문전박대할 수는 없지요. 이미 접빈객(接賓客)에 이골이 나 있습니다. 단지 집이 예쁘고 아름답다는 이유만으로, 오지 않았으면 좋겠다고 했습니다.

그러나 모두 집이 예뻐서 찾아왔답니다. 투자 대비 수익성을 궁금해합니다. 평당 건축비는? 전체 공사 금액은? 인허가 관계는? 손님은 많은지? 등 수익성에 관한 질문이 주종을 이룹니다.

이 집에 사는 삶의 주체인 달마는 간과합니다. 이 집을 설계하고, 땅을 파고, 망치 들고, 짓고, 부수고, 삽질하고…! 그리하여 삶의 터전을 시골로 옮겨 나름 열정적 예술가의 삶을 준비하는 작가가 그들 눈에 보일 리 없지요.

본대로 쓰세요. 느낀 대로 쓰세요. 이렇게 저렇게 써달라고 하지 않을 테니 본 대로 느낀 대로 자유롭고 솔직하게 쓰세요. 객실요금, 건축비, 주된 고객층, 수도권에서 소요시간 같은 것은 독자에게 좋은 정보가 되지 못합니다.

그런 뻔 한 정보들은 독자들을 싫증 나게 할 뿐이지요. 그런 정보라면 전화 한 통으로 해결할 수 있습니다. 사진이 필요하면 메일로 전송하면 됩니다. 굳이 먼 길에 발품을 팔 필요가 없지요.

앞쪽 무너진 석축은 천신만고 재시공을 끝내기가 무섭게, 뒤쪽 석축이 또 장맛비로 무너지고, 토사가 밀려 내려와 집을 덮치기 직전입니다. 그 몰골이 아주 험합니다. 경제적 손실이 너무 커 복구를 엄두도 내지 못하고 있습니다. 이런 정보가 필요하면 그것도 찍어 가세요.

수해 입은 펜션은 영양가 없다고요. 불안한 여행객이 딴 펜션으로서 발길을 돌려도 어쩔 수 없는 일이지요. 그런 일로 내 삶이 바뀌지 않으니까요. 그럴 거면 시골로 오지도 않았지요.

그렇게 본대로 사실대로 써달라고 통사정해도 발행된 잡지에는 달마네 집의 정확한 정보가 아닌 온통 예쁜 집 멋진 펜션으로만 포장되어 있습니다. 여행객 입맛에 맞춘 여행 정보지처럼 두루뭉술 그렇고 그런 객실 소개나 요금안내뿐입니다.

한적한 농촌 들녘을 바라보며 우뚝 솟은 달마네 집은 분명 주변과 별로 어울리지 않는 그렇고 그런 목조주택입니다.

이런 집 시골에 지어놓고, 현지 주민들과 융화하며 살기란 참 쉽지 않습니다. 시선도 곱지 않고 돈 좀 번 도시 사람이 시골에 별장 지은 줄 알지요.

펜션이 시골을 꿈꾸는 도시인이나 전원생활을 꿈꾸는 자의 전유물만은 아닙니다. 농업을 생계 수단으로 하는 농민도 부업으로 펜션을 짓고 운영할 수 있습니다. 펜션이란 용어도 사전적 용어가 아닙니다. 정확한 명칭은 '농어촌 민박'이지요. 현지 농민이 농외소득을 올릴 수 있도록 민박으로 규정하고 있습니다. 그래서 숙박업소가 아닙니다. 달마도 농지원부를 소유하고 농업인 경영체에 등록된 농민입니다.

우리 집이 펜션인지라 껍데기가 다소 화려하게 보일 수도 있습니다. 그러나 세월이 지나면 유행 따라 화려함도 퇴색되겠지요?

그 속에 사는 나는 늘 누옥에 거적을 깔고 살았던 그 옛날 농부의 마음으로 삽니다. 어쩔 수 없는 농군의 자식이기 때문입니다. 이런 농민이 펜션을 잘 운영하여 수입이 농사짓기보다도 좋아진다 해도, 농민이 감히? 돈 많이 벌었으니 세금 많이 내세요. 하지는 않습니다.

펜션은 복잡하게 정의할 필요도 없이 농어촌 민박입니다. 민박은 농가의 농외소득 차원에서 과거 정부에서 장려하였지요. 오죽하면 여북하냐고 농어민들이 민박이라도 쳐서 곤궁한 생계에 보태라는 정부의 고육지책이었지요. 그랬던 민박이 요즘 펜션으로 옷을 갈아입고 도시인들의 재테크 수단으로 주목받고 있습니다. 농사만 지어도 충분히 잘 살 수 있다면, 농민들이 도시로 봇짐을 싸지 않았을 것입니다. 그랬다면 도시인들 귀농이 열풍을 이루겠지요.

시골 꿈꾸는 도시인들이 망설임 없이 보따리를 싸도 되겠지요. 풍족하지는 않더라도, 생계에 곤란을 겪지 않고 살고 싶은 마음은 근본 도시인과 농민이 따로 있는 게 아닙니다.

기자님! 이제 한계 노동력들만 남아 오순도순 모여 사는 시골 농촌은 적막강산을 더해 갑니다. 그 적막강산 가운데 달마가 소위 펜션을 짓고 삶의 터전을 시골로 옮겼습니다. 재테크의 귀신인 도시인이 아니라, 재테크의 개념조차 없는 시골 무지렁이입니다. 투기와 투자를 구분도 하지 못하는 촌놈입니다.

그렇다 해도 삶에는 돈보다도 소중한 가치 그 무엇이 있지 않을까요. 그것이 뭔지 아둔한 달마는 잘 모르지만 말입니다. 기자님!

– 시골 이방인 달마 –

13

진짜 달마 가짜 달마

사람들이 달마를 부러워한다. 달마 대사님이야 스님이니 세속의 무지한 중생들에게 부러움의 대상은 아니다. 차라리 '배용준'이나 '소녀시대'를 흉내 내는 사람은 있어도 달마가 멋있고 부럽다고, 머리 깎고 입산하는 사람은 못 보았다.

진짜 달마 스님이야 천축국에서 갈댓잎을 타고 오셔서 토굴 속 구 년 면벽좌선(面壁坐禪) 수행하시고 득도하셨다지만 우리 같은 축생들이 보면 고개가 절레절레 흔들어지도록 참으로 딱한 양반이시다.

어쩌자고 토굴 속 한자리에만 앉으셔서, 영양공급을 끊고 깨달음만 몰두하셨을까? 그 양반 내가 잘은 모르겠지만, 득도하시기 전 반드시 치질로 엄청나게 고생하셨을 것이다. ㅡ.ㅡ (축생의 머릿속은 온통 지저분한 생각만 가득하다.)

그렇지만 진짜 달마 스님이야말로 깨달음의 참스승이시다. 훗날 구산선문(九山禪門)의 총 우두머리 되셨고, 오늘날 조계종 선승들의 조종(祖宗)이 되셔서 위대한 선풍(禪風)을 진작시킨 양반이시다.

어찌 시정잡배인 가짜 달마와 비견하겠는가? 모르긴 해도 위대한 달마 스님의 그 고매한 인품으로 보아, 분명 훗날 선방에서 가부좌를 틀고 앉으나 서나 자나 깨나, 화두(話頭)만을 공 굴리는 후배 운수납자(雲水衲子)들에 자신만의 비법인 '치질 처방전'이 암암리에 전수되고 있을 것

이라고 확신한다. -.-

　그러나 나는 바로 새빨간 가짜 달마다. 이 새빨간 달마를 사람들이 부러워하는 것이다. 가짜 달마도 주흘산 아래에서 토굴 파고 수행 중 드디어 한 소식(깨달음)했다고 다들 부러워한다면 얼마나 좋겠지만…!

　머리라고는 몇 해 전 한 번 밀어본 적이 있었는데 진짜 달마님 욕보일 심산으로 깎은 것은 아니었다. 태풍 '매미' 때 무신 놈의 비가 바가지도 아니고, 양동이로 들입다 들어붓기에, 집 떠내려간다며 하늘을 향해 삿대질 항명을 좀 했는데, 그랬더니, 시~융~~~~!! 퍽! 물 양동이 밑에 깔려버렸다. 개굴~!

　하느님 아니, 달마 조사님이 대로하셔서 물 양동이로 나를 겨냥하고 홱~! 집어 던지셨다. 당시 나는 시골살이 시작 기념으로 '장발족'을 꿈꾸고 있었다. 그렇게 하여 저들은 알아서 내 두피 위 봉두난발로 기량껏 자라나던 중이었다. 그렇게 내게서 조심스럽게 일어났던 신체적 변화의 조짐은 원조 달마님의 가차 없는 '물 양동이 폭력사건'으로 이어졌고 나는 앞 뒤 볼 것도 없이 반항의 의미로 삭발했다.

　전에도 그랬지만 나는 '비(雨)폭력 무저항' 주의자이다. 그렇게 단 한 번 머리를 밀고, 비 맞은 김에 '옴마니 반메훔'을 중얼거린 적은 있었으나, 그래 봤자 나는 역시 새빨간 달마다.

　이런 가짜 달마네 집에 사람들이 찾아온다. 여행객으로 오는 분들도, 지나가는 길에 별스럽게 생긴 집이라며 호기심으로 찾아오는 분들도 있다.

　"참 부럽습니다."

"왜요?!"

"저 푸른 초원 위에 그림 같은 집이군요. 이렇게 경치 좋고, 전망 좋은, 아름다운 집에서 살면 얼마나 행복할까요? 저도 이런 집 짓고 사는 게 소원입니다." ^^;;

그러고 보니 내가 이 집에서 아무 생각 없이 살 때는 몰랐는데, 이런 이야기를 듣고 보면 행복의 꿈을 이룬 것은 틀림없다.

"그렇습니까? 아~ 예! 그렇습니다. 나는 지금 엄청나게 행복합니다." 라고 화답해 준다. 아름다운 집에만 온통 시야를 빼앗긴 이분에게 친절히 '행복의 조건'에 대한 부연 설명이 필요하다.

나는 이 시골이 주는 모든 것을 좋아합니다. 예를 들면, 축사 한편에서 파리와 그들의 금쪽같은? 새끼들인 구더기들이 건강하게 자라나고 있는 두엄더미와 제 코를 자극하는 분뇨 발효냄새도 구수하고, 들판에서 불어오는 매캐한 농약 냄새도 제 코에는 상큼합니다.

순전히 개 코 수준이지요. 시도 때도 없이 들려오는 과수원에서 들려오는 귀를 찢는 듯한 농약 살포기(SS기) 소리, 새 떼들 피해를 줄이기 위해 주기적으로 들려주는 폭음탄 소리(심장 약한 사람은 경끼 합니다)도 좋아하지는 않지만 싫어할 이유는 없지요.

한여름이면 떼거리로 습격하는 파리와 모기 하루살이 떼와 공존의 사랑을 나누고요. 읍내 볼일을 위해서 잘 오지도 않는 시골버스를 기다리느니, 4/4박자로 30~40분 걸어서 가는 일은 동구 밖 과수원 길을 걷듯 신나는 산책코스 지요. 한겨울 폭설이 오면 드디어 저는 고립무원(孤立無援)의 자유를 만끽한답니다.

우리 동네는 비교적 큰바람이 많이 부는 동네인데 쓰레기통, 파라솔, 심지어 화분, 그네까지 들판으로 날아가지요. 그렇지만 뭐 괜찮습니다. 운동 삼아 가서 주워오면 되고 부서진 것은 고쳐 쓰면 됩니다.

비바람이 몰아칠 기세는 집 앞의 장대한 백화산의 운무를 잘 관찰하면 이내 판단 할 수 있답니다. 백화산은 9시 뉴스 일기예보보다 더 정확하게 다가올 비바람을 예보해주지요. 여기에는 비바람이 분다고 간단히 닫아주기만 하면 될 아파트 베란다 창문 같은 것은 없지요. 그 일기예보의 명산 백화산은 오늘도 저렇게 웅장하고 환상적인 자태로 늘 날씨를 가늠하고 있지요.

장마나 집중호우 같은 것은 사전에 조금만 더 부지런하게 집 앞뒤로 배수구를 파주고 비닐로 덮고 끈으로 묶어주면 됩니다. 더러 다 날아가고 휩쓸려 버리는 수가 있으나, 뭐 괜찮습니다. 좀 더 깊이 파고 더 튼튼하게 묶어주면 됩니다.

그리고 학교가 멀고, 읍사무소가 멀고, 큰 병원이 없고, 백화점이 없고, 은행이 없고, 극장이나 전시장, 놀이공원 같은 것은 없지만 뭐 괜찮습니다. 학교는 조금만 더 일찍 일어나 버스로 통학하면 되고, 읍사무소는 5일 장날 같이 모아서 볼일 보면 되고, 병원은 보건소나 작은 병원을 이용하면 됩니다. 시골에서 맑은 공기 마시며 사는데 큰 병 걸리면 역적이지요.

백화점은 없지만 그래도 농협 마트도 있고 은행도 없기는 마찬가지지만 아쉬운 대로 새마을금고나 농협을 이용하면 되지요. 극장이나 전시장, 공원 같은 문화시설은 없지만 그런 건 전혀 걱정할 필요가 없습니다. 내가 바로 '살아서 걸어 다니는 문화'이기 때문이지요.

울 마눌을 시골 내려가자며 꼬드길 때, 당시 시골의 열악한 문화 환경을 들먹이며 본인의 귀족적 문화 취향에 맞지 않는다며 반항하였습니다.

이때 내가 단칼에 수습한 명언이 바로 "그대는 지금도 늘 살아서 걸어 다니는 문화랑 같이 살고 있다!" 였습니다. 울 마눌은 당연히 깽~! '꿀 표' 벙어리 되었지요.

내 행복의 부대 조건은 또 있습니다. 직업농군은 아니나, 제가 심고 가꾸는 고구마며 옥수수, 고추, 가지, 호박, 열무, 상추, 들깨 등의 농산물들이 주변에 지천으로 있고 저는 그곳에서 오늘도 종종거리며 땀을 흘립니다. 이 또한 중요한 행복의 조건이지요. 이렇게 많은 행복조건 들을 차근차근 이야기해 주니, 그의 눈은 몽롱함에서 점차 초점을 찾아간다.

"그렇습니까? 그렇겠지요. 시골살이가 사실 만만한 것은 아니겠지요. 그렇지만 집은 참 아름답습니다." ^^;;

이 양반 죽어도 환상의 끈을 놓지 않을 태세이다. 그렇다면 이 집 탄생과정도 부연 설명해 주어야 한다. 이 집이 그렇게 아름답게 보인다니 감사합니다. 이 집은 제가 돈이 많아서 지은 집이 아닙니다. 돈이 없다 보니 죽어 난 것은 비교적 값싼 내 노동력입니다. 설계에서부터 완공까지 근 2년이 걸쳐 지은 집인데 지금도 짓고 있지요. 돈 없는 놈은 처음부터 끝까지 자기 품을 팔 수밖에 없습니다.

집의 구조가 비교적 아름답게 보이는 것은 울 마눌을 꼬드기기 위한 생태계 수컷의 화려한 몸단장쯤으로 보시면 틀림없습니다.

그렇게 하지 않았으면 울 마눌 절대 시골로 따라와 살 여자 아닙니다.

마눌의 우아한 귀족적 취향을 맞추기 위해 거실 중앙에 벽난로까지 설치해 주었습지요. 역시 비교적 값싼 제 노동력이 언제나 죽어났습니다.

현재 '총체적 골다공 예비증후군'을 앓고 있지요. 저야 뭐 헛간에서 거적을 덮고도 잘 자며 내게는 벽난로보다는 잔솔가지 꺾어 넣은 가마솥 앞 군불이 제격이지요. 나는 천장에 비가 세면 세숫대야로 대처하고도 10년은 버틸 놈입니다. 그렇지만 울 마눌의 '소셜 포지션(Social position)'은 나랑 비교하면 안 됩니다. 마눌 취향에 헌상하기 위하여 지어진 이 집에서 나의 위치는 마당쇠입니다. 이 집에서 좀 더 풍요롭고 여유 있게 사는 가짜 달마인 나는 전업주부도 겸하고 있습니다. 다행히 그분의 눈빛은 서서히 현실로 돌아오고 있었다.

좋은 집, 아름다운 집을 소유하고 싶은 욕구야 인간의 기본욕구이다. 그러나 소유는 비용을 발생시킨다. 좋은 집일수록 상대적 유지비용 발생이 커진다. 그런 집은 행복을 주기보다는 불편 애물단지가 되기 쉽다.

좋은 집에 사는 것이 아니라, 버거운 집을 머리에 이고 사는 것이다. 많이 가진 자가 자기 과시를 위해 많은 돈을 들여 폼나게 집 짓고 산다고 행복해지지는 않는다. 행복의 조건이 화려한 외형 속에 있다면 모든 부자들은 행복이란 가마솥에 빠져 허우적거릴 것이다.

나는 행복에 빠져 허우적거리는 부자를 본 적이 없다. 내 집이 비교적 예뻐 보이는 것은 험한 시골살이임을 알고도 기꺼이 나를 믿고 따라와 준 마눌에 대한 최소한의 예의다. 나는 다행히 그림쟁이 출신이라 집도 그림 그리듯 한다.

다음 또 다른 이유는 내 집인 펜션을 찾는 여행객에 관한 배려다. 현대를 살아가는 도시 삶에 지친 여행객에게 잠시 쉬어갈 수 있는 편안한 집이었으면 좋겠다고 생각 하였다. 도시에서는 만날 수 없는 전원 속에서 그림처럼 아름다운 집. 요정들의 동화 속 궁전 같은 모습이면 좋겠다는 생각. 그런 것들을 모아 설계에 반영하고 지었다. 꼭 그리되지는 않았지만…!

다만 번잡한 현실에서 잠시 떠나 전원 속 동화 같은 별장에서 기품 있는 자유와 사색이 있는 쉼과 휴식을 즐길 수 있다면 얼마나 설레고 신나는 일일까. 그 별장에는 마당쇠를 자처한 달마라는 관리인이 있어 사계절 열심히 관리하고 있으니 건물 상할 일도 없다. 그렇게 찾아온 자신의 별장. 그동안 별장관리에 수고했다며 달마에게 수고비 몇 푼 쥐여주는 것은 주인의 의무이자 도리이다. 달마 또한 노동의 대가를 받은 것이니 주인에게 고마워할 것이다.

굳이 욕심을 부려 자신에게 맞을지 안 맞을지도 모르는 전원생활을 꿈을 꾸듯 강행하다 실패하고 다시 한양으로 돌아간 분들이 많다. 도시도 아무나 살 수 있는 곳이 아니듯 시골 또한 아무나 살 수 있는 곳이 아니다.

더욱이 도시 생활에 오랜 세월 길든 사람에게는 단 일주일의 시골살이도 고통이다. 농막을 짓는 게 아니라면 기천만 원으로 별장 한 채를 소유할 수도 없다. 그 비용의 '십 분의 일'도 들이지 않고 여유 있고 풍족한 전원생활을 즐길 수 있다. 단 '소유욕'만 버린다면 말이다.

미리 정해진 운명은 아니지만, 팔자소관이란 말이 있다. 나는 시골살이가 팔자소관에 맞는 사람이다. 당연히 시골의 생태를 잘 이해하는 촌출이다.

그러나 소관 팔자에 시골이 없는 당신은 무리한 시골 꿈꾸지 마세요. 양손에 흙 묻히지 말고 그냥 여유 있고 편안하게 전원이 주는 무한한 자유를 즐기셔요. 낮에는 맑은 공기를 온몸으로 호흡하고 밤에는 쏟아지는 별빛을 가슴 가득 품어 안으셔요. 그렇게 생각하지 않으세요?

어? 아까 그분 언제 가셨지? 아직 강의가 안 끝났는데… 것~참!

- 홀로 넋두리하는 달마 -

14

결혼기념일의 선물

우리 집 둘째는 초등학교 6학년을 다니는 머슴애입니다. 지금은 '초등학교'라고 부르지만 내가 다닐 때에는 '국민학교'라 불렸지요.

초등학교면 어떻고 국민학교면 또 어떻습니까? 명칭이야 교육과정을 나누는 다단계 나눗셈일 뿐이지요. '국민'이라는 명칭이 일제강점기 '황국신민(皇國臣民)'에서 나온 말이라면 우리나라 국민은 모두 지금부터 다시 '백성'이 되어야 할 것입니다. 지금 우리 아이는 열세 살 나이에 맞는 초급 교육과정이며 고학년 6학년입니다. 비교적 늦은 나이에 얻은 늦둥이입니다. 돌이켜보니 지금 우리 부부는 결혼 18년 차를 알콩달콩 잼 나게 살아가고 있군요.

오늘은 그렇게 잼 나게 살아온 애환의 세월 18년 차 기념일입니다. -.-

큰놈은 지금 고등학생인데 우리 가족이 모두 시골에서 생활하고 있는지라 어쩔 수 없이 학교 기숙사에서 생활하고 있습니다. 그래서인지 이놈은 제 부모가 결혼 18년 차를 맞은 기념일이라는 것을 까맣게 모르고 있습니다. 안타깝고 당연한 일이지만 원래 그놈에게 그런 것을 기대하지도 않습니다. 놈이 알았다 한들 전화 한 통 하지 않을 자입니다. 제 아비를 닮은 경상도 머슴애 인지라, 근본 무신경하기가 아비 뺨치는 놈

딱한잔의 자유 _혼합재료

이지요.

참으로 내가 봐도 재미없는 놈입니다. 어떻게 재미없기로 제 아비 뺨을 칠까요. 그러나 둘째는 제 엄마를 닮아서인지 제 형과 다른 애교가 엄마 뺨치는 수준입니다. 참으로 내가 봐도 웃기는 놈입니다. 어찌 재미 있으면 수준이 엄마 뺨을 칠까요? 나는 여태까지 단 한 번도 못해 봤습니다. -_-;;

그놈 덕분에 그럭저럭 드라이하기가 경상도 표본 댁인 우리 집이 비교적 윤기와 낭만이 제법 솔솔 하답니다. 저녁 밥상머리에서 엄마, 아빠 결혼기념일 선물이라며 놈이 신경 써서 준비했을 선물을 내어놓는군요.

엄마 선물은 한눈에도 상당한 가치가 있어 보입니다. 제 놈이 며칠을 두고 끙끙거리며 꿰었을 예쁜 구슬 목걸이입니다. 엄마는 당근 아주 예쁘다고 호들갑을 떨며 놈을 안고 물고 빱니다.

아빠 선물은 시커먼 비닐봉지에 들어있는데, 겉보기에도 큼지막한 것이 넉넉해 보입니다. 기특한 것 ~힛!^^

내용물을 꺼내어보니 큼지막한 족발 한 접시입니다. 쩝! 비교적 보관 가치가 전혀 없을 수밖에 없는 선물이군요. 아빠의 오늘치 술안주라네요 -.-

하긴 내가 약주를 매일같이 보약 장복하듯 좋아하기는 하나 내 호주머니로 매일 족발을 안주 삼을 형편은 못되지요. 그저 저녁밥 찬 정도면 충분하지요. 엄마의 선물은 그나마 선물로서 의미가 다분히 내포되어있습니다만, 아빠의 선물은 오늘 술안주하고 나면 '땡'이로군요. 두고두고 가까이 두어 아들놈이 준 선물의 의미를 되 세길 수가 없는 일회용 선물을 받은 것입니다. 이런~! 그런다고 이놈아~! 내가 술을 끊을 것 같으냐?

발칙한 것! 암튼 고맙다. 냉큼 뒤 베란다에 가서 소주 한 빙 꺼내와~!!!

– 딱 한 잔 달마 –

15

고얀 여행객

어제 우리 집에 묵어간 여행객들은 여행상식이 건전치 못한 행락객들이었다.

간곡한 만류에도 불구하고 예약 규정인원을 어기고 무리 지어 투숙한 이들은 밤늦도록 마시고 떠들고 노래 부르며, 정적에 쌓인 시골 마을 밤하늘에 폭죽을 펑펑 쏘아대었다. 아침에 남은 폭죽이 아까웠던지 대낮에도 뻥뻥 쏘아대었다. 펜션의 규정은 아랑곳없이 자기들만의 즐거움을 추구하였다.

타인을 배려하는 마음은 어디에도 없었다. 일행 중 몇 명은 입실 제한시간인 밤 10시를 초과하여 입실하였다. 어쩔 수 없이 나도 늦은 시간까지 한양 간 낭군님 기다리듯 목이 빠졌다.

이튿날 그들은 규정된 퇴실시간을 어겼을 뿐 아니라 젊은 여자는 그네 의자에 다리 꼬고 앉아 동네를 굽어보며 담배를 피워댔다.

혹여 지나가시던 동네 어르신이 볼까 봐 울 마눌은 노심초사하였다. 여자가 담배 피우면 안 된다는 이야기가 아니다. 술과 담배가 어차피 기호품이니 남녀가 따로 있고 장소의 도농(都農)이 따로 있을 수 없다.

로마에 가서는 로마법을 따르듯 시골여행을 왔으면 시골이 소중하게 지키며 가꿔온 정서와 예의범절을 따라 주는 것 또한 타인을 배려하는 예의이다. 그래도 그들을 위하여 나는 우리 집을 배경으로 예쁘게 사진 찍어 주었다. 사과 과수원을 배경으로 사진 찍고 싶다며 집 앞 과수원으로 들어가더니 나올 때는 또 양손에 사과를 한 개씩 들고 나온다. 뒷골이 뜨끈뜨끈해지는 것을 보니 달마가 열 받기 시작한 것이다.

시골은 그대들이 생각하는 '넉넉한 인심과 낭만이 있는 곳'이 아니다. 과수원 주인이 맛보라며 준 사과야 후덕한 인심이겠지만 몰래 딴 사과야 두말할 것도 없이 도적질이다. 백화점에서 치약 한 개 슬쩍 한 것과 다름없다. 한 개 1,000원도 못할 사과를 생산하기 위하여 생산자는 10,000원도 넘는 땀을 흘린다. 농민의 노동력이란 것이 도시에서 손쉬운 파트타임 아르바이트 단순임금에도 못 미치는 노동력이 되어 버린 지 오래다.

정당한 대가를 준 농민의 노동력이란 원래 존재하지도 않았다. 농민은 언제부터인지 자신의 노동력은 원가에 넣을 줄 모르는 바보가 되었다.

기다림과 수고로움이 애절한 결실의 가을 들녘 풍요로운 들판을 감사하는 마음을 느껴보라며 내어준 커플 자전거로는 남의 감나무밭에 들어가 몰래 감을 따서는 낄낄거리며 돌아오질 않나.

이곳은 '낭만의 시골이 아니라 치열한 노동의 현장'이라고 여행객에게 미리 일러두었다. 하여 비교적 까다로운 입실조건이 많으나, 기꺼이 수락한다면 우리 펜션을 여행 숙영지로 선택하여도 좋다고 하였다.

이후부터는 펜션 지기 달마가 불원천리(不遠千里) 다리품을 아끼지 않겠다 하였다. 불행히도(?) 우리 집은 손님이 왕인 집이 아니다. 주인이 왕인 달마네 집이라고 늘 부르짖었다. 대접받기에 손색없는 여행객에게

만 나는 마당쇠를 자처한다. 이렇게 건방지고 세상 물정 어두워 기고만 장한 달마이다.

절이 싫으면 중이 떠나듯 우리 펜션이 싫으시면 오지 않으면 된다. 요즈음 시설 호텔 뺨치고 상냥하며 친절한 펜션이 전국 곳곳에 널려져 있다. 그런 펜션에 가서 고객이 졸도할 서비스 만끽 즐기면 된다. 현재 수를 헤아릴 수도 없이 많은 그런 펜션들이 전국에서 성업 중이다.

굳이 멀고 먼 변방 문경에 볼 것도 즐길 것도 변변치 않은 시골 펜션 '달마네 집'을 올 필요가 없다. 나야 뭐 여행객 발길 끊어져 파리 날리면 파리나 잡다가, 그도 시들해지면 폐문하고 면벽 정진에 들면 될 터이다.

내면을 불같이 달구어 장인의 삶에 충실할 수 있으니, 불감청(不敢請)이언 고소원(固所願)이다. 시골 삶에 펜션이란 이상도 이하도 아니다. 서푼 물감값 벌이를 목적으로 하였으니, 펜션 운영해서 돈 많이 벌면 도둑놈이다.

십수 년을 벼려 들어온 시골살이다. 상식 벗어난 여행객 비위나 맞추며 살 것으로 생각하면 이 달마를 모르셔도 한참 모른 것이다. 그냥 펜션 문 닫고 '못다 핀 꽃 한 송이'로 살면 그뿐이다.

― 열 받은 달마 ―

16

권주가(勸酒歌)

보게 자네! 내 말 들어볼래? 자식도 품 안에 자식이고 내외도 이부자리 안의 내외지, 야무지게 산들 뾰족할 것 없고, 덤덤하게 살아도 밑질 것 없다. 속을 줄도 알고 질 줄도 알아라! 네 주머니 든든하면 날 XX 주 한잔 받아주고, 내 돈 있으면 네 XX 주 한잔 또 사주고, 너요 내요 그럴 게 뭐고, 거뭇거뭇 서산에 해지면 자넨들 지고 갈래? 안고 갈래? 우리 XX 주 한잔하게나~!

음식점 횟집 또는 가든 같은 곳엘 가면, 차림 판 옆에 어김없이 붙어 있는 '권주가'입니다. 나는 혼자서도 잘 놉니다. 신체와 의식구조가 외딴 시골에 떨어져 살아도 외롭거나 심심하지 않습니다.

신체구조 팔다리가 쉴 틈이 별로 없지요. 넓은 집안을 구석구석 청소하고, 풀 뽑고, 마당 쓸고, 그리고 텃밭에 갈 시간도 모자랍니다.

전업주부일 또한 소홀할 수 없는 주요 일과입니다. 마누님 출근하면 설거지, 집 안 청소, 세탁기 돌려 빨래 널고, 마른빨래 개어 넣고, 또 마누님 퇴근 시간에 맞추어 밥을 해 놓아야 합니다.

그렇게 에구구~~ 허리 한번 펴고 부리나케 텃밭을 종종거립니다. 텃밭의 잡초들은 내가 오지 않는 날을 훤히 꿰고 있습니다. 어설픈 농부의 호미질에 허리 잘린 쇠비름은 3일만 지나면 '여봐~!' 하며 살아납니다. 농부는 죽어도 쇠비름은 살지요.

의식구조는 잡다한 세상살이에 살짝 비켜나 있으니 크게 스트레스를 받지 않아도 됩니다. 그저 내가 관심 있는 분야나 좋아하는 일에 몰입하고 있으면 세상 가는 줄, 시간 가는 줄 모릅니다. 좋아하는 음악을 들으면서, 그림을 그리거나 책을 보거나, 기타를 치고, 글을 쓰고 망치와 톱으로 똑딱똑딱 편지함을 만들거나 공구함 선반을 짭니다. 그래도 아직 더 하고 싶어, 꿈꾸는 일 들은 무궁무진합니다. 그러니 일없이 혼자서도 잘 놀 수밖에 없는 구조지요.

때론 친구 놈들이 내가 시골구석에서 저 혼자 논다며 사뭇 불쌍하다고 어여삐 여기나 봅니다. 혼자서 놀면 심심하지 않으냐고 가끔 전화가 옵니다. 같이 놀자 합니다. 내 걱정하지 말고 너나 잘 놀라고 점잖게 타이릅니다.

결국, 저놈이 심심하고 술 생각이 간절한 터에 문득 주당(酒黨)인 내 생각이 난 터일 것입니다. 한두 번은 튕겨 주었으나 계속 튕기면 다음번에는 아예 전화도 하지 않겠지요. 이쯤 못 이기는 척 한번 나가주어 펜들의 열화와 같은 성원에 보답해 주어야 할 것입니다.

술에 관한 한 나는 이미 주도 삼매를 지나 우화등선(羽化登仙)의 경지에 이르렀지요. 시골살이하다 보니 가까운 친구들이랑 같이 어울려 주도를 수련할 일이 없어졌습니다. 그자들을 오래간만에 만나 주거니 받거니 하기에는 서로 간의 보금자리가 다소 멉니다. 게다가 차를 가지고 가면 마침내 음주운전을 해야 하니 지레 포기 하는 편이 낫습니다. 그자들이 우리 동네로 와도 음주 운전자만 바뀔 뿐입니다. 한잔의 회포를 달래기 위해 택시를 이용한다는 것은 택시비가 술값보다 비싸니 경제성도 없고, 내 호주머니는 그만한 비용을 감당할 만큼 넉넉하지 못합니다.

가끔 우리 집에 온 여행객에게 불판 값(바비큐 사용료)으로 간신히 비자금을 조성해서 사용하는 처지라 넉넉한 쌈짓돈은 꿈도 못 꿉니다. 그나마 울 마눌이 깊이 이해하여 주는 덕에 압류당하지 않고 근근이 버티며 살지요.

그러나 그 돈이면 나 혼자 집에서 한 달 내내 주선(酒仙) 이태백 부럽지 않게 살 수 있습니다. 이참에 밝히는데 당대(唐代)의 천재시인 주선(酒仙) 이태백도 사실 술에 관한 한 나보다는 한 수 아래라고 늘 기고만장하며 삽니다. 앞에서 언급 하였듯, 술에 관한 한 나는 이미 우화등선(羽化登仙)을 지나 입신(入神)의 경지입니다.

주선이고 시선(詩仙)인 이태백 씨야 주도(酒道)가 삼매(三昧)든 5단의 주선(酒仙)입니다. 그러나 나는 이미, '술은 있어도 없어도 그만, 마셔도 안 마셔도 그만, 술과 더불어 유유자적하는 7단에 경지에 도달한 주성(酒聖)이라고 생각하지요. 이태백이야 주도 삼매에 들어 취중에 물속의 달을 잡으러 들어갔다가 익사(溺死)하셨다지만 나야 본시 공수병(恐水病) 환자인지라 취중(醉中) 물에 빠져 유명을 달리할 일은 없습니다.

이렇게 술에 관한 한 주도면밀, 용의주도 주도(酒道)등급을 18급으로 나누어서 지혜롭게 애주가의 지나친 탐주(貪酒)를 경계시킨, 선배 주성(酒聖) 조지훈 시인님께 늘 감사 탄복하는 마음 금할 길 없지요. 마음속 스승으로 모신지 오래입니다.

친구가 없어도 일과가 끝나면 호젓이 야외 마루 탁자에 앉아 마눌과 둘이 대화하며 한잔하는 술은 비록 안주가 넉넉지 않은 저녁 찬이고 주종이 시원치 않은 막소주일지 언정, 그 분위기가 룸살롱, 카페 부럽지 않습니다.

원래 룸살롱, 카페 같은 곳을 다녀 본 적이 별로 없어 분위기 파악을 못 해 봤지만, 분위기 파악 차 출입하였다가 울 마눌에게 들키는 날 살아남지 못할 것을 잘 파악하는 처지입니다. 그러니 집에서 비록 술을 보약 먹듯 장복하고 있으나, 과음하지 않으니 몸 상할 일 적고, 비싼 술집을 다니지 않아도 되니 넉넉지 않은 유리지갑으로도 잘 버티며 삽니다.

또한, 비교적 요염한(?) 마눌이 따라주는 술이니 분위기 또한 그리 나쁘지 않습니다. 그렇게 저렇게 나는 '팔불출'로 낙인찍혔습니다. 그러니 친구들이 불쌍하다며 기꺼이 한잔 사 줄 터이니, 만사 제쳐놓고 나오라는 것이지요. 그렇게 큰맘 먹고 찾아간 시내 친구가 운영하는 횟집에 앉았습니다. 아직도 도착하지 않은 친구를 기다리며, 한껏 여유를 부리며 휘휘 둘러본 벽에는 주류회사의 매출증대 심보의 음흉한 '권주가'가 걸려 있군요.

내심 빙긋이 웃으며 속으로 '그런다고 내 그 술 먹나 봐라.' 하였지요. 이윽고 친구들이 도착해서 "내 주머닛돈 없으면 네가 날 한잔 사주고, 또 네 돈 있으면 또 날 한잔 사주고 그러면 되지, 너요 내요 그럴 게 뭐고? 속을 줄도 알고 질 줄도 알아라! 알간?" 하였지요.

이날은 술 한 잔 대접한 친구의 성의를 위하여~~! 건배! 그런 뒤 기억이…! 대취하였지요. @$#!**&%

이튿날 지갑을 열어보니 계산은 또 내가 하였군요! 에구~!

17

절해고도 외딴집

달마네 집은 시골에 어울리지 않는 도시형 별장 모습이다. 평소 험한 작업복 차림 행색의, 농부도 예(禮)를 갖추어야 할 기념식 자리에는 양복을 입는다. 의식의 기저(基底)는 시대가 요구하는 유행과 관습을 자연스럽게 따른다.

지금은 글로벌 시대, 미디어 시대, 지식 정보화 시대를 살고 있다. 국경과 민족과 문화, 경제가 우리와 다르다는 2분 법적 사고로 미래를 준비하는 사람은 없다. 농부가 땀 흘려 생산한 농산물도, 품질이 떨어지면 먹지 않는다. '신토불이(身土不二)' 팔이 안으로 굽어 내 민족에게 병풍을 쳐주어도 오래가지 못한다. 그런 병풍 속에서 안주할 농민이라면 차라리 농사짓기를 포기하는 게 맞다.

칠레 농산물이 값싸고, 품질이 좋으면, 모두 칠레 농산물을 먹을 것이다. 중국산 마늘이 우리 마늘 보다 우수한 품질이라면, 당연히 값싼 중국산 마늘이

우리네 식탁을 점령할 것이다.

가장 한국적인 것이 세계적이다. 그렇게 가장 한국적인 문화도, 가치와 경쟁력이 인정되었을 때만 세계인이 찬사를 보내고, 공유하고 싶어 한다. 태권도, 사물놀이, 판소리, 난타 등은 경쟁력 있는 우리 문화상품이다. 그것도 전통과 현대적 감각을 잘 조화시킨, 그래서 경쟁력을 갖춘

다양성의 야누스 _포스터 칼라

신문화상품일 때 주목받는다. K-POP처럼….

국적불명, 문화불명의 알 수 없는 형태의 주택들이 점차, 우리의 전통 집을 헐어내고 그 자리에 똬리를 튼다. 달마 집 또한 국적불명의 외래주택이라며 심드렁해 한다. 부뚜막을 싱크대로 바꾸고, 구들장을 뜯어내고 보일러를 놓고, 푸세식 화장실이 불편해서 양변기를 들여놓고, 온돌도 불편하다며 침대를 놓고 생활한다. 도시와 농촌을 막론하고 빈부의 차이는 있으나, 생활방식의 차이는 별로 다르지 않다.

초가삼간(草家三間) 흙집을 짓고, 지붕 위에 보름달처럼 영글어갈 박씨를 심읍시다. 사립문을 달고, 뒷간은 멀수록 좋다고 하였으니, 마당 구석에 앉힙시다. 우물은 깊게 파고 주민들이 공동으로 두레박을 걸어놓고, 옆에선 '빨랫방망이로 세탁합시다.'라고 할 수는 없다. 향수가 그립다고 60년대 흑백필름을 뒤로 돌릴 수 없듯이.

우리네 시골 모습에서 크게 변하지 않은 조화로운 집을 짓고 농촌 삶의 가치를 존중하며, 풋풋한 시골인심으로 노동에 겨운 시골을 푸근히 감쌀 수 있는 한국형 전원주택은 현재 없다. '온고지신(溫故知新)'이란 옛것의 귀함을 잊지 않는 정신이다. 그 정신을 내 안에 녹여놓고 새로운 것에 도전한다고 하였다.

또한, 우리 사회는 다양성의 사회다. 획일화되고 정형화된 시골 모습으로는 창조적 비전을 제시하지 못한다. 생물의 종(種)도 약육강식(弱肉強食) 번성한 종은 살아남고 진화에 실패한 종은, 화석으로만 남는다.

우리가 편리하고 고맙게 사용하는 컴퓨터도, 미 국적을 가졌으니, 사용하지 말고, 손편지를 쓸까나 광화문 네거리에 대문짝만한 대자보(大字報)를 걸어 내 뜻을 사해 만방에 고(告) 할까나. 그들이 우리에게 '조선 나이키'를 신겼다면, 우리가 그들에게 '나이키 짚신'을 신겨야 하지 않을까? 우리 안에 소중한 우리 것을 용광로처럼 녹여 놓고, 그 쇳물로 튼실을 찾아, 짚신을 만들어야 한다. 그렇게 새로운 것이어야 그자들은 눈길을 준다. 오리도 못 걸어갈 짚신을 단지 가볍고, 착용감 좋고, 통기성이 좋다는 이유만으로, 그들이 신어 주기를 바란다면 참으로 가여운 노릇이다.

한반도 위쪽 부러진 허리 위의 사회는 다양성을 철저히 배격한다. 획일화된 체제로 창의력과 발전이 뒤떨어져 있다. 희화화(喜和化)한 꽃봉오리 예술단 개그 프로에서 보듯 그 가식 성은 억지 희극의 압권이다. 감정마저 획일화된 박제된 미소에서, 아름다움을 느끼기보단 섬뜩함을, 그 울먹이는 발성법에 감동하기보단, 왠지 측은한 마음이 들 뿐이다.

우리의 것이 좋으니, 초가나 한옥을 짓고 전원생활을 꿈꾸는 분들이 많다. 그러나 우리식 흙벽돌 목구조 방식의 건축은, 대중화된 일반 서민의 '콘크리트 슬라브조'보다는 막대한 인건비 자재비로 건축단가가 몇 곱절 상승한다. 5,000년 주거 우리의 건축문화는 소중하다. 이렇게 소중한 우리네 건물을 지을 수 있는 사람은 이 땅에 많지 않다. 혹여 그 옛날 양반님네가 우아하고 품위 있는 한옥을 짓고 폼나게 살 수 있었던 것은, 혹시 노예처럼 함부로 부려 먹을 수 있었던 민초들의 값싼 노동력 덕이 아니었겠느냐고 의심해본다.

그 절반에도 못 미치는 건축비로 지을 수 있는, 미국식 경량목구조 주택은 경쟁력이 있다. 같은 목구조이나 규격화된 자재를 사용하므로, 인건비가 한옥의 1/4도 들지 않는다. 습기차단, 단열, 방음, 보온, 방풍 등이 우수하고 튼튼하다.

우리 시골언덕에 우리식 집을 짓지 못하고 서구식 집을 지었다고 욕먹고 있는 달마는, 시골변방에 별 무명의 화가다.

달마에게 집 짓는 일이란, 별일도 아닌 창작 활동의 일부분일 뿐이다. 평소 캔버스에 그리던 일이 공간조형 활동으로 바뀐 것뿐이다. 실물 크기로 제작하다 보니 내가 그 안에서 살고 있다.

작품은 제작이 끝나면, 작가의 제작 의도만 남고, 평가는 관객의 몫이 된다.

집 지은 결과물이 다소 한국적이지 못하다며 시비 거는 분들이 계셔서 '문화와 견해의 다양성'이란 생각을 해봤다. 어떤 집단이나 사회도 다양성이 있어야 한다. 그런 사회는 건강하다. 좌우의 이야기가 있고, 안팎의 견해를 달리하는 갈등이 있어도, 그런 사회는 미래가 있고 희망이 있다.

– 야누스 달마 –

3장

가을

쓰레기통

끝없이 퍼붓고 있다. 사람들도 이제는 이 비를 지겨워한다. 도시인, 농민, 어민, 누구나, 그러나 이 비는 아직 끝이 보이지 않는다.

들녘 곡식은 병충해를 방제할 시간조차 주지 않았다. 단맛이 스며야 할 결실의 과일은 따가운 햇볕이 더 필요하다. 우중 과일은 썩을 수밖에 없다. 옛날에는 천수답만 하늘 쳐다보며 농사를 짓는 줄 알았지만, 아니다. 경지가 정리되고, 농업용수가 충분히 확보되고, 온갖 현대식 기계화된 농기계가 마, 소를 대신하고, 농약과 비료가 지천으로 있으나, 결국은 하늘이 돕지 않으면, 농업은 항상 불완전하다.

농자(農者)는 빈들의 허수아비처럼 초라하고 풍상을 온몸으로 맞아 야위고 검은 창백함으로, 이마에 주름을 훈장처럼 새기며, 힘겨운 삶을 살아간다. '농자가 천하지대본(天下之大本)'인 아름다운 이 강산에서, '진인사대천명(盡人事待天命)' 하며 묵묵히 살아간다. 끝 보이지 않는 장마로, 게릴라 집중호우로, 태풍으로, 어느 해는 타는 목마름으로 한순간 편히 발 뻗고 쉴 수 없는 것이, 농업인의 일상이다. 이런 농민이 생산한 농산물이 우리의 주식 '쌀'이다.

생존에 필요한 우리들의 기본 먹거리다. 어찌 귀하지 않겠는가. 이런 농민의 가슴에 상처를 주지 말아야 한다. 그들은 인간이 생존에 꼭 필요한 식량을 생산하는 직업에 종사하는 사람들이다. 바로 성직(聖職)자이다. 목사나, 신부나, 스님만이 성직자(聖職者)가 아니다.

온갖 위선과 탐욕으로 사회를 혼탁하게 하고 민초들을 혹세무민(惑世誣民)하는 위선적 성직자들 보다 작열하는 태양 아래 검게 탄 얼굴, 사레긴 비알 밭 자갈 논에 써레질 쟁기질 하는 농부가 성직자의 모습으로 오버랩 된다. 그들이 비록 살기 위해 농사지었을 뿐이었다 해도 그렇게 귀하다고 생각하는 쌀을 오늘 음식물 쓰레기통에서 발견했다.

쓰레기 분리수거를 하다 발견한 것이다. 우리 집에 여행 온 여행객이 버린 것이다. 나를 주고 갔으면 얼마나 감사하게 잘 먹었을까 만은 그들에게는 쌀도 먹다 남으면 쓰레기일 뿐이다.

유년시절에 끼니때가 되면 늘 할아버지와 겸상을 하고 같이 식사하였다. 소위 밥상머리 교육이 빈곤한 생활 속에 녹아있었다. 보리밥도 귀하여 쌀 한 톨 구경하기 힘든 샛노란 조밥을 먹었으나 할아버지는 조밥 알하나도 남기면 엄히 꾸짖었다.

그렇게 자란 나에게 쌀을 버리는 여행객의 행위는 용서할 수 없는 쿠데타. 빈곤했던 지난날 허기(虛氣)에 대한 반역이다. 지구를 떠나라 권하고 싶다.

'로시난테' 퇴역식

지금 나는 애마 '로시난테'와 이별을 준비하고 있습니다. 애지중지 금쪽같은 시골살이 동반자랑 이별이지요. 이놈이랑 나는 가지 못하고, 다니지 않았던 길이 없었습니다. 강원도 정선 비탈길 조양강 건너 가파른 시골 길도 마다치 않았으며, 서울 언저리의 달동네, 대구든, 바다든, 계곡이든, 마다치 않고 콧김을 불어내었지요.

그동안 온몸에 달라붙어 쌓인 세월의 흔적을 닦아줍니다. 이제 나와 영원한 이별을 할 때가 왔습니다. 나의 애마 '로시난테'는 이제 더는 주인을 태우고 위용을 뽐내며 달릴 수 없게 되었습니다. 30분만 달리면 머리(보닛)에서 불이 납니다. 그래서 사람들이 달려옵니다. 불 끄러…!!

이제 정말 '로시난테'를 편히 쉬게 해줄 시간이 되었습니다. 구석구석 먼지를 닦고 임종한 시신을 알코올로 염습하듯 깨끗한 물로 세차합니다. 더욱더 정성스럽게 닦습니다. 남들은 내일 폐차 할 차를 하염없이 닦고 있는 나를 보면 이젠 하다 하다…. 드디어 미쳤다고 하겠지요. 그러나 뭐 괜찮습니다. 어차피 '로시난테'의 주인인걸요. 내일이면 '로시난테'를 폐차장으로 몰아야 합니다. 그 전에 '로시난테'와 나는 이별의 엄숙한 의식을 가집니다.

진수식의 화려함이 깃들었던 노함정의 퇴역식 하고는 근무 내용이 달

랐지만, 감히 '퇴역식'이라 생각해 봅니다. 무릇 천하의 '달마호테'를 위
해 보필하고 이동수단의 고단함과 수고로움을 아끼지 않은 노고가 무
릇 기하(幾何)이겠습니까?

그의 퇴역식이 어찌 과거 전 아무개 씨의 억지 전역식에 비교되겠습
니까. 거북선 함정이라면 저 무저(無低)한 바닷속 명예로운 장례식으로
마감해주고 싶은 마음이나, 온통 육지 속 저잣거리에서만 수고로웠던지
라, 아쉬움을 머금고 조촐한 내 집 앞마당에 퇴역식장을 마련하였습니
다. 물론 제사장은 달마였고, 문상객은 영문도 모르며 물끄러미 신기한
듯 꼬리를 흔들고 고개를 갸웃거리며 바라보고 있던 우리 집 '찡구'. 달
랑 둘만의 애달픈 이별식이었습니다.

나는 읍내에서 준비한 장미 한 다발과 시장에서 막걸리 한 병을 준비
하였지요. 보닛 위에 장미 한 다발을 올려놓고 막걸리 한잔으로 그동안
의 수고와 노고를 불문곡직(不問曲直) 치하(治下)하였습니다.

불가(佛家)에서는 일체(一切)가 유심조(唯心造)라고 하였습니다. 살아있는 생물에게만 영(靈)과 혼(魂)이 있는 것은 아니지요. 인간이 평소 아끼고 가까이 두며 애정을 가지던 물건에도 영이 깃든다지요. 일상생활에 사용하던 빗자루나 홍두깨, 요강 등 사람의 손때 묻은 물건을 버리면 도깨비가 된다는 이야기처럼 말입니다.

어쨌든 나는 애마 '로시난테'를 무지막지하게 폐차장으로 끌고 가 함부로 버린 뒤 속 시원한 듯 두 손 툭툭 털고 돌아설 만큼 인정머리 없는 사람은 못됩니다. '로시난테'를 몰고 달마가 인생역정을 구비 돌 때, 나는 '로시난테'에게 마음속으로 약속을 한 가지 하였었지요. '더이상 승마(乘馬)하지 못하는 날이 오면 명예롭게 퇴역시켜 주마'라고 약속하였지요. 견인차에 끌려 보낼 것이 아니라, 보무도 당당 제 발로 걸어가게 하여주마. 저승길 배고플까 봐 여물(기름)도 든든히 먹여 주었습니다.

처참한 몰골로 널브러진 폐차장 안 폐마들 속에서 군계일학(群鷄一鶴)처럼 훌륭한 자태로 마지막 품위를 지키게 할 것입니다.

나의 주인은 이 도덕 불감 시대에 마지막 남은 기사 '달마' 였노라고!

그리하여 내 기꺼이 천리준마(千里駿馬)의 직분을 완수하고 깨끗이 물러나노라고!

그 약속을 지키기 위한 마지막 이별의 의식을 엄숙하게 거행하였습니다.

안녕, 영원히 안녕…! 그동안 매우 고마웠구나. 참 사랑했던 나의 애마 '로시난테'야. ㅜㅜ

– 애 닳은 달마 –

못 다 핀 꽃 한 송 이

오늘은 '못다 핀 꽃 한 송이'라는 인터넷 닉네임(ID)의 '생성과 유지 그리고 소멸에 관한 해부학적 접근'이라는 명제를 해부해 보고자 한다. 원래 이 꽃은, 꼭 피워야 할 미래적 가치를 묵시적(默示的)으로 암시하고 있다. 늦게 피더라도, 부활의 만개(滿開)를 지향하는 꽃이라 하겠다. 그래서 작은 거인이라는 비교적 작은 가수 김수철이 '못다 핀 꽃 한 송이' 피우겠다며 절규하듯 노래하지 않았을까? 때맞춰 현재 자신이 만개하고 있는 한 송이 꽃임을 만방에 떨쳐 알리려고 하지 않았을까?

나는 감히 가수 김수철 씨에게 물어보지도 않고 어름 한 짐작하고 심증(心證)을 확증(確證)했다. 아니면(?) 할 수 없다. 그렇지만 '못다 핀 꽃 한 송이'는 참으로 매력 있는 꽃이다. 활짝 핀 뒤 질 일밖에 없는 꽃에 비하면, 이 꽃의 미래는 설레는 희망으로 부풀어있다고 하겠다.

나는 김수철 씨에게 저작권을 상의해보지도 않고 내 ID로 복제 차용하였다.

알았다 한들 나에게 항의할 이유는 없다. 어디 못다 핀 꽃 한 송이가 서울에만 있겠는가. 문경 주흘산 자락에도 지천으로 피어있다. 그중 영양 상태가 극히 불량한 달마화(花) 한 송이도 있다. 의기소침(意氣銷沈), 침소봉대(針小棒大) 한 달마가 여북하면 신세를 덜 핀 꽃에 빗대어 푸념

하고 있을까

그렇게 탄생한 내 닉네임 '못다 핀 꽃 한 송이' 문경 주흘산 아래 '못
다 핀 꽃 한 송이'라며 기고만장한 나는 인터넷에서 불특정을 상대로
종횡무진 하였다. 사용계층에 따라 '못다 핀 꽃 한 송이'는 '명동 쌍칼'이
나 '자갈치 밤안개' 또는 '우미관 찬이슬'보다도 훨씬 깊은 내공이 느껴지
는 은근 섬뜩한 닉네임이다. 그렇게 '못다 핀 꽃 한 송이'는 인터넷을 통
해 시골 강호(江湖) 무림(武林)을, 홍길동처럼 동서로 번쩍거렸다.

물론 내공이 깊은 절대 고수의 살기(殺氣)가 느껴지면, 알아서 꼬리를
내리고 샛길로만 다녔다. 약육강식 강호 무림의 절대 생존 법칙이다. 그
렇게 생성과정을 거쳐 유지과정을 유지해오던 중, 맨 날 이렇게 주흘산
등 짝만 후벼 파다가는 영원히 못 필지도 모른다는 불안감에 휩싸였다.

강호(江湖)는 하루가 다르게 막강한 신진고수들을 쏟아내고 있다. 주
흘산 등 짝 후벼 파 봤자 주흘산 개구리 될 것 뻔하다. 하여 인터넷에다
대고 냅다 질렀다.

"문경 주흘산 자락에서 공중 부양을 수련 중인 못다 핀 꽃 한 송이입
니다. 그렇다고 토굴 파고 수행하여 득도하려는 '달마'는 아닙니다. 운기
행공 중 주화입마(走火入魔)(이거 엄청 위험 합니다)가 들어 일어설 수가 없
어요. 도움이 필요합니다 ~!" 그랬더니 어디선가?

"어서 오시오. 문경 달마님!" 하는 것이었다. 어라?

나는 정중하게 거절하였다. "문경 달마가 아니고 나는 '못다 핀 꽃 한
송이'입니다."라고 사양했음에도 불구하고 그자는 "그렇습니까? 달마
님!" 하는 것이었다.

보아하니 이자의 내공이 만만치 않은 듯하였다. 고수(高手)는 고수를 알아보는 법이다. 나의 엄중한 항의를 단 일언에 묵살하는 실력으로 보아 틀림없이 시골로 숨어든 고수 은둔거사(隱遁居士)일 것이다.

이자는 경기도 어느 골짜기에서 양계장을 운영하는 양계거사(養鷄居士)로 불리는 자로 시골 무림에서는 '휴심(休心) 땡초'로 더 많이 알려진 자다.

현재 파리가 난무하는 양계장 안에서 '비행 파리 요격 술'이라는 새로운 무공을 창안하고, 파리와의 목숨을 건 진검승부를 즐기고 있다는데 파리군단의 끊임없는 거센 도전에 부딪혀 할 수 없이 파리와 공존의 사랑에 빠졌다 한다. 진정 휴머니티(Humanity)한 전원의 고수 양계거사라 하겠다.

그건 그렇고 그날 이후부터, 나의 닉네임이 바뀌어 불리기 시작한 것이다. 나랑 참 잘 어울렸다고 생각하는 닉네임이 임꺽정이나 대머리 장비쯤 닮은 '달마'로 불리는 수난을 당하기 시작한 것이다. 모름지기 호명(呼名)이라는 것은 참으로 중요하다. '개똥이'라는 이름을 가진 장관이 없고, '언년이'이라고 불리는 국회의원은 없다. 똘망똘망하게 생긴 '똘망이'란 이름의 과학자도 당연히 없다.

그렇게 나무아미타불도 욀 줄 모르고 졸지에 '달마' 된 내가 잃어버린 닉네임(ID)을 되찾는다는 것은 도로아미타불 되어 버렸다. 소멸된 것이다. 용도 폐기된 것이다. 이젠 아무도 나를 '못다 핀 꽃 한 송이'로 불러주지 않는다.

'못다 핀 꽃 한 송이' 이후 여태 이렇다 할 히트곡을 내지 못하고 있는 김수철 씨의 상황을 나는 반면교사(反面教師) 할 필요가 있었다.

중이 제 머리 못 깎는 법이니 어쩔 수 없이 나는 못다 핀 꽃 송이 시대를 마감하고, 양계거사가 짓고 시골 처사들이 자주 즐겨 불러주는 '문경 달마' 시대를 열었던 것이다. 그리고는 오매불망 사용하고 있다. 불감청(不敢請) 이언정 고소원(固所願)이 된 것이다.

이 닉네임으로 인한 울 마눌과의 다툼은 아직도 진행형이다. 하고 많은 별명 중에 도대체 '달마'가 말이 되느냐는 항변이다. 참고로 우리 집 현관문에는 달마네 집이 아니고 'XX 교회 성도의 집'이라는 문패가 붙어 있다.

양계거사를 찾아가 한 방 먹여주고 싶지만, 그자의 공력이 이미 내가 따를 바가 아닌지라 내 손은 분명 허공을 가를 것이다. 그렇지만 그자가 뽐내는 진검 파리채 '비행파리 요격 술'은 내가 창안한 '비행파리 포획 술'을 따르지 못할 것이다. 그자에게 휘두른 내 주먹이 비록 허공을 가를지라도 내 손 안에는 번개같이 한 마리의 파리를 포획하고 있을 것이다.

우리 집도 이제는 기나긴 보릿고개에 들어야 한다. 메뚜기도 한철인 여름 휴가철 성수기가 끝났다. 드디어 파리가 달마를 희롱할 계절이 돌아온 것이다.

창밖에서는 마지막 따가운 가을 햇살 아래 태양초가 일광욕하고 있고 방충망만 열리면 번개같이 날아들 태세인 파리가 몇 놈 붙어있다.

가소로운 것들 어딜 감히 얍~~!

− 따가운 가을 햇살 아래 졸다 깬 달마 −

이삭줍기

자연주의 화가 '장 프랑수아 밀레(Jean François Millet)'의 그림 중에는 잘 알려진 '이삭 줍는 여인들'이란 제목의 그림이 있습니다. 전원의 풍경을 서정적으로 풀어낸 감동적 명화입니다. 복제된 이 그림이 여느 시골 작은 음식점 같은 곳에 부적(符籍)처럼 걸려 있는 모습을 보게 됩니다.

원작의 제작의도에 한줄기 이삭도 버리지 말고 살뜰히 모아, 살림을 일으키라는 우리네 정서가 더해졌다고 해석해도 명화를 모독하는 처사는 아닐 것입니다. 지금은 과거처럼 추수가 끝난 들녘 이삭을 줍는 모습을 볼 수 없습니다. 지난 과거 우리 들녘에선 해 저물도록 이삭을 줍는 아녀자들의 모습을 흔치 않게 볼 수 있었습니다.

모든 가을걷이를 끝낸 들녘에는 이삭이 있기 마련입니다. 고구마, 감, 밤, 콩 등 1차 농산물은 주인이 수확해갑니다. 붙일 수 있는 땅뙈기마저 변변찮은 가난한 언저리 농민 아녀자들이 2차로 이삭을 줍습니다. 그러고도 빠트린 이삭이 있다면 아마 겨우내 들쥐나 다람쥐, 참새 몫으로 남겠지요.

우리 집 근처에는 아름드리 감나무가 많이 있습니다. 감 장수가 감나무 주인에게서 감나무를 통째로 삽니다. 계약재배를 하는 것이지요. 그리고 감이 익을 무렵 품을 사서 수확합니다. 감을 따는 것이 아니라 밤

털 듯 털어 버립니다. 선홍빛 감이 바닥에 지천으로 떨어집니다. 내 나무가 아니라 그런지 수확하는 모습이 거칩니다. 떨어진 감을 주워서 상자에 담아 차에 싣고 썰물처럼 빠져나갑니다. 주변에는 깨진 감, 터진 감, 빠트리고 간 '이삭 감'이 많습니다.

감 장수가 떠난 황량한 감밭에서 이삭 감을 줍습니다. 터진 것, 깨진 것, 성한 것 전부 주워 모읍니다.

쯧! 혀를 차며 덤불을 헤칩니다. 스산한 가을바람이 앙상한 감나무를 흔들며 지나갑니다. 한 소쿠리 가득 담아 밤이 늦도록 혼자 그 감을 깎습니다. 또다시 시작된 나의 청승에 마눌은 입을 비죽거리고요. 깨진 것은 얇게 썰어 널고 성한 것은 예쁘게 깎습니다. 장인(匠人)의 손길이 지난 감은 예쁘게 다듬어져 질서 있게 도열 합니다. 마누님이 그 많은 감을 다 무엇 할 것이냐고 이죽거립니다.

"없어서 못 깎으니, 걱정 붙들어 매시오~!"

사실, 감을 주워 깎아 널었지만, 끼니를 위한 일은 아닙니다. 바닥에 널브러져 깨지고 버려진 감이 아까운 것이지요. 보고만 있자니 왠지 하늘에 죄를 짓는 것 같지요. 귀한 먹거리들을 함부로 버리는 것은 하늘에도 나무에도 예의가 아니지요.

잘 말려 분을 내어 그 옛날 호랑이도 무서워했다는 '곶감'을 만들 작정입니다. 분이 잘난 좋은 놈으로다 골라 할아버지 제사상에도 올려야겠습니다. 그리고 아이들 겨울 간식거리로 나눠주며, 가난했던 아빠의 유년, 곶감에 얽힌 전설 같은 이야기를 곶감 빼주듯 하나씩 빼 주어야겠습니다.

어린 시절 달마네 밭 비탈 둑에는 아름드리 감나무가 스무 그루도 넘게 있었습니다. 들판의 가을걷이가 끝날 무렵이면 산모퉁이 비탈밭 가에선 또 다른 수확이 기다리고 있습니다. 눈이 부시도록 지천으로 달린 저 붉은 감은 언제 다 딸까? 해거리도 없이 만년 풍년인 야속한 저 달마네 감. 언제나 소년은 걱정이 앞을 가릴 뿐이었습니다.

대나무 긴 장대를 든 할아버지는 앞장을 서고 손자는 자루를 메고 감을 따러 털레털레 밭둑 사이 오솔길을 걸어갑니다. 할아버지가 감나무 위에 올라가서서 장대로 꺾어 따면 소년은 밑에서 그 감을 받아 자루에 담습니다. 짧은 가을 햇볕은 이내 저물고 저녁이 되면 손이 시릴 정도로 춥고 바람은 찹니다. 할아버지는 감나무에서 내려올 기척도 보이지 않고 하염없이 따서 내려만 주십니다.

소년은 시린 발을 동동 구르며 "할아버지 언제 집에 가요?"하며 감나무 위를 향해 소리치면, "조금만 더 있거라. 이 나무만 다 따고 가자!" 하십니다. 사위(四位)는 적막해지고 소년은 감나무에서 남은 감 개수를 헤아리려 어둠과 씨름 합니다. 이윽고 할아버지와 소년은 언 손을 비비며, 어스름 저녁달과 감을 함께 등에 지고 집으로 돌아옵니다. 등에 진 저녁달은 은 쟁반처럼 차가웠습니다.

늦은 저녁을 먹은 뒤 온 가족이 둘러앉아 감 깎기에 돌입합니다. 감물이 손톱에 새까맣게 낄 때까지 몇 날 며칠 밤이 이슥토록 깎습니다. 깎은 감은 싸리 꼬챙이에 엮어 답니다. 그렇게 말린 곶감은 두 동, 석 동 (한 동은 백 접)씩 되었습니다. 깎고 남은 감 껍질은 잘 말려서 다시 분을 내어 겨우내 영양 간식이 됩니다. 겨우내 언 손을 호호 불며 논에서 썰매를 탈 때면 언제나 소년의 호주머니는 감 껍질로 불룩하였습니다. 버릴 게 없는 것이 시골살림입니다.

결국, 곶감은 그렇게 만들어져 장날 팔립니다. 생산자는 언제나 깎고 남은 껍질만을 부산물로 얻는 궁핍한 시골살이지요. 그런 유년기의 아련하고 고된 향수를 책갈피에 은행잎처럼 차곡차곡 지니고 살아온 달마입니다.

이삭 감 주워 깎는 저의 감성 유산에는 본능에 따라 마누님께 '청승'이라고 비판받는 '함부로 버리지 못함'이 내재(內在)하고 있습니다. 버리는 것을 보지 못하고 자란 까닭입니다. 깨어진 박 바가지도 늘 꿰매어 곡식을 담는 그릇으로 재활용하시던 할머니의 손자입니다.

풍족함이 넘쳐 한해 몇조 원씩 하는 음식물이 쓰레기로 버려지고 있다고 하나, 이 땅, 이 지구촌에는 기아로 먹을 것이 없어 굶어 죽는 사람이 또한 지천으로 넘쳐 나고 있습니다. 쌀 아홉 말 가진 부자가 단 한 말 가진 가난한 자에게 '그 한 말 내게 보태 한 섬 채워 주게' 하는 것이 사람의 욕심이라고 합니다.

비록 함부로 버리지 못하는 청승이 몸속에 천형처럼 갈무리 져 있으나, 한 번도 영양가 부족하고 시대에 덜떨어진 사고를 지녔다고 생각지 않습니다. 소비가 미덕(美德)인 현대사회를 살아도 달마에게는 근검, 절약하는 습(習)은 전설처럼 이어졌습니다.

자연에서 배운 먹거리의 소중함은 자연이 주는 깨침입니다. 농경사회를 살아온 농민의 후예임을 잊지 않습니다. '마음의 곳간'은 쌓아도, 쌓아도 넘치도록 쌓아도 흉 볼일 없으니 마음껏 욕심을 부려도 됩니다.

내일은 개울 건너, 산 아래에 있는 감을 주우러 가야겠습니다. 버릴 수도 없는 욕심을 주워 곳간 가득 채우겠습니다.

– 감 깎는 달마 생각 –

5

달마가 쓰는 여행 후기

긴긴 장마와 한여름 염천(炎天)을 느낄 사이도 없는 시간 속에 이미 여름은 저만치 물러가고 있다. '라이너 마리아 릴케(Rainer Maria Rilke)' 는 하나님께 "이틀만 더 남국의 햇볕을 주시어 마지막 과일에 단맛을 스미게 해달라"며 기도했다. 나 또한 간절한 농부의 마음으로 햇살을 간구(懇求)하였으나, 아무래도 하나님은 햇살을 아끼신다. 잦은 비 일조량 부족은 결실뿐만 아니라, 병충해로 소출이 떨어질 것이다.

인간이 아무리 지혜를 더하여 재해를 대비해도, 결국은 하늘을 쳐다보며 살 수밖에 없다. 인간도 자연 일부일 뿐…….

'하룻밤 풋사랑' 철 지난 유행가처럼 여행객이 하룻밤 묵어갔다. 그들의 얼굴을 기억할 시간조차 없이, 날이 밝으면 올 때처럼 표표히 떠나간다. 하룻밤 여정이 객고(客苦)에 시달리지 않고 좋은 기억과 소중한 시간으로 채워졌는지 궁금하다.

"혹여 지난밤 불편한 점은 없으셨는지요?"
"아닙니다. 덕분에 잘 쉬었다 갑니다."

진짜 편안한 휴식이 있었는지 궁금하다. 정말 편안한 휴식에 감동한 여행객이라면 홈페이지에 후기 글을 올려 줄 것이다. 여행 후기란 여행을 다녀온 사람들만이 쓸 수 있는 것은 아니다. 여행을 떠나지는 못했지만 매일 여행객을 맞는 달마도 여행하기는 마찬가지다.

근본적으로 떠나지 못하니 붙박이 여행을 할 수밖에 없다. 나도 펜션에 앉아서 여행한다. 내 집에서 그 수많은 여행객을 맞이하고, 배웅하였으니, 이만한 여행도 없다. 객실은 커플들이 깨끗하게 이용한다. 여행객들은 깨끗한 객실을 보고, 자기 집보다 깨끗하다며 좋아한다. 이때 달마는 작지만, 펜션 지기임이 행복하다. 그러나 무리 지어 온 여행객들은 대체로 공중의 질서의식을 무리의 숫자만큼 나눗셈한다. 그들이 떠난 객실은 폭탄을 맞은 듯 어지럽다.

이른 아침 정원의 잔디밭에 담배꽁초를 줍고 계셔서 잔잔한 감동을 준 잊지 못할 할아버지도 계시지만, 술 마시고 노래하고 춤을 추며 밤새 고래사냥을 해서 인근 주민들의 숙면을 방해한 여행객들도 많다.

객실 이용 상태도 사뭇 험악하다. 베개, 침대, 시트 커버, 이불, 주방 등 모든 시설에 철저히 흔적을 남겨 놓는다. 문득 '살생부'를 만들어 특별 관리해야겠다는 생각이 들 때도 있다. 하지만 그들은 두 번 다시 달마네 집을 찾지 않을 것이다. 이미 달마에게 살기(殺氣)를 느꼈을 것이다.

너무 많은 집기를 이삿짐 수준으로 싸들고 오는 여행객도 있다. 냄비, 밥솥, 휴대용 레인지, 모기향, 샴푸, 심지어 이불까지 싸 가지고 와서 달마네 집을 싸구려 민박집으로 강등시킨다. 간편하게 오셨으면 좋겠다. 나머지 부족한 부분은 '예샘지기 달마' 몫이다. 그리고 너무 많은 음식을 가지고 온다. 많이 가져온 음식 다 먹고 간다 해도, 가져온 양만큼 쓰레기를 발생시킨다.

EDPS(먹고, 마시고, 놀고, 잠자는) 여행도 때론 필요하겠지만, 간편하게 준비하고 쉼이 있는 휴식과 사색으로 새 에너지를 얻어 갔으면 좋겠다.

요즈음 우리 가족은 부식비가 거의 들지 않는다. 여행객들이 너무 많은 부식을 남겨두고 간다. 돼지고기, 맥주, 소시지, 햄, 쌈 채소 등 달마 생전에 생전 처음 먹어보는 음식도 많다. 과유불급(過猶不及)이라 약간은 부족한 듯 준비 하고, 나머지 부족함은 여행 중에 만나는 문화나 체험으로 채우면 더욱 좋다.

문경에도 아주 다양한 문화가 있고, 오염되지 않은 자연 속 기억에 간직할 수 있는 체험 거리도 많다. 비록 떠나지 못해 머무는 여행을 하는 달마지만 언젠가는 떠나는 여행을 할 것이다. 망망대해 같은 열사의 땅 사하라, 인간의 흔적이 닿지 않는 아마존의 원시림, 한계를 넘어선 극한의 동토, 남극대륙 툰드라, 기후의 지평선, 새벽 별 보이는 초원지대…!

달마가 가슴 뛰어 꿈속에라도 가고 싶은 파라다이스다. 이렇게 간절히 꿈꾸고 있으니 언젠가는 이곳들을 찾아갈 것이다. 고독한 여행을 꿈꾸는 달마지만 어느 날 문득 이방(異方)의 하룻밤이 그립듯, 뭔 모를 아쉬움이 그리움처럼 그립다. 오며, 가고, 머물며, 떠나는 그들을 보며, 그 여정이 지난날 무수히 스쳐 지나온 나의 궤적 같아 또 다른 무게로 다가온다. 돌아가는 여행객의 뒷모습에 마지막 여름이 아쉬운 듯, 매미가 요란하게 울며불며 배웅한다. 맴~~맴!

홀로 남은 달마는 알 수 없는 그리움이 켜켜이 이끼처럼 쌓여만 간다.

– 여행 꿈 그리는 달마 –

6

태양초를 빚다

태양초는 말리기가 어려워 도자기 빚듯 어렵게 태양에 빚었습니다. 오늘 방앗간에서 태양초를 무려 일곱 근이나 빻았습니다. 방앗간 주인은 내가 빚은 태양초를 한눈에 알아보시고 요즈음 시골에서도 태양초는 좀처럼 구경하기 힘들다며 곱게 빻아 주셨습니다.

아주머님은 친절하게도 태양초 구별법까지 가르쳐 주십니다. 건조 상태가 검붉으면 태양초가 아니고 선홍빛을 띠어야 하며, 빻아보면 건조기에서 말린 고추는 별다른 냄새가 나지 않는데, 태양초는 빻을 때 단내와 향기가 진하답니다. 건조기에서 말린 고추는 건조하는 동안 고추의 향(香)과 영양가가 빠져나가기 때문에 그냥 붉고 매운맛밖에 나지 않는다는군요.

태양초를 만들어볼 욕심으로 어떤 분이 생고추를 수십만 원어치나 사서 말리다가 장마에 다 썩혀 버렸다며 태양초 만들기가 심오한 건조 기술임을 역설하셨습니다. 잘 보관하였다가 겨울김장 담을 때나 사용하라시는 군요.

감격한 나머지 어깨가 으쓱해졌습니다. 역시 나는 타고난 예술가입니다. 올겨울 우리 집 김장은 겁나게 맛있을 것이라는 상상을 가능케 합니다.

　그렇게 올여름 장대비와 사투를 벌여가며 수확하고 태양님께 통사정하여 말린 태양초입니다. 가격은 빻는 공임 합쳐 6만 원입니다. 별것도 아닌 일로 웬 방정? 천만의 말씀! 이 태양초는 그냥 마트에서 고춧가루 사다 먹자는 마눌의 협박과 회유를 극복하였고, 스무 근 수확을 목표하였으나 장맛비와 탄저병으로 초토화된 고추밭에서 간신히 살아남은 역전의 고추로 나는 수시로 비를 피해 고추 보따리를 안고 마당에서 거실로 다시 안방으로 들고 뛰었습니다.

　우중(雨中) 건조과정 만연하는 곰팡이의 무차별 습격에도 살아남은 진정한 태양초 전사(戰士)들입니다. 바꾸어 얘기하면 수확량의 3/2가 몰살했다는 이야기지요. 반짝 햇볕에 10분 일광욕, 1시간 장맛비 샤워를 반복하였습니다.

　'반드시 태양초를 만들고야 말리라'며 한 개 한 개 수건으로 닦고 말리기를 수차례 결국 의지의 태양초가 되었습니다.

농민도 못 되는 달마가 이렇게 수확하였을 진데, 생업 농업인들의 노고에 어찌 견주겠습니까. 돈으로 환산할 수 없는 물건입니다. 60만 원도 넘는 수고를 고추밭에 쏟아 붓고 6만 원어치의 대가를 받았지요. 역시 도시 날품이 대가가 훨씬 큽니다.

피폐해진 농촌은 빈집이 늘어만 가고 적막강산 속 낭만의 시골 꽃을 피웁니다. 도시인이 좋아할 낭만의 상사화(想思花)를 피웁니다. 농부는 불공평하고 대가 적은 노동력으로 거름더미가 아니라 빚더미 위에 올라앉아도, 묵묵한 일상으로 살아갑니다.

반복되는 불평등이 뻔한 농사를 위해 들녘에서 고단한 노동의 일과를 시작합니다. 하루도 빠짐없는 노동의 하루에 일수를 찍습니다.

몇 년 전 멕시코 칸쿤에서 WTO 체제를 항거하며 자결한 농민은 절박한 농촌 현실에, 생명의 심지에 경각의 불을 붙인 것입니다. 민족과 국가마다 모두 다른 특수한 상황이 있듯 우리의 농업 또한 한국적 농업현실이 있음을 고발하며, 범세계 시장개방이 가져다줄 폐해에 경종을 울렸지요. 농산물이란 단순 자유시장경제의 시장원리만으로 따질 수는 없습니다. 국가와 민족은 단순 경제논리로만 해석할 수 없는 고유역사와 문화가 있습니다. 다국적 기업 영농 종사자에게는 힘없이 작고 가난한 나라의 농민들이야 텃밭 가꾸는 달마쯤으로 보이겠지요. 그 눈으로 바라본 텃밭은 생산성도 떨어지고 저품질, 저영양인데도 가격만 비싸다 합니다.

자기들은 기업영농으로 생산원가를 절감하기 위해 친환경과 거리 먼

유전자 변형 화학비료와 고독성농약으로 버무린 농산물을 생산해 놓고도 값싸고 고품질이라며 지구촌 페어플레이를 하자고 합니다. 그들에게 우리 민족이 지난 반만년 유구한 농경문화 속에서 살아온 농자가 천하지 대본이며, 농심이 천심인 농경민족 국가임을 이해시키기란 참 힘든 일이겠지요.

그렇더라도 비정한 국제사회에서 글로벌 시장 경쟁시대를, 살아가야 하는 것이 우리의 운명 일지라도 우리는 전부를 내어줄 수는 없습니다. 국제사회에 세계화 파고가 높더라도 지도자는 우리 농업 현실을 직시한 최소한의 바람막이를 설치하여야 함이 도리입니다. 그것이 그나마 농부가 흘리는 땀에 보답하는 길입니다. 농민은 또한 고품질 농산물을 생산하여 시장에 화답하여야 합니다. 그것만이 미래에 생존할 길입니다.

어쩌다 저 먹을 텃밭 고추 일곱 근 수확한 주제에 주제넘어 태평양을 건넜습니다. 천신만고 건진 일곱 근 태양초가 이럴 진데, 하는 뜬금없는 생각에, 횡설수설한 달마 생각입니다.

혹 올여름 태양초 만들려다가, 실패하신 분은 연락 주십시오. 내가 두 근 범위 내 물 쓰듯 나눠드리겠습니다. 단 선착순이지 말입니다.^^

– 땡초 달마 –

7

할머니 당신이 그립습니다

절기(節氣)는 상강(霜降).

내일 전국에 서리가 내린다는 일기예보가 있었다. 때맞춰 바람 또한 매몰차기가 북풍한설이다. 고추밭으로 요령 소리를 내며 달려간다. 손수레 위에 소쿠리도 몇 개 얹었다. 서리가 내리면 고추밭은 삶아놓은 고추밭 된다. 아무것도 건질 것 없어진다. 빨리 끝물고추를 수확해야 한다. 인정사정 볼 것 없다. 붉은 고추, 풋고추 할 것 없이 모두 훑어서 한곳으로 모은다.

나는 욕심이 좀 많다. 별로 버릴 것이 없다. 병든 고추, 붉은 고추, 풋고추, 고춧잎 등 죄 따서 집으로 운반, 마당에 펼쳐놓고 작업 들어간다.

병든 고추 한 개도 버리지 않는다. 가위와 칼을 옆에 두고 성한 부분만 오리고 도려낸다. 잘하면 끝물 고추 한 근 수확도 가능할 듯하다. 그러면서 또 한 근의 태양초를 꿈꾼다. 풋고추는 매운 고추와 맵지 않은 고추로 나눈다. 매운 고추는 겨울 밑반찬으로 이용할 수 있고, 맵지 않은 고추는 말려 온 겨우내 부식된다. 고춧잎도 삶아 말려 놓으면 마른 나물이 된다.

여름내 신선한 깻잎을 제공해주었던 들깨를 찐다. 장마 속에서도 잘 여물어 털면, 들기름 두어 병은 짤 수 있을 듯. 서리가 오기 전 비탈 덤불 속 호박 꼭지를 딴다. 늙은 호박 애호박 가림 없이 모조리 수확한다. 호박만 한 수레가 넘는다. 농사짓지 않던 묵정밭은 토양이 기름졌나 보다.

애호박을 접시 모양으로 얇게 썰어 가을볕에 말린다. 이렇게 말린 것을 우리 시골에선 '호박 우거리'라 부른다. 겨울에 생선 찌개나 된장을 끓일 때 넣어 먹는다. 늙은 호박은 연륜만큼 풍성함과 빛깔이 고와 모아두었다가 정물화 소재로 써야겠다. 그런 뒤 호박 소주라도 내려 마시고 싶은 사람 있으면 나누어 주어야겠다.

다시 토란밭으로 간다. 알토란이라더니 제 주인 실망치 않게 잘 자랐다. 알맞은 크기로 잘라서 적당한 크기로 찢어 따가운 가을볕에 일광욕 시켜준다. 토란 줄기는 육개장 끓일 때 꼭 필요한 재료이다. 이 가을 수확한 먹거리 나 혼자 다 먹을 수는 없다. 수확은 많고 적음을 떠나 자체가 기쁨이다.

꿈 그리던 시골살이를 시작하며 다섯 번째 가을을 맞는다. 여름내 불볕을 등에 지고 산 것이 아니니, 수확할 농산물이 많지 않다. 아무런 생각조차도 일어나지 않는 시간, 종일 단순노동을 반복해서 다듬고, 자르고, 나누고, 버리며 하루를 보낸다. 군집을 이루어 공동생활을 하는 개미들처럼…!

그냥 주어진 일이 구성원의 역할이듯 묵묵히 일할 뿐이다. 하염없이 털고, 따고, 다듬고, 도려내고, 골라내는 무심한 일에 가을 햇살은 등짝을 따갑게 내리쬔다.

지난 향수는 빛바랜 흑백 앨범 같은 유년시절로 시공을 넘어 애틋한 그리움에 콧등이 알싸해진다. 내 할머니의 가난 고단했던 노동이 망막 저편에서 회색빛 필터를 끼운 듯 아주 느린 유영으로 빛바랜 앨범처럼 펼쳐진다.

할머니는 96세를 일기로 고단한 삶을, 따스한 봄날 오수(午睡)에 겨운 나른한 단잠을 주무시듯 가셨다. 영원한 피안(彼岸)의 세계로 떠나셨다. 떠나시기 전 이제 곧 고단한 사바(娑婆)세계에 남겨질 손주가 걱정스럽고 그리우셨나 보다.

매일 아침 사랑방에 가서 출근길 인사를 드리면 엷은 미소로 고개를 끄덕이시며, 잘 다녀오라고 언제나 내 모습 보이지 않을 때까지 창밖에 서서 손 흔들고 계셨다. 가다가 뒤돌아보고, 가다가 뒤돌아보는 출근길 코끝은 매운 고추 냄새를 맡듯 알싸하게 시큰거렸다.

할머니를 이제 곧 영원히 뵙지 못하게 될지 모른다는 불안함에 가슴 한편이 미어지듯 뭉클거렸다. 그런 할머니의 마지막 영상을 담으려 듯 나는 눈물 어른거리는 눈으로 자꾸 뒤돌아보며, 뒤돌아보며 손 사래질 하였다.

"들어가셔요! 할머니 인제 그만 들어가셔요!"

어려서나 장성하여서나 할머니는 늘 그 자리에만 계셨다. 울 넘어 마실 나갈 일 없는 할머니는 종일 쉼 없이 집안에서만 움직이셨다. 부모님은 온종일 들일로 집에 있으시는 일이 없다. 집안에 계시는 할머니가 손주들을 돌보고 가사노동을 담당하셨다. 집으로 운반된 수확 겉가지 농산물은 그 정리와 다듬질을 늘 할머님이 도맡아 하셨다. 가족 간 무언의 역할분담인 것이다.

군집 생활을 하는 개미 집단처럼…!

온종일 집에서 다듬고, 말리고, 자르고, 고르고, 묶고, 하는 단순한 노동, 어린 내가 할머니 일손을 거들겠다며 말없이 옆자리를 차지한다. 그렇게 할머니와 손자는 별 소득도 높지 않을 노동에 따가운 가을 햇살을 함께 등에 진다. 그리고 끝없이 함몰한다. 유년기의 슬프고도 아련한 기억에 남길 한 장의 흑백사진을 찍는다. 노동 속에 고단을 느끼시면 가위나 칼을 들고 앉은 채 꾸벅꾸벅 조셨다. 깨시지만 않는다면 그대로 업어 방에다 눕혀드리고 싶다는 생각을 한다.

어린 안타까운 마음에 "할머니 방에 들어가서셔 주무셔요." 하고 나직이 깨우면 깜짝 "아니다 괜찮다"시며 다시 하던 일로 침잠하셨다.

그렇게 험하디험한 먹거리는 할머니 손을 거치면서 다듬어져 다시 우리의 조촐한 밥상 위에 올려졌다. 할머니에게 상하고 못 먹을 음식이란 아예 없었다.

좋은 농산물은 시장에 내다 팔아야 하는 것은 당연한 상식이다. 가장 좋은 배추는 김장용으로 어머니가 손수레에 싣고 장날 팔러 가셨다. 어머니는 또 자신에게 주어진 농산물과 화폐를 교환하는 일에 고단한 다리품을 팔아야 하셨다. 나는 늘 돌아오는 어머니의 빈 수레를 받으러 어두운 밤길 읍내로 마중을 나가곤 하였다. 그렇게 다듬고 골라내고 남은 배추 잎 무더기가 있다.

성한 것이 있을 리 만무하다. 그러나 할머니는 그중에서 또 성한 배추 잎을 골라내어 자르고 도려내며 '시래기'를 엮어 처마 밑에 걸어 말렸다. 그리고도 남은 배춧잎은 쇠여물을 끓일 때 넣은 쇠죽이 되었다.

결국은 아무것도 버리지 않았다. 나는 그 피를 이어받은 손자다. 역시 버릴 것이 없다. 온종일 다듬고 잘라내며 할머니 영상 속을 떠나지 못했다. 피를 속이지 못하는 바지런이 잠시도 몸을 쉬지 못하게 한다.

마눌이 보다 못해 측은하다는 듯 내가 듣지 못하게 작은아이에게 나
직이 속삭인다. "너희 아빠는 참~! 팔자인가 보다~ 그치? 쯧쯧!"

작은놈은 영문도 뜻도 모르고 나에게 다가와서 "아빠! 엄마가 그러시
는데 우리 집에는 남자와 여자가 바뀌었데요."

"그으래? 에고~ 에고~!" 허리 한번 펴고 녀석에게 군밤을 한 대 먹여
준다.

"그래 이놈아! 내 팔자다! 어쩔래?"

"씨~! 뭐 엄마가 그랬단 말에요!" 하며 머리에 깍지를 끼고 입술을 삐
죽거린다.

그래, 너희가 어찌 알겠느냐? 손끝이 짓무르도록 고단한 노동의 삶을
살다 속절없이 떠나가신 할머니, 네놈이 강보에 싸여 기억도 하지 못하
는 노(老) 할머니의 그 야윈 손가락으로 네놈 무게만큼도 안 되는 작은
노구를 끌고도 그 부지런한 움직임으로 살뜰히 보살피고 먹여주어 자라
고 성장한 것이 이 아빠라는 사실을 어찌 알겠느냐?

그 회색빛 바랜 흑백 앨범을 가슴에 묻고 사는 이 아빠의 슬픔을 어
찌 알겠느냐? 그 맑고 투명하여 보석같이 내려주신 사랑 속에 자라난
이 아빠의 그리움을 어찌 이해하겠느냐?

할머니 내 할머니! 저는 오늘 사무치게 할머니가 그립습니다.
참으로 사랑했던 내 할머니!

— 할머니가 몹시 그리운 달마 —

8

장모님 우리 장모님

장모님은 문경에 비하면 비교적 큰 도시인 청주에 살고 계십니다. 장모님 슬하의 둘째 따님이셨다가 어느 날 갑자기 나에게 시집온 우리 집 중전은 그 댁에서 함부로(?) 생산된 칠 공주중에서도, 비교적 서열 높은 둘째였습니다.

그러나 성장기에는 무릇 맏공주를 쥐 잡듯 하였다는 이야기는 장가 든 이후에나 들었습니다. 일찍이 서슬 푸른 암고양이 기질을 그대로 가지고 나에게 시집왔다고 할 것입니다. 아니 내가 멋모르고 장가든 것이지요. 그것도 모른 체 나는 딸 부잣집에 장가들었으니 앞으로 부자 되는 일만 남았다 기고만장하였습니다.

부자 되는 일은 이미 성취하였지요. 큰아들 작은아들 우리 '삼 부자'는 자나 깨나 중전마마, 꺼진 불도 어마마마! 하며 근무에 만전을 가하며 살아갑니다. 아이들에게도 "우리 집에는 불행히도 여자라고는 너희 엄마밖에 없다! 그러니 너희도 너희 엄마에게 대를 이어 충성해야 하느니라! 알간"하고 세뇌교육에 여념 없는 불출(不出)이 되어 버렸습니다. 이런!

오늘은 엄처맹모(嚴妻猛母)를 생산하신 장모님 이야기입니다. 일찍이 우리의 결혼식을 앞두고 장인어른이 갑자기 돌아가셨으니, 이후로 오늘날까지 그 수 많은 공주들을 홀몸으로 양육 출가시킨 역전의 원조 맹모이신 우리 장모님.

처가에서는 장인어른 살아생전에 엄 처는 아니셨고, 엄청난 양처였다는 믿기지 않는 이야기가 전설처럼 내려오고 있지요. 이는 처가에서 줄곶감처럼 꿰어져 차례를 기다리는 딸들을 팔아묵기 위하여 불가불 긴급 왜곡 날조한 역사라는 사실을 믿어 의심치 않습니다.

그러나 장모님 당신은 잠시도 쉬지 않는 부지런함과 검소함을 철학으로 사시는 분입니다. 근년에 들어서는 출가한 칠 공주들의 근황과 사위들의 근무상황을 점검하시기 위해 시도 때도 없이 암행감찰을 도시는데, 그 감찰반경이 가히 전국적입니다.

서울, 부산, 대구를 기본으로 찍고, 여타의 변방 지역을 한 바퀴 도신뒤 처가댁인 청주로 마무리하시는데, 근자에 들어서는 변방 중에서도오지에 속하는 문경 땅을 수시로 초도순시(初度巡視) 한다는 것입니다.

그건 아마 둘째 사위가 못 미더워서가 아니라, 당신의 둘째 딸을 중전으로 간택해준 사위가 고마워서 일 것입니다. 오실 때마다 씨 암 닭을싸들고 오시는 걸로 봐서는 틀림없습니다. 그러다 보니 몸이 조금 허하다고 느껴지는 날에는 으레 장모님이 기다려집니다.

게다가 장모님께서는 몸에 밴 근면함으로 잠시도 앉아서 쉬시는 법이없습니다. 온 집안을 구석구석 쓸고 닦고 조이고 기름 치십니다. 집안은얼음 알처럼 훤해집니다. 평소에 내가 하던 가사 중노동을 도와주시니저는 백골난망입니다.

우리 집이 펜션이다 보니 부지가 500평도 넘습니다. 오른쪽 마당에서 잡초를 뽑기 시작하여 왼쪽 마당 끝까지 이동하고 뒤돌아보면 '나 또 왔지롱!' 하며 잡초가 반갑게 손을 흔듭니다. 나도 반갑게 맞손을 흔들어 주어야겠지만 기어이 호미를 던져버리고야 맙니다. ㅠㅠ

온종일 바깥에서 종종거리며 일해도 흔적은 별로 없습니다. 지루하고 단순한 노동을 장모님께서 도와주시니, 일하는 것이 신이 납니다. 성미가 급하신 장모님은 텃밭의 잡초를 절대 용서하는 법이 없습니다.

드디어 이제는 잡초와 타협을 신청하고 공존의 방법을 모색하다가도 장모님이 오시는 날에는 '넌 이제 죽었다!' 하며 용용씽씽 호미 들고 마당으로 텃밭으로 달려갑니다. 그런 장모님은 나에게 구세주입니다. 그러나 울 마눌은 그렇게 생각하지 않습니다. 친정어머니가 오셨으니 마땅히 사위가 극진히 대접하고 보살펴 드려야 한다고 생각합니다. 맛난 것도 사드리고, 보약도 한재 지어드리고, 시내 가서 쇼핑도 시켜드리고….

근데 사위라는 작자가, 노인인 장모님을 집안에서 마치 종 부리듯 한다며 부라립니다. 나는 정말 억울합니다. 나는 장모님 일하시는 곁에서, 아니 같이 일하면서 때로는 마늘을 까거나, 마른빨래를 개면서 심심치 않으시게 처가의 대소사에 관심을 보이며 계속 질문을 드립니다. 그러면 장모님께선 사위의 관심에 흡족해하시며, 처가 일을 일일이 상세히 설명해 주신답니다.

그렇게 백년손님인 사위는 어느덧 다정한 모자 사이가 되어 정답게 일하며 이야기꽃을 피우지요.

장모님께서 좋아하시는 바깥일을 거들어 드리며, 장모님의 심중에 불편함이 없는지 관심을 두고, 당신이 하고 싶은 일에는 즐겁게 하실 수 있도록 배려하고, 집안에서 아무리 작은 일이라도 항상 장모님께 먼저 여쭈어보고 일을 합니다. 집안에 어른이 오셨으니, 그 순간부터 저는 가장의 자리를 양보하고 아래로 내려옵니다. 늘 알아서 주던 배추밭에 물과 거름도 장모님께 먼저 여쭙고 난 뒤 줍니다. 아이들의 등교나 하굣길도 아비인 나보다 먼저 외할머님께 인사드리게 합니다.

그렇게 쉼 없이 일하시던 장모님께서 당신의 할 일을 끝내셨다고, 그저께 청주로 돌아가셨습니다. '다음에 또 오마'라며 기약 없이 훌쩍 청주로 떠나셨습니다. 아마 다음 차례인 셋째딸 집 방문을 계획하고 계실 것입니다.

장모님! 우리 장모님! 떠나신 빈자리가 허전합니다.
다음에 오시면 정말 같이 외식도 하고 쇼핑도 좀 해야겠습니다.

― 장모 사랑 사위 달마 ―

9

준비되지 않은 꿈

'꿈은 이루어진다.' 하였다.

그렇다. 꿈은 반드시 이루어진다. 간절하게 꾸는 꿈이라면 이루어질 확률이 간절함에 비례한다. 진짜처럼 생생하게 꾸는 꿈은 현실이 된다. 모든 꿈은 오로지 꿈꾸는 자의 몫이다. 이루어질 꿈을 꾸든 허황한 꿈을 꾸든 온전히 꿈꾸는 자의 몫일 뿐이다.

꿈은 깨어남을 전제로 현실과의 괴리가 있다. 허상처럼 느껴지는 꿈을 피부에 닿는 현실로 만드는 일은 바로 생생하게 꿈꾸는 것을, 부단히 노력할 때 우리에게 현실로 화답한다. '꿈이 이루어졌다!' 라는 꿈같은 현실로.

벼락 횡재를 꿈꾼다면 로또복권을 사거나 강남 가서 부동산 투기를 해야 한다. 아니면 개발 가능성이 담보된 행정도시나 신도시를 주목해야 한다. 그곳에서 나와 비슷한 꿈을 꾸며 모여든 사람들의 꿈을 수단과 방법 가리지 말고 내 앞으로 압류해야 한다.

어떤 횡재도 횡재한 사람 뒤에는 쪽박 찬 사람들이 무수히 존재한다. 쪽박 찬 사람도 대박 횡재를 이룬 사람과 동업자 관계였을 것이다. 운명이 쪽박과 대박을 둘로 나누었는데, 재수에 옴 붙은 나는 대박 대신 쪽박이라며 투덜거릴 것이다.

꿈꾸는 새벽 토굴 _oil on canvas

성공한 운동선수, 연예인을 부러운 눈으로 바라본다. 신데렐라라며 환호한다. 고진감래라며 힘겨웠을 과거를 추적한다. 그리고 포장, 재생산하여 소비자들에게 내어놓는다. 소비자는 가공된 성공신화에 열광하며 그들의 성공비결에 애써 공통분모를 찾으려 들여다본다.

우리는 성공에 실패한 사람, 횡재를 꿈꾸다 쪽박 찬 사람에게 참으로 인색하다. 될성부른 나무니, 사필귀정이니, 인과응보니 하며 결과를 폄하(貶下)한다. 그러나 실패하고 쪽박 찬 사람들의 꿈과 성공하고 횡재한 사람들의 꿈의 빛깔은 근본 '초록이 동색'이다. 우리네 삶은 언제나 콩 심은데 콩 나고, 팥 심은데 팥 나야 정석(定石)이다. 일한 만큼 대가를 받고 노력한 만큼 보상받으며, 삶이 게을렀다면 이룰 수 있는 결과도 얻을 수 있는 결과도 보잘것없다.

어느 날 문득 시골로 내려가고 싶은 갈망을 '전원의 꿈'이라 하지 않는다. 순간의 희망일 뿐이다. 시골로 돌아가 살고 싶다면 준비가 뒤따라야 한다. 전원생활의 지혜를 공부하고 방방곡곡 발품을 팔고, 자신보다 먼저 전원생활을 하는 사람들을 만나 경험담을 듣고 배워야 한다.

터를 잡는 법, 집을 짓는 법, 농지를 구하고 전용을 받는 방법, 인근 주민과 화합하고 공생할 방법, 전기를 끌어오고 상하수도를 설치하는 법, 길이 없는 곳에 길을 내는 방법 등 이루 헤아릴 수 없는 수많은 난관과 어려움이 도사리고 있다. 이런 전원생활을 하기 위해 몸과 마음을 단단히 준비하여도 좌절과 절망은 시도 때도 없이 찾아온다. 많은 전원생활자가 지금도 전원생활의 어려움을 육필수기로 쓰며 몸으로 헤쳐나간다.

우리 집 뒤에 가파른 경사면에 농지가 약 500여 평 있다. 지대가 높은 만큼 경치와 풍광이 수려하다. 손에 잡힐 듯 가까운 주흘산 영봉이 우측에 있고 넓은 들판을 가로질러 옥녀봉과 백화산이 위용을 자랑하며 좌측으로는 암산인 성주봉과 단산이 병풍처럼 둘러싸고 있다.

가히 이곳에 전원주택을 지어놓으면 일단 전원생활의 절반은 성공해 보인다. 게다가 바로 앞집에는 전원생활에 성공해 보이는 달마가 예쁜 펜션을 짓고 돈도 수억 벌며 보란 듯이 잘 살아가고 있는 것처럼 보인다.

이쯤에서 도시생활자는 냉큼 부동산 업자를 끼고 비교적 비싼 가격의 농지를 사서 전원생활의 꿈을 키운다. 그 과정에서 인근 주민들의 삶에 관심을 두고, 그들의 이야기에 귀 기울여보며 매물의 특성이나 개발 가능성을 가늠해보고 지나친 개발비가 들어 배보다 배꼽이 큰일이 생기지는 않는지? 등등, 땅을 매입하기 전에 꼼꼼히 체크 하는 일을 소홀히 한다. 이제 전원생활자가 될 수 있다는 환상만을 키운다.

아래쪽에 터를 잡고 수년 차 전원생활을 육필수기로 쓰며 사는 달마에게 얻을 수 있는 시골살이 정보가 무궁하건만 에둘러 눈감고 자신만의 방식으로 전원생활 준비에 들어간다.

부동산 중개업자를 끼고 개발에 들어갔다. 인허가 절차 따위는 무시한다. 집을 지을 수 있는 터를 확보하기 위하여 경사진 밭을 절토하고 평탄 작업을 한다. 나름 절개지에는 석축을 쌓는다. 물론 대충대충 쌓는다. 절토된 경사면에는 잔디도 심는다. 절개지에 심는 '씨드스프레이'라는 뗏장을 어디에서 구했는지 누렇게 듬성듬성 말라 죽은 것들을 가져와 대충 처삼촌 산소 뗏장 심듯 한다.

토지 소유자인 도시생활자는 공사 내내 얼굴 한번 비추지 않는다. 그렇게 대충 불법 개발된 땅이 드디어 장마철을 맞았다. 아래쪽에 살고 있어 항상 아랫것일 수밖에 없는 달마는 한 달 전부터 '의무방어전'에 돌입하였다. 개인 방어전이 아니라, 이번에는 '지역 방어전'까지 하여야 했다. 어차피 땅 주인은 장마철 나타나지 않을 것이다.

달마는 그들의 부실공사가 장마에 무너질 것을 대비해 집 뒤쪽 배수로를 더 깊게 파야 한다. 어차피 무너질 것은 불 보듯 하니까.

한차례 장맛비가 지나갔다. 그들의 개발공사는 단 한 번 장맛비에 와르르 무너졌다. 아래쪽에 살고 있어 어쩔 수 없는 달마가 땅 주인에게 전화한다. 자신은 부동산 업자에게 개발비용 일체를 이미 지급하였으니 부동산 업자와 상의하라고 한다.

앞으로 이웃이 되어 오순도순 같이 살아야 할 달마나 동네 반장님 이야기에는 귀 기울일 준비도 되어있지 않다. 부동산 개발업자가 부랴부랴 와서 무너진 부지를 온통 비닐로 하얗게 덮어 씌워놓고 갔다. 더욱더 흉물스런 경관을 연출한다. 어쨌거나 장마가 끝나야 손을 보든 재시공하든 할 것이다.

그런 일이 있은 지 한참 뒤 땅 주인에게서 전화가 왔다. 자신이 계획한 전원생활에 착오가 생겨서 도저히 이곳에서는 정착하기가 힘들 것 같으니 땅을 좀 팔아 달라고 한다. 가능하면 내가 사주셨으면 좋겠다고 하며 비용은 구매 시 지급한 땅값에 개발비용만 주면 기꺼이 양도하겠다고 한다.

내가 그랬다. 그렇게 큰 땅은 내게 필요도 없거니와 나는 그렇게 큰돈을 가지고 있지도 않으며 공짜로 준다 해도 그 땅 개발할 여력이 없다. 선생님이 모르고 구매하셨듯 역시 모르고 구매할 수밖에 없는 도시 사람들 중에서 매수인을 찾아야 할 것이라고 일러 주었다. '선생님이 처음 그 땅을 보고 매혹되었듯이, 그렇게 매력을 느끼시는 분이 분명 또 어디엔가 있을 것입니다.'라는 이야기는 차마 못 했다.

전원생활을 처음 계획하였을 때 내 나이는 서른 초반이었다. 이후로 근 십여 년 세월을 준비하였다. 가족을 설득하고 방방곡곡 정착지를 찾아 이 잡듯 발품을 팔았다. 성공한 전원생활자 이야기를 접하면 천 리 길도 마다치 않고 달려가서 한 수 배우기 위해 머리를 조아렸다. 계절을 가리지 않고 유랑천리 하였다. 전원 생활자에 관한 기사가 있으면 스크랩한 뒤 일이 년 뒤 그들의 삶이 어떻게 변했는지 확인하기 위하여 또 발품을 팔았다.

비교적 전원생활에 익숙한 시골 출신인 달마도 힘들게 준비할 수밖에 없었던 이유는 낭만과 환상으로는 전원생활 시골살이에 접근할 수 없다는 냉엄한 현실 때문이었다.

그렇게 저렇게 준비를 거듭 생활하는 시골살이 수년 차 달마도 아직 힘겨운 것이 전원생활이다. 거죽의 화려함에 현혹되어 전원생활을 꿈꾼다면 따라다니며 말리고 싶다.

누구나 전원을 꿈꿀 수 있다. 누구나 아름다운 전원의 교향곡을 들을 수 있다. 그러나 아무나 전원에서 살 수는 없다. 준비된 자, 부단히 준비한 자, 앞으로도 계속 준비할 생각인 자, 이런 사람이 전원생활을 꿈꿀 때 그 꿈꾸는 가치를 달마는 존중한다. 달마는 그런 사람 좋아한다.

이룰 수 있는 꿈… 다시 한 번 도전해 볼까나

– 촌출 달마 –

10

넋두리하는 이유

어느 날 문득 도시 삶에 염증을 느껴 바리바리 짐 싸들고 목가적 귀향, 낙향하지 않았다. 그렇다고 목 좋은 길목에 펜션 지어 돈도 벌고 전원생활도 즐기는 두 마리 토끼를 잡자는 생각도 할 줄 몰랐다. 시골에서 태어나고 자라, 시골을 좋아했고 운명처럼 시골로 돌아갈 것을 소원하였을 뿐이다.

시골 태생인 사람들은 대개 두 부류의 사람들로 나누어진다. 첫 번째 부류는 유년시절 가난에 대한 기억이 끔찍하고 지겨워 시골을 떠나 도시로 간다. 현재 중국 도시의 농민공들이 이처럼 우리의 지난 60~70년대 시절의 전철을 밟고 있다는 생각이다. 이들은 누구보다도 곤궁한 시골살이를 온몸으로 체험한 육필수기의 주인공들이다.

이들의 시골에 대한 부정적인 에너지는 고구마니 수제비니 보리 개떡이니 하는 음식들은 먹거리가 아니라는 의식이 저변에 짙게 깔렸다. 원한의 보릿고개를 생각나게 하는 '구황작물'이 먹거리라니 천부당만부당하다고 생각한다. 그래서 생존을 넘어 극복의 의지가 돌처럼 뭉쳐진 사람들이다. 이런 사람들은 이후 '잘살아보세~!'를 외치며 도시로 몰려갔으며, 공업입국 대한민국 근대화의 초석이 된 값싼 노동력이 되었다. 이후 불굴의 의지로 험난한 도시생활에서도 살아남는 입지전적 자수성가의 모범을 보였다.

그리고 한 부류의 사람들이 있다. 똑같이 궁핍하고 가난한 유년기 터널을 지나왔으나, 그 처절하고도 아린 기억을 소중한 자산으로 생각한다. 자신의 오늘을 있게 한 기본이요 반석이라는 긍정적인 생각이 역시 돌처럼 단단하게 굳은 사람들이다. 그 시절 소중한 경험과 기억을 수시로 끄집어내어 누에가 자신의 몸에서 실을 뽑아 명주 고치를 짓듯 '새미 기픈 므른 가마래 아니 그츨새' 자신의 뿌리에 대한 근본과 그 시절 삶이 주었던 촉촉한 습기를 잊지 않고 살아간다. 이런 사람들은 시골이란 살아도, 다시 살아도, 다시 또 돌아갈 수밖에 없는, 영혼의 유토피아요 이상향이다. 달마처럼 말이다.

이런 부류들은 '잘살아보세'형 시골 출신 도시인이 보면 덜떨어진 놈들로 아직도 철들기가 하세월(何世月)인 한심한 놈들로 보인다.

그러나 이 두 부류의 사람들은 서로 다르지 않다. 유년시절 부정 또는 긍정적 에너지라는 유산을 가슴속에 지닌 체 각자의 방식으로 '행복추구권'을 추구하며 살아왔을 뿐이다. 내 행복의 기준이 아니라고 남의 행복까지 내 잣대로 재단할 필요는 없다. 후자의 부류로 분류된다고 생각하는 내가 이렇게 시골로 이사 와서 넋두리하는 이유는, 저 좋아 제 발로 기어들어 와 살아가는 시골살이일지언정 시골행을 준비하고 살아가는 과정이 녹록지 않았기 때문이다.

정착할 땅을 찾아 유랑천리하였고, 각고 끝에 찾아낸 땅은 길도 없는 맹지였다. 지적도 상 도로를 만드는데 1년이 넘게 걸렸고, 토지매입비에 버금가는 농지전용비용을 물었고 토목을 소홀하여 석축이 붕괴하기를 수차례 그로 인한 막대한 복구비용 소모 등으로 허리 펼 날이 없었다. 우리 집은 끝이 보이지 않는 언제나 늘 '지금도 공사 중'인 집이다.

이런 집에 기자들이 취재랍시고 가끔 나타나 껍데기만 찍어간다. 어떤 신문사는 기사가 예쁘게(?) 나왔으니 잘 살펴보시고 이참에 월간지 하나 구독해 달란다. 푸허! 본대로 써달라 있는 데로 쓰시라. 이렇게 저렇게 써 달라, 하지 않을 테니 사실대로 쓰시라. 집 뒤쪽은 지난 장마에 토사가 밀려와 집을 밀고 있다 그것도 찍어 가시라.

그러나 기사는 항상 삼삼한 문경의 '○○ 펜션'이다. 이 삼삼 분위기 죽여주는 펜션은 객실 가동률이 60%를 넘어 오픈 4~5개월 만에 수천 명이 다녀가는 기염을 토했단다. 시골을 꿈꾸는 사람들이 너도나도 펜션 지어 낙향해도 될 듯. 언론보도는 사실에 입각 기자가 발로 뛰는 현장취재를 원칙으로 하여야 한다.

펜션 겉모습을 찍고 예쁘게 포장 취재하여 보도하는 형태가 선정성 보도 아닌가? 꼭 벌거벗은 사진이라야 선정적인가? 우리 독자들은 애석하게도 '언론중독 증후군'을 앓고 있는 관계로 기사=사실이라고 믿는다. 이런 서민들이 꿈에 부풀어 펜션을 짓는다면 전 재산을 쏟아 부어도 모자랄 것이다.

펜션을 부동산 투자 상품으로 보지 말고, 미래에도 농간 균형 잡힌 발전모델로서 제시하여야 한다. 또 인구의 도시집중을 막아 귀농이나 귀향을 유도할 목적이라면, 면밀한 통계를 데이터로 한 취재여야 한다.

시골을 꿈꾸는 사람들의 의도와 목적을 분석 취재 하여야 하며, 펜션의 화려한 거죽보다는 함정이 무엇인지 무엇이 문제인지 왜 실패하는

지 뜬금없이 들떠있는 펜션업계의 공기를 환기해 경종을 울려줘야 한다. 잘못된 취재 정보로 혹세무민(惑世誣民)한다면 그 책임이 기자들에게는 없을까?

기자도 아닌 것이, 전업 글쟁이도 아닌 것이, 선무당 사람 잡듯 미친 놈 널뛰듯 넋두리하는 이유는, 내가 시골로 들어와 전원생활 중 소위 펜션을 운영해 보니, 두 마리 토끼는커녕 한 마리 토끼도 잡기 힘들다는 사실을 온몸으로 느끼며 살고 있기 때문이다. 그래서 전원일기 쓰듯 넋두리한다.

혹여 아름다운 시골 꿈을 꾸고 있음 직한 도시인들에게 짧은 기간이나마 시골살이를 가감 없이 보여 주어, 그들보다 먼저 들어온 촌놈의 의무를 다하여야 한다고 생각했다. 그러다 보니 주절주절 좌충우돌한다.

더욱 분명한 것은 자신의 중요 삶인 시골을 주제로 할 것인가? 아니면 황금알을 낳는 거위라는 펜션을 주체로 할 것인가 선택하는 것이다.

어떻게 하시겠습니까, 님은?

- 넋두리하는 달마 -

11

박제(剝製)된 시골 꿈

시골은 도시가 불편함 없이 제공하는 편리함과 신속함 그리고도 안락함을 제공하는 산뜻한 위생적 구조가 아니다. 도시가 생산해내는 편의구조가 적은 곳이 시골이다. 맑은 실개천과 청정자연, 주고 또 주어도 닳지 않는 넉넉한 시골인심, 언젠가는 돌아가고 싶은 추억 속 동화의 고향 시골에 이런 것들은 이제 없다.

시골도 도시와 더불어 진화한다. 단지 변화속도가 도시처럼 빠르지 않을 뿐이다. 시골은 오늘도 내일도 그저 시골일 뿐이다. 시골이란 시골이 가지고 있는 불편, 불리, 노후, 뒤떨어짐, 문화적 환경의 빈약함 등이 남아있는 얼추 느림을 생태로 하는 장소란 뜻이다.

그래서 시골은 휴식처가 아니라, 가끔 '스트레스 유발 처'이다. 도시인이 꿈꾸는 무공해 청정지역이라기보다는, 도시보다 더 많은 해충과 파리, 모기가 들끓는다. 길 위에서 만난 들쥐, 뱀, 두꺼비, 송충이들에 소스라칠 일이 많다. 이렇게 생각하면 어떨까. "우리는 여태껏 파리, 모기, 거미, 들쥐조차도 살 수 없는 땅에서 살아왔구나, 도대체 그들도 살지 못하는 땅 위에 보란 듯이 사는 도시인들은 얼마나 지독한 생명체인가?" 이런 해충과도 잘 공생하며 이들과 더불어 사는 시골이 우리 곁에 있음은 참으로 감사할 일이다.

파리, 모기가 비록 해충이라고 하나, 그들 또한 생태의 구성원이다. 그들은 그들 나름의 방식으로 번식하고, 분해하고, 또 자연으로 돌아 간다.

발목이 푹푹 빠지는 갯벌에서 개조개를 캐면서 발이 더러워졌다고 생 각하기보다는 오히려 천연 머드팩을 하고 있어 피부미용에 효과 만점이 라고 생각할 것이다. 그리고 그날 치 신선하고 참신한 갯벌체험을 오래 도록 간직할 것이다. 갯벌에 지천인 갯지렁이도 바다 생물에게 꼭 필요 한 먹이사슬의 일익을 담당하며, 소나무의 송충이도 산새들에게는 없어 서 안 되는 주요 먹잇감이다. 생태계의 자연스러운 먹이사슬도 인간은 곧잘 저들의 정서로 재단하는 편 가름을 한다.

시골을 체험하거나, 시골살이를 꿈꾼다면 지금의 시골 모습도 사랑해 야 한다. 시골이 마냥 옛날처럼 시골스럽기를 바란다는 것은 이기심이 다. 지역적 특성을 배려하지 않고 변화한 시간 왜곡된 잣대를 가지고 시 골을 재단하겠다는 횡포다.

도시인들은 곧잘 자신들이 간직한 60~70년대적 시골풍경을 추억 속 앨범 펼치듯 한다. 그리고 애틋해 한다. 자신들이 그 시절 네온사인 휘 황한 도회지를 동경했듯 그리워한다. 자신들은 꿈에도 그리던 도시로 떠났으면서도 정작 세월이 지난 오늘 다시 꿈에 그리던 시골로 돌아오지 못한다. 그러면서 시골이 참으로 너무 많이 변했다며, 60~70년 전 박제 (剝製)된 시골 꿈을 꾼다. 지금의 시골은 시골 같지 않다는 이야기다.

왠지 잘 정리 정돈된 도시의 변두리 그늘진 재개발지역을 보는 것 같 을 것이다. 산소처럼 맑고 깨끗해야 할 동네 입구에 자리한 논공단지는 왠지 시골에 어울리지 않아 눈살이 찌푸려질 것이다.

시골은 어느 날 갑자기 생겨난 것이 아니다. 시골이 이제 나이를 먹은 것이다. 어차피 도시를 따라갈 수는 없으니 가랑이가 찢어지라 보조를 맞춘 것이다. 이런 시골에 도시를 닮은 고층아파트도 생겨나고 소위 전원주택들도 많이 들어서 있고, 골목 흙길은 아스팔트는 못되어도, 시멘트 포장 정도는 되어있다.

새참을 배달하는 아낙 대신 중국집 오토바이가 논둑을 가르며, 후식을 나르는 다방 아가씨가 밭고랑을 종종거린다. 이러니 어디 시골 갈 맛이 납니까? 라는 박제된 시골만을 보고자 하는 클래식 도시인님은 시골에선 특별한 시골 향수만 느끼고 싶을 것이다.

그러나 삶은 이분법이 아니다. 서로 공존공생 상생하는 여유가 지혜다. 푸른 초원 위에 그림 같은 집을 쉼(休) 자리로 찾아오신 여행객님! 그림 같은 집안에서 사는 달마는 참 행복해 보인다고요? 물론 행복하다. 임들에겐 그림 같은 집이 행복의 조건으로 보일지 모르겠으나, 달마가 행복한 이유는 사실 열 손가락으로도 셀 수 없을 만큼 많다.

제 발로 시골로 걸어 들어온 작자이니 불행하다면 쳐 죽일 놈이다. 노동의 하루에 하루도 일수를 찍지 않으면 입안에 가시가 돋는다. 신선한 노동이 곧 신성한 노동이다. 노동의 하루를 마감한 저녁밥 상위 올려진 한잔의 반주를 사랑한다. 밭고랑에 썩고 있는 두엄냄새 바람을 타고 날아오는 메케한 농약 냄새도 내 코에는 구수하다.

빈 들에 밤바람 소리 말을 달리는 한 겨울밤 칼바람도 함박눈이 세상을 무너뜨릴 듯한 백색공포로 돌변하는 폭설도 사랑한다. 들녘의 염천

타는 목마름을 적셔주는 해갈의 단비가 아니라, 일 순간 전부를 쓸어버리는 광풍 폭우로 돌변해도 차라리 이마저 사랑한다.

도전과 응전의 대지 위 역사를 검게 탄 구릿빛 얼굴로, 훈장처럼 이마에 깊게 팬 주름으로, 살아가는 시골을 아프도록 더욱더 사랑한다.

박제된 시골이 아니라 느리지만 조금씩 조금씩 진화하는 시골 그런 시골을 사랑하는 달마는 오늘 하루 참 행복하다.

– 꿈꾸는 시골 행복한 달마 –

이분적 영역 _포스터 칼라

12

할 말이 많았다

하고 싶은 말이 많았음에도 평소 말하지 않고 살아왔다. 그러나 지난 시골살이 수 년여 동안, 하고 싶은 말을 가슴에 품고 살지 않았다. 생각이 났다 하면 전후좌우 좌고우면[左顧右眄]하지 않고, 한(限) 덩어리 쏟아내듯 냅다 질러 버렸다. 노래방에서 기량 부족한, 고음처리를 하듯 한잔술 힘에 객기 부리듯 '악! 악!' 거렸다.

사람들의 반응쯤이야 연연하지 않아도 좋았다. 넓고 막힌 곳 없이 트인 시골에 사는데 도시의 드높은 담장 대하듯, 절망, 박탈, 소외감에, 기죽어 살 이유가 없었다. 그것이 싫어서 탈(脫)! 도시를 부르짖었으며 도시인이 보면 첩첩산중 시골인 문경도 도시의 범주에 속한다며 주흘산 기슭으로 기어들어 살고 있다.

이 무한 자유로운 공간에서 거치적거릴 것은 아무것도 없다. 더는 삶의 낙오자도 대오를 이탈한 탈영병도 아닌 내 인생을 새로이 수색, 탐색하며 살아간다. 내 인생 내 삶을 내 손으로 탐색하기 위해 반대를 무릅쓰고, 시골행 기차에 몸을 실은 사나이 중 사나이이다.

가족들이 '돈키호테'라며 구시렁구시렁 비죽거리며 따라왔으나 그건 별일도 아니다. 어차피 내 말(馬)은 그전에도 '로시난테'였다. 돈키호테에게 일생을 바쳐 충성 맹세한 영원의 공주마마가 마법의 성에 살고 있었다. 나도 우리 집에 그런 마마님 한 분 모시고 산다. 피차 쌍 마차다. 소설 속 돈키호테가 아니라, 나의 삶은 오늘도 실황중계 가능한 움직임이 있다. 이런 달마가 요즈음 꿀 먹은 벙어리 마냥 말 못하며 살고 있다.

요즈음 하는 일이 전원 생활자 직분에 충실하기는커녕, 도시 생활자 뺨치게 불알에 요령 소리를 내며 천방지축 분주하다. 갖은 감언이설로 마눌을 꼬드겨 시골로 들어왔으면 군말 말고 하해와 같은 성은에 감읍 죽을 둥 살 둥 화업(畫業)에만 전념해야 했었다.

어떤 가난한 화가의 고백처럼 겨울 긴 새벽 추운 화실(畫室)에서 그림 그리다가 지쳐 잠들었는데, 일어나 보니 팔레트가 등 짝에 붙어 따라 일어났다는 감동적 에피소드 하나쯤은 만들었어야 했다.

그럼에도 무슨 디자인을 한 답 시며, 시내에다 사무실까지 차려놓고 상주근무를 하고 있다. 두 눈이 반짝, 아이디어가 반짝반짝하는 젊은이들도 어려운 디자인을 늙어 한물간 노털 머리로 가당키나 하냐. "길이 아니면 가지 마라!"는 울 마눌의 똥침을 나는 폐일언(蔽一言) 묵살(默殺)하였다.

"내가 가면 길이 된다!"
마눌이 반항하였다. "가다 멈추면 아니 가느니만 못하다!"
나는 되받았다. "간 것만큼 이익이다!"
울 마눌도 지지 않는다. "시골 이주 계약위반이다!"

집 지은 뒤 그림다운 그림은 그동안 단 한 점도 그리지 않았다는 것이다. 그랬거나 말거나 나는 나의 움직임이 곧 예술이라 우기며 감히 마눌에게 대들었다. 이미 눈에 뵈는 것 없는 설렘으로 뻔뻔해진 나다. 연일 '로시난테' 궁둥짝을 시내 방향으로 두들겼다.

가여운 90년산 나의 애마는 영문도 모르고, 힘겹게 거친 숨을 몰아쉬어야 했다. "히힝~~끼익!~~덜덜!!" 덕분에 감투 정신이 투철한 달마는 감투 위 겹 감투를 몇 개씩이나 썼다. 이태백, 사오정, 오륙도가 판을 치는 세상에 원장, 화가, 펜션 지기, 디자인 회사 CEO쯤 된다. 진정 가문의 영광이라 하겠다. 울 마눌은 패가망신의 지름길이라고 하였으나, 한말(韓末) 이래 변변한 진사(進士) 벼슬 한번 못한 우리 가문을 생각해 보면 후손에게 널리 알려, 잘난 조상의 귀감(龜鑑)으로 본보기 삼아야 한다.

덕분에 나는 말 할 시간이 없다. 사부대중(四部大衆)은 입만 살아 동동 뜨는 디자이너를 싫어하기 때문이다. 디자인은 입으로 하는 직업이 아니기 때문이다. 도시 에서도 살아남기 힘든 디자인 업(業) 시골에서 성공하려면 단 0.5초 찰라 간 시선을 잡아야 한다. 디자인 업(up) 해야 생존한다.

그래서 난 또 이만 간다.

휙!

– 바쁜 달마 –

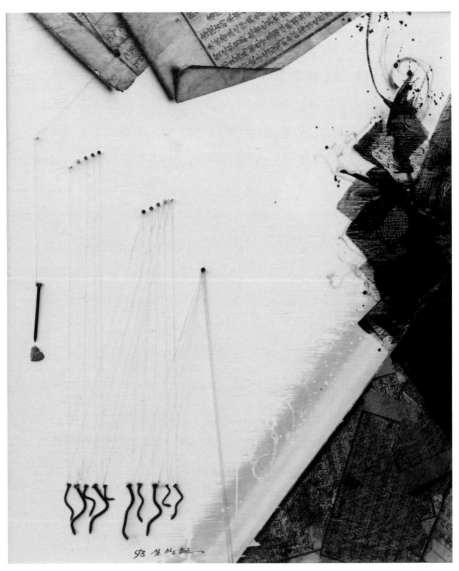

역사에 대한 사색 _혼합재료

13

촌놈

　망건에 갓을 쓰고, 양복에 백구두 신고 자전거 타고 외출하는 기이한 촌놈은 금세기 대명천지에 없다.

　서울 구경 한번 못한 산골 무지렁이가 촌놈인가 아니면 육지 구경 한번 못한 외딴 섬마을 주민들인가, 그도 아니면 경작할 전답에 땅깨나 있어 남부러울 게 없어도 안다리 호미걸이 기술 부족으로 여태 장가 한번 못 간 주변머리 없는 농촌 총각 인가 촌놈은 스스로 가치를 포기하고 될 대로 되라며 속절없이 유수부엽(流水浮葉)처럼 등 떠밀려 살아가는 자들로서 주거지에 따라 분류할 일은 아니다.

　촌놈은 가치를 전도(顚倒)하며 세상의 가치를 나만의 가치로만, 해석하는 전국구들로서 도시와 시골을 막론하고 방방곡곡 분포한다. 돈이면 안 되는 일이 없다 생각하며, 권력이면 죽은 자식도 불알만 만져주면 살릴 수 있다고 믿는다. 그것이 없으니 평생 요 모양 요 꼴이라며 촌놈을 자처한다. 쥐뿔도 없는 것이 우쭐하여 시골 사람을 촌놈들이라고 부르며, 상대적 우월감을 뽐내는 도시인의 다른 이름이기도 하다. 촌놈은 태생이 시골인 것이 못마땅하고 부모가 농사꾼인 것이 부끄럽다. 촌놈은 근본이 촌출임에도 불구하고, 서울말을 서울사람보다 더 유창하게 한다. 촌놈은 언제나 배운 짓이 도적질이라 생각하며 죽지 못해 농사짓는다.

　촌놈이 시골에만 있지 않듯 도시에도 널리 분포한다. 도시 촌놈은 매일 이놈 도시! 이놈의 도시! 하고 원망하면서도 과천만 벗어나면 벌 벌 긴다. 도시 촌놈은 우리나라에는 '대한민국'과 '서울 민국'이 따로 있다고 믿으며, 서울 민국 시민이 1등 시민이니, 당연, 자신도 1등 시민이라 만방에 자랑스레 생각한다. 자기가 사는 아파트가 못 가도 평당 1,000~2,000은 하는데, 못 가도 평당 10만 원은 한다는 시골 땅은 쓸모도 없는 시골 땅이 왜 이렇게 비싸냐며 거들먹거린다.

도시 촌놈은 아파트에 투기하지 않고는 절대 돈 벌 수 없다는 생각을, 각골명심 생활신조로 삼고 자녀에게 모범을 보인다. 도시 촌놈은 자기가 남긴 시세차익이란 조폐창에서 금방 찍어 나온 시퍼런 배춧잎 새 돈인 줄 안다. 도시 촌놈은 맨 날 10억 20억 하며 억! 억! 하는 아파트 구들장을 지고, 죽을 때까지 수십억을 베게 밑에 깔아놓고 행복하게 살다 죽는다. 도시 촌놈은 오동나무로 만든 새 코트를 해 입고 영구차를 타기 전에는 절대 시골 땅을 밟지 않는다. 도시 촌놈은 저 푸른 초원 위에 그림 같은 집을 좋아 하나, 정서를 위해 메뚜기를 잡을 줄은 알아도 잡초 뽑기는 죽기보다 싫어한다. 도시 촌놈은 말은 제주도 사람은 서울로 하며 썩어도 서울 준치임을 가문의 영광으로 안다.

이외에도 구름 같은 촌놈들이 도농(都農)을 막론하고 즐비하나, 촌놈 타령을 해서 무상하리. 의식의 기저(基底)가 촌스럽기 짝이 없는데, 도시에 산들 아니면 시골에 산들, 결국 촌놈의 때를 벗지 못할 따름이다.

젊은 그대가 이런 묵은 때를 머릿속 가득 담고 한양 가서 신학문을 공부한들 판검사가 되어 신분이 수직상승 한들, 그럭저럭 적당히 뒤로 받고 앞으로는 절대 받지 않았다고 큰소리치며 인두겁을 쓴들, 그리하여 쌓아놓은 부가 주체하지 못하여 정치판에 뛰어들어 억조창생(億兆蒼生)을 부르짖은들, 강남 압구정 청담동으로 이사 가서 드디어 이 나라 가진 자들의 5%에 든들, 감투가 고관대작인 촌놈일 것이요, 5%에든 졸부 등속 촌놈인 것이다.

억조창생(億兆蒼生)이 바라본 하 세월(何 世月)인 것이다. 그들의 웅대한 스케일 큰 정치는 이 대감댁 박 대감댁의 스케일 큰 곳간만 채울 뿐이다. 죽어도 다이어트 하지 않을 장안의 만석꾼 강 부자, 남부자 아랫배는 만삭이 될 것이다. 강 부자 남 부자는 아무리 배가 불러와도 절대 출산을 하실 분들이 아니시다. 힘센 근육도 뚝 떼어 자식 팔에 부쳐 주는 세상에, 하물며 구렁이 알 같은 알토란 재물을 남들에게 나누어주는 바보가 어디 있겠는가. 이 나라의 정치가, 경제가, 도덕 불감증의 중병을 앓는 사회라고 개탄함은 바로 이런 촌놈 무리가 횡횡 난무, 도무지 그 끝이 보이지 않는 '집단무도회'를 열고 있는 탓이다.

촌놈은, 저 밑바닥에서 묵묵히 개미처럼 일하는 촌놈은, 쥐꼬리 같은 대가 적은 노동의 품을 형벌처럼 팔고 있는 우리 역전(逆戰)의 촌놈은, 지갑이 유리지갑이라 숨길 것도 감출 것도 없는 우리의 진짜 촌놈들은, 그들의 화려한 무대 그들만의 화려한 무도회를, 측은 불쌍하게 물끄러미 바라보고 있다.

백 말을 달려 위기에 모습을 드러낼 위대한 선구자 새 시대를 열 진정한 촌놈을 기다리는……. 촌놈!

– 변방 –

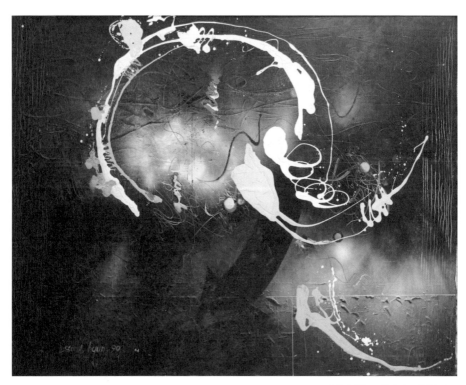

역동하는 에너지 _혼합재료

14

성(性) 억제

성(性) 억제 그자를 안다. 그자가 폭발적 성(性) 본능을 얼마나 억제하고 싶었으면, 성 억제란 예명을 지었는지는 잘 모르겠다. 아니면 그자의 성 기능이 이미 입신의 경지를 지나 세우고 죽이며 들고남이 자유로워 그자가 한때 탐닉하였다는 무협소설 속의 등봉조극(登峰造極)의 경지에 이르렀을지도 모르겠다.

성 억제라는 예명에서 자신은 이미 그런 무시무시한 무공의 소유자라는 것을 암시하고 있을 터이다.

남의 문장 속 자신을 암시했음 직한 가명이나 예명하나를 꼬투리를 잡고 안다리를 걸겠다는 수작은 아니다. 그자는 언젠가 내 젊은 지난날 희미한 기억 속의 작은 편린(片鱗)으로 존재하고 있었는데, 어느 날 그 편린은 내 어둡고 침침한 기억 속 골방을 탈출 자가발전을 시작하였다. 한낱 기억 속 편린에 불과했던 그자의 발전능력은 대단하였다.

나는 책이라고는 화장실에서 읽는 겉표지 뜯긴 철 지난 주간지나 날짜 지난 신문지 정도가 내 독서량과 지식축적의 마지막 보루인 작자다.

도서출판 문화 창달과 범국민 독서문화 발전에 출판업계가 퇴출해야 할 저급한 국민의 한사람인 것이다. 이런 독서 불량 족들은 숙면을 방해하는 주경야독(晝耕夜讀)을 별로 좋아하지 않는다. 역시 낮에 일하고 밤에 숙면을 취하는 것이 건강에 최고다.

주경야면(晝耕夜眠)이 좋단 말이다. 여기에 약간의 음주(飲酒)를 곁들이면 숙면은 좀 더 쉬워진다. 혹자는 독서야말로 불면증 치료의 특효약이라는 '독서 수면 족'도 있으나 그것은 증상에 따른 치료법으로 개인차가 있다고 할 것이다.

이런 변방의 달마에게까지 이자의 필명(筆名)이 떨쳐 졌다는 것은 그자의 발전능력이 이미 원자력 수준을 넘고 있다는 이야기이다.

본시 '처가와 측간과 도서관은 멀수록 좋은 법'이다. 내 경우 도서관도 그렇다. 도서관 기피 족인 내가 이자를 좀 더 자세히 해부해보기 위하여 졸업 후 처음으로 도서관엘 내 발로 찾아갔다. 참으로 해가 서쪽에 뜰 일이다.

서점에 가서 돈 주고 그자의 출판물을 소유하면 더욱더 집중적인 해부가 수월하겠지만, 그건 현실적으로 돈 드는 일이니 권장할 바 못 된다.

돈 주고 책을 산 것이지 그자를 산 것이 아니니, 해부에 별 도움이 되지 않는다. 나는 그저 돈 들이지 않고 그자를 연구해볼 요량으로 도서관을 찾은 것이다. 그것도 졸업 후 처음으로…! 거기서 슬쩍 끄집어내 대충 탐구한 뒤 제자리에 다시 꽂아놓으면 된다.

그자의 출판물들이 열람실 책꽂이 한쪽을 가득 채우고 무료하게 늘어서 있었다. 역시 집중조명 탐구는 선천적 불가능한 독서 불량 족인 나다. 대충 개머루 먹듯이 훑어보았다. '피상적 접근(皮相的 接近)'이라는 현학(衒學)적 표현이 있으나, 개머루 좋아하는 놈에게는 머리에 쥐나는 표현이라 하겠다.

그렇게 살펴본 그자의 글쓰기는 화장실에서 배뇨하듯 느껴졌다. 먹으면 곧장 배변의 욕구가 생기는 모양이다. 이 배설의 기쁨이라는 것은 고도의 신체 말초적 생리현상이다. 그래서 소변, 대변, 사정, 등 신체 아래쪽에서 일어나는 배설은 육체적 쾌감을 동반한다. 오바이트 빼고……!
(이건 위쪽이다 -.-)

다작(多作)의 창작(創作)이란 본시 난 놈이라 할 수 있는 저술방식이다. 그런 자 에게는 '천재적인 작자'라는 수식어가 붙는다. 꿈의 경지인 그 경지에 도달하지 못해 태생적 한계가 있는 나를 비롯한 수많은 아류(亞流), 변방(邊 方)들은, 늘 그들의 그늘에 가려 닭 쫓던 개 지붕 쳐다보며 오늘도 한숨과 탄식으로 살아간다.

그건 내가 변방 주흘산자락에 숨어 탈(脫) 삼류에 절치부심하고 있지만, 결과는 별무신통 하리라는 것은 누구보다 잘 안다. 참으로 슬픈 일이라 하겠으나, 별 뾰족 한 방법이 없다.

이 글을 울 마눌이 혹 보게 되면 그날로 나는 경(更)을 치고 다음날 보따리 싸서 도시로 돈 벌러 나가야 한다. '한 푼이라도 더 벌어 가계에 보탬이 되는 유능한 가장(家長)이 되라'는 지엄한 지침이 하달될 것이다.

그자의 비급(秘級)을 대충 훑어본 것으로도 그자는 이미 강호의 절정고수 사방으로 줄기줄기 살기(殺氣)를 내뿜고 있었다. 나 같은 자는 절대고수의 존재를 더욱 빛나게 해주는 엑스트라 조연의 역할밖에 되지 않는다. 나는 싫지만, 업계는 시스템이 원래가 피라미드형이다.

통분할 일이다. 마눌이 내게 준 기회의 시간은 이제 거의 다 까먹었고 이제 방 빼야 할 시간이 코앞으로 다가왔다. 4년이 지나도록 나는 아직 붓 한번 제대로 잡아본 적이 없다. 마눌이 마지막으로 나에게 베풀어준 수년 안에 나는 공중 부양을 완성해야 할 절대명제(節對命題)가 있다. 그리하여 현재 공중 고공행진을 하는 작가들과 어깨를 나란히 하고 "어~이! 친구들 그동안 안~녕?" 하여야 한다. 울 마눌의 평생소원인 '잘나가는 작가 사모님' 소리를 듣게 해 주어야 한다. 그럼에도 불구 현재 나는 방 장사꾼으로 전락했다. 아! 바비큐 불 장사도 겸업으로 하고 있다. 업계에서 내가 아무리 성공하여도 울 마눌은 '민박집 아줌마' 소리를 피할 길 없다. 사모님 소리는 요단 강 건너간 것이다.

과거 내 기억 속 작은 편린으로 존재하였던 성 억제라는 인물이 어느 날 감히 내 허락도 없이 나의 기억 속을 무단 탈출 공중 부양을 완성하였는가? 강호 무림 절정고수의 반열에 올랐는가? 그 이유와 원인 결과를 잘 분석하여 필요하다면 벤치마킹도 서슴지 말아야 한다.

그렇게 대충 분석(원래 나는 대충밖에 못 하는 체질이다) 하여보니 이자는 다품종 다 생산이라는 전대미문의 무공을 소유하고 있는 것이 아닌가? 실로 대단한 필력을 가지고 등장한 절대 고수이다. 하여 나는 지금 이대로 변방 무림에서 삼류 붓잡이로 썩을 것인가 아니면 와신상담(臥薪嘗膽) 절치부심(切齒腐心) 공중 부양 완성에 전력할 것인가를 결정해야 한다.

성 억제! 그자를 안다. 그자는 오히려 내가 자신의 기억 속 편린이었다고 할지 모르겠다. 어림없는 소리다. 그자가 들으면 기분이야 나쁘겠지만 할 수 없다. 내 기억 속 그자는 장삼이사(張三李四) 중 한 조각 이였다. 지금은 위치가 서로 반대이니, 그자가 우기더라도 나는 할 말 없다. 나도 양지를 지향하는 음지가 되고 싶으나, 언제부터인가, 맨날 천날 음지 속에서만 사는 습지식물이 되고 말았다. 젠장~!

그자의 기억 속 나라는 조각은 흔적도 없을 것이다.
하지만 나는 안다. 달마가 동쪽을 노려보는 까닭.

- 똬리를 튼 달마 -

15

금견(禁犬)의 집

우리 집은 금견(禁犬)의 집입니다. 여행객이 데려오는 개들에 한해서 적용되는 규칙이지요. 주인에게 버림받아 집 잃은 개 유기견에게는 적용되지 않습니다. 그들에게는 따뜻한 보금자리와 안락한 침식이 보장됩니다. 그들이 우리 집이 싫어서 떠나지만 않는다면 말이지요.

원래 금견의 집이었던 것은 아닌데, 어느 날부터 애완견은 동반할 수 없다고 포고하였습니다. 많은 애견가를 실망하게 하는 포고령(咆告令)입니다.

이유는 간단합니다. 애완견 주인이 애견관리를 잘못하여 타인들에게 불쾌감을 주었기 때문입니다. 그저 조막 덩이만 한 애완견을 연상하였는데, 데리고 온 놈은 가히 송아지만 한대도 동침(?)을 서슴지 않는 분도 있고, 한 마리인 줄 알았는데 온통 양털로 중무장 개인지 양인지 구분이 안 되는 놈들을 쌍으로 데리고 오시는 분들 머문 자리의 양탄자인지 견탄자인지를 잔뜩 깔아놓고 가신 분도 있지요.

주변에 개를 너무나 자식처럼 사랑하는 분들과 개를 지극히 혐오하시는 분들이 담장을 사이에 두고 공존하고 있습니다. 상대방을 바라보고 공존할 수 없는 야만인, 이해할 수 없는 애견족, 들이라며 으르렁거립니다.

내 견관(犬觀)은 비교적 단순 합니다. '개는 단지 개일 뿐이다(犬=狗).' 라는 드라이한 입장입니다. 오뉴월 개 팔자 상팔자라는 명언에 입각한 관조적 관찰자 입장이라 하겠습니다. 그렇다고 기르던 개를 보신용으로 무지막지 잡아먹는 식견종(食犬種)은 아닙니다. 또 금자동아! 은자동아! 만지면 터질 세 불면 날아갈 세 강보에 싸서 금지옥엽 하는 애완견 애호가들을 두둔하는 입장 또한 아닙니다.

심혈을 기울여 지어준 우리 집 견 펜션은 최근 '짖지 않는 개'라는 이유로 소박맞은 개 '복이' 이후 쭈욱 비어있습니다. 개는 개 값을 해야 하는데, 놈은 비교적 양식만 축내고 맡은바 직분을 소홀하였지요. 우리 집 세 번째 근위견이라는 막중한 직분을 하사(下事)하였음에도 불구하고 짖지를 않았습니다. 중요한 본분을 망각한 것이지요.

낯선 사람을 만나면 적군과 아군 즉 서로 구별하여 경계경보를 발령하여야 함에도 불구 놈은 사람만 보면 좋다고 난리 블루스입니다.

밤손님이 나타나면 외롭던 참 구세주를 만난 듯 할렐루야~! 반가워 할 놈입니다. 기껏 짖는다는 것이 나랑 놀아 달라거나, 아니면 배고프다는 아우성 정도입니다. 그도 아니면 저놈 예뻐해 달라는 멘트(낑~!) 정도지요.

가당치 않은 놈 개 주제에 발칙한 놈입니다. 하여 놈의 친정 집주인에게 협박하였습니다. "여름 삼복이 다가오면 복이 가 위험하지 않을까? 이름도 '복이'라 복날 위험한데 구분 없이 사람을 저리 좋아하니 개장수를 만나도 얼싸 좋다고 따라갈 놈이다." 사태의 심각성을 직감한 복이 친정집에서 잽싸게 데려갔습니다. 이후 우리 집 견 펜션은 주인 없는 빈집 되었습니다.

앞으로 우리 집 네 번째 근위견은 엄정한 선발시험을 거처 입양할 것입니다.

대소변 가림은 기본 '서! 앉아! 짖어! 뛰어! 짖지 마!' 등 주인의 지침을 복음(福音)으로 알고 따라야 합니다. 그러려면 주인 또한 개에 대한 이해와 연구가 뒷받침되어야겠지요. 이 바쁜 시골살이 중 말입니다. 이런!

시골로 거처를 옮긴 뒤 우리 집 경비견들을 떠올려봅니다. 찡구, 달구기는 모두 안타깝게도 유명을 달리하거나 가출하였고 복이는 본분을 망각한 죄로 소박맞았습니다. 시골살이가 개와 동반낙향은 불가능한가 보다라는 다소 비관적인 생각도 들지요.

그렇다고 여기서 개 기르기를 포기할 달마는 아닙니다. 조만간 근사하고 멋진 놈으로 다가 입양하여 시골살이 친구삼을 것입니다. 우리 집에 둥지 틀 견(犬)도 손해 날 일은 아니지요. 견 펜션이라고 불리는 훌륭한 주택을 무료로 분양받고 드넓은 정원은 서비스 면적으로 제공될 테니까요. 상시 양질의 식사와 후식이 보장됩니다. 단 근위견으로서 직분에 충실할 때라야만 합니다. 짖는 것은 기본일 것이고요.

아~! 사람 팔자보다 개 팔자가 더 좋아 '사람 밑에 사람 있고, 사람 위에 개 있는 세상'입니다. 지금 마당에는 은빛 여우보다 더 희고 앙증맞게 생긴 두 마리 개가 제 주인의 살뜰한 보살핌 속에서 뛰어놀고 있습니다.

감히 금견의 달마 집에서 '타인을 배려할 줄 아는 개'라는 이유로 말입니다. 이상은 작동을 멈춘 우리 집 '무인경비 시스템'에 관한 소비자 고발이었습니다.

16

떠난 젊은 님 1

나는 빈농(貧農)에서 태어나 학창시절을 고학(孤學)하듯 다녔다. 우리를 자유롭게 하는 뭐니뭐니해도 최고인 머니(money)를 위하여, 일찍이 학업보다 돈벌이에 나섰다. 학원가(家) 강사를 하며 이 학원 저 학원을 기웃거렸다. 교내 시화전(詩畵展)이 열리면 여고생 살살 꼬드겨 시화를 그려주기도 하고, 크리스마스가 다가오면, 카드를 만들어 시내에서 좌판을 벌이고 골라! 골라! 하며 팔았다.

동네 아파트 담벼락에 벽화를 그려 주기도 하고, 명화를 베껴 그려주기도 하였다. 재능기부가 아니라 재능을 이용해 닥치는 대로 돈벌이에 매진하였다. (그래 봤자 용돈 벌이 수준을 벗어나지 못했지만) 그렇게 함부로 살다가 뜻한 바 있다며, 서른 즈음 고향으로 돌아왔다. 미술학원을 하기 위해서였다.

고향에 계신 누님이 건물을 무료로 임대 해준다기에 용기를 얻어 학원을 개원하였다. 시작은 미미하지만, 끝이 창대할 것을 의심치 않으면서…!

소위 '뜻한바' 란 탄생의 뿌리인 이곳에서 존재에 대해 고마움을 교육적 환원성으로 실천해 보겠다는 다소 핑계 같은 가당찮은 사명감 같은 것이었다. 심훈의 상록수에 나오는 '채영신'쯤 되는 순수한 청년을 꿈꾸

어스름 녘 _oil on canvas

었다고 할 수 있다. 고백건대 그렇게 뜻을 펼치다 보면 돈까지 수월찮아 벌 수 있으리라는 비교적 옥의 티인 흑심(黑心)도 품었다.

아이들을 모으고 열심히 가르쳤다. 어려운 학생들에게는 수강료 감면혜택을, 그것도 힘든 학생들에게는 전액탕감을 해주며 토, 일요일도 없이 아이들만 있으면 수업하였다. 수업이 끝나면 새벽 별 보며 집으로 돌아왔다. 신나게 배우고 정열적으로 가르쳤다. 사명감이란 것이 열정을 끓게 하였다. 그러던 중 방학을 맞는다.

"선생님! 방학 때는 서울 가서 공부하고 싶어요. 어차피 경쟁해야 할 아이들이 있는 곳이고, 그들의 실력도 알고 싶고……."
...........-.-::...........

짧은 기간이지만 서울 가서 열심히 그림 그리며 공부하고 오너라 흔쾌히 허락해 주었다. 그렇지만 막중할 사명감에 불타있는 나의 자존심에 찬물을 끼얹는 행위다.
부모 또한 "아이고~! 선생님! 말려도 막무가내입니다. 자식새끼가 저렇게도 가고 싶어 하니 어떡합니까? 경험도 쌓고 보는 눈도 틔워주고 조금이라도 도움되지 않을까요?" 하며 시골미술학원을 불신 은근 부추긴다.
서울이란 시골 학생들에게는 사막 속의 '라스베이거스' 동경 속 화려한 꿈의 무대이다. 게다가 서울 미술학원에서는 그동안 시골서 배운 그림은 죄다 엉터리며, 기본기도 갖추어지지 않았다는 청천벽력 같은 이야기를 덤으로 슬며시 해준다.

한 달여간 수강과 특강으로 학습효과가 극대화 실력의 일취월장은 커녕, 자신의 실력에 불신과 불안감만 조장되어 퇴행과 기형이 불 보듯 하다.

그런 것 설명해봐야 '저 원장 수강생 떨어질까 봐 안달이 났구나!' 할 뿐이다. 남은 학생들은 돈이 원수로다 부모를 원망하며 상대적 불안감에 공부가 손에 잡힐 리 없다. 그렇게 시골과 서울을 오가며 기형적인 공부 하다가 시험을 맞게 된다. 결과는 상상한 것과 같다.

지난 옛이야기, 지역성, 대중성도 없는 시골 미술학도들 수험기를 지루하게 나열함은 교육사업 하다가 패가망신한 회고록 집필기(記)를 쓰기 위함이 아니다.

나는 이후 시골에서도 더 깊은 시골로 삶의 터전을 옮겼다. 이 땅의 젊은 님들이 늦기 전에 서울로 봇짐을 싸듯, 나 또한 더 늦기 전에 시골로 봇짐을 쌌다. 삶을 역발상 하였다. 혹 알량한 시골살이 본질을 미화한다고 생각 할 수도 있다. 더러 시골살이는 모자란 진정성과 은근히 똥폼 잡으며 피우는 도시적 거드름이라고 냉소할 수도 있다. 그렇다 해도 이 땅의 청춘들이 도시 꿈만 좇는 것은, 불확실한 미래에 가진 자들의 도덕적 해이로 미래의 가치가 무너지고 있는 대한민국에서, 1등 시민에 편승하고 싶은 가여운 몸부림일지도 모른다.

젊어서 젊은 님들! '소돔과 고모라'의 타락한 도시의 뒷골목에서 키우는 꿈은, 한낱 연목구어(緣木求魚)에 지나지 않을 수 있다. 모든 것이 풍족하고 없는 것이 없고 돈만 있으면 하지 못할 일 없는 약속의 땅, 이제 더는 '개천에서 용 나는 땅 서울'은 없다.

그 땅에서 속절없는 젊음을 소모 당하고도 벗어나기를 거부하는 마법의 땅 서울 고향으로 돌아가고 싶어도 체면과 위신 때문에 돌아가지도 못하게 하는 명분의 땅, 서울 최소한 10억은 쥐어야 낙향을 할 수 있다며, 10억을 벌 수 있는 믿음을 주는 믿음의 땅 서울 아메리칸 드림과 코리안 드림의 딴 이름 서울 신드롬.

과거 정치, 경제, 교육, 문화의 본고장인 서울에서 이 땅에 깨어있는 의식과 생각을 가졌다는 수많은 순수했던 젊은 님들이 몰려가, 왠지 모를 기획 포장된 모순에 울분하며 저항하였다. 진리를 쫓고 맑은 물로 윗물을 정화하여 아래로 만백성 사랑을 실천하겠다며 민주주의를 외치고 개혁을 부르짖으며 거리에서 투쟁하였다.

그 맑고 깨끗하다는 물은 언제인가, 장마철 도도한 한강 흙탕물에 함몰되어 버린 지 오래다. 젊고 신선한 피는 아무리 긴급수혈을 하여도 막힌 혈관을 뚫어내지 못했다. 오히려 고이고 더불어 썩어 병만 깊어졌다. 그들은 또한 언제 그랬냐는 듯 그들의 선배가 만들어놓은 기득권의 치마폭 속으로 숨어들었다.

이 땅에 영혼이 맑고 눈빛이 보석같이 빛나는 수많은 젊은 님, 부귀와 영화를 위하여 공부하고 명문대 진학하기를 원한다면, 그 꿈을 이루기 위한 가치관을 펼쳐 보이겠다면, 여러분은 너무 늦은 뒤차를 탔다. 이미 대학가(街) 고시촌은 도시빈민들의 '달방'으로 바뀐 지 오래고 출세의 기준인 전공을 바꾸어서라도 의사, 법조인, 공무원이 되려는 젊은 님들은 이미 넘쳐나고 있다. 대학 졸업장은 용도가 불분명해졌고 외국에 가서 값비싸게 획득한 학위 또한 별 쓰임새 없는 휴짓조각이 되어

버렸다.

누구나 자기전공을 살려서 밥벌이하며, 다부지게 앞날을 설계하지 않는다. 인문학, 기초과학, 문화예술이 홀대받는 나라이다. 미래가 불투명해지고 있어도 모래성 같다. 분야별 소중한 학문적 가치를 팽개치고 단지 미래에 부와 명예를 담보해줄 수 있는 선택 받은 학문만을 좇는다면 이 나라는 과학도 철학도 예술도 다 필요 없고 우글거리는 법조인과 득실거리는 의사만의 나라일 것이다. 이런 꿈을 꾸는 젊은 님들이 너무 많다. '상대적 우등한 물질적 가치는 비교적 열등한 정신적 가치'이다. 사족(蛇足)을 달지 않아도 우리가 물질을 좇는 일보다도 가치 있는 일은 무궁무진하다. 차라리 배낭을 메고 맨발로 아마존의 정글을 극복하는 일이 가슴 설레는 일이지 않겠는가.

시골은 불편하기에 해야 하고 이루어야 할 일들이 너무나 많은 곳이다. 도시의 표피적 풍요를 좇으면서 그 속에 인문학이 정신적 가치인양 슬쩍 끼워 포장한 삶을 살지 마라. 일생을 잘 먹고 잘살아 호의호식한 직업 종사자를 역사가 기억하지 않는다. 역사는 그런 자들이 쓰지도 않는다. 젊음다운 책임과 의무를 지고자 하는 용기, 그리고 도전이 있다면 굳이 그대들이 서울 하늘 지고 살 이유는 없다.
무관심과 소외로 황량해지는 시골 그대들에게는 도전과 개척의 이유만으로도 싱싱한 삶의 터전이 될 수 있다. 역사는 젊은 님 여러분의 손으로 써야 한다. 내 손으로 쓴 역사라야 후회가 없다.

꿈이 있는 자는 불행하지 않다. 꿈꾸는 자는 슬프지도 않다. 꿈이 없으니 불행하고 슬픈 것이다. 시작하라! 당장 이곳에서. 시작하지 않았다면 몰라도 시작한 순간 어떤 시작도 늦지 않다. 까닭 없이 도시를 동경 꿈꾸던 많은 젊은 님들, 서울로 떠난 뒤 일자 소식이 없다. 꿈꾸던 미래를 펼치기 위해 오늘도 불철주야 바쁜 삶에 온몸을 던지고 있겠구나. 잠시 잠깐도 시골을 염두에 둘 여유조차 없는 번개 같은 삶을 살겠구나. 명절이 오면 또 번개같이 시골을 다녀가겠구나. 그저 늙으신 부모가 그러했듯 무소식이 희소식 인양, 하염없이 기다린다.

　싸늘한 가을밤은 무서리를 예고한다. 이제 곧 서리서리 내릴 가을이 깊어만 간다.

– 추야(秋夜) 새벽 달마 생각 –

"어떤 이가 내게 물었다. 용의 꼬리가 나은가요. 뱀의 머리가 나은가요. 내가 대답했다. 일단 뱀으로 살다가 나중에 용으로 승천하면 어떨까요."

– 이외수 –

겨울

달마도 호(號)가 있다

'달마'는 호(號)가 아니다. 어떤 인터넷 논객이 부쳐 준 필명인데 자주 사용 하다 보니 호처럼 불려 진짜 달마님 욕뵈는 것 같아 송구하다. 혹자는 내가 '달마도'에 그려진 초상을 닮았으리라 지레짐작하는데 물론 아니다. 옥골선풍(玉骨仙風)은 못되어도 적어도 산적을 닮지는 않았다. (달마님께는 죄송!)

다들 이형, 박형, 김 선생님, 아무 거시야 하고 편히 호칭하며 살다 보니 호(號)라는 것이 필요치 않다. 그저 아호(雅號)라는 것은 학문적 성취가 높으셨던 퇴계 선생님이나 율곡 선생님을 부르는 높임말쯤으로 여겼다.

아님 일제 강점기 조국의 독립운동에 온몸을 던지셨던 백범 김구 선생님이나 도산 안창호 선생님 이름 앞에 붙는 존칭으로 알 거나 그도 아니면, 우리 현대사에 이름만큼 호(號)로도 유명했던 거산(巨山), 혹은 후광(後廣), 또는 운정(雲井) 등 높으신 양반을 에둘러 표현하는 것이려니 했다.

하긴 요즈음 그리 부르지도 않는다. 영삼이, 대중이 형님이라고 막 불러도 누가 존엄 학대죄로 잡아가는 세상도 아니다. 노태우, 노무현 씨 호가 뭐였더라? 알지도 못할뿐더러 알아야 할 이유도, 몰라서 불경(不敬)할 이유도 없다. 이름 뒤에 전(前)자를 부쳐 대통령이라 불러주면 예의를 갖춘 것이다.

요즘도 '각하!'라고 부르는 정신 나간 놈들이 있다 들었지만, 그렇다고 '폐하! 전하! 아니 되옵니다! 뜻을 거두어 주옵소서!' 라며 직언을 서슴지 않는 충신도 없다. 방귀 뀌면 "각하 속 시원하시겠습니다!" 이 얼마나 솔직하고 사려 깊은 충언(忠言)인가 참으로 속을 꿰뚫어(?) 깊이 들여다본 치밀한 충언이 아닌가. 간신이라니 무슨 말씀!

여태껏 한 명의 위대한 지도자도 갖지 못한 우리 현대사를 비 아냥거리고 헐뜯을 생각에서 해본 농은 아니다. 그러나 전두환은 알아도 일해(日海) 선생님으로 알고 호칭해주는 사려 깊은 사람은 없다. 만해(萬海) 선생님이면 또 몰라도…! 신분이 높아지고 귀해지면 인품이 높아지는 것이 아니라, 형무소 담장이 높아지는 세상 아닌가. 일인지하 만인지상(一人之下 萬人之上)이란 달마의 수련목표 '수직 공중 부양'보다 훨씬 오르기 힘든 경지이다.

우리네 지도자들은 권불십년(權不十年), 화무십일홍(花無十日紅)이란 격언이 진리라는 사실에 항상 모범을 보여 왔다. 혹여나 하며 뽑았다. 역시나 하며 혀를 끌끌 차고야 마는 수많았던 현실이 이제 노엽기보다는 자괴감 허탈함에 수치스러울 뿐이다. 국경도 없는 글로벌 시대이지만 이런 소식은 울도 담도 넘지 않았으면 참 좋겠다. 쪽팔리니 '찻잔 속 여린 바람'이었으면 좋겠다.

폐일언(蔽一言), 호(號)란 참으로 우리 조상님들의 지혜였다. 김 개똥이를 초명이나 아명으로 부르기에는 친근감이 있지만 '김 개똥 아저씨 나, 김 수한무 바둑이와 두루미 할아버지'라고 부르기엔 어찌 좀 거시기 하지 않은가, 양놈들처럼 평생 미스터 kim 또한 재미없기는 마찬가지다. 조상님들은 지혜로우시게도 이렇게 성장에 따라 시의적절한 시기에 부르라고 지어준 것이 초명이요 아명, 또는 자(字)와 호(號)였던 것이다.

달마도 통뼈 집안 사대부가 후손답게 호(號)가 있다. 거듭 이야기하지만 달마가 호는 아니다. 달마의 호는 연당(蓮堂)이다. 연꽃 연(蓮)에 집 당(堂) 이다. 무슨 뜻인가? 나도 깊은 뜻은 잘 모른다.

할아버지가 생전 천둥벌거숭이인 나를 무릎에 앉히시고 "네 호는 연꽃 연, 집당 즉 '연당'이니라"하고 말씀하셨던 것을 잊지 않고 기억한 탓인데, 자라 철들 무렵이라 생각되는 지금에 와서도 도무지 그 속 깊은 뜻이 무엇인지 잘 모르겠다. 할아버지께 여쭙고 싶지만, 북망산에 계신지라 여의치 않다.

굳이 추론하자면 유년시절 조그만 연못가 오두막집에서 태어나고 자랐는데, 그 연못에는 개구리가 엄청나게 많았던 기억이 있다. 아마 그 연못 옆에 지어진 우리 집 초가삼간을 할아버지는 연당(蓮堂)이라고 생각하신듯하다. 참으로 운치 있는 선비적 발상이 아닐 수 없다. 그러나 왠지 연당이라는 호가 '거산(巨山)'이나 '허주(虛舟)'처럼 멋있게 느껴지지 않아 사용치 않았다. 하지만 앞으로 누가 그리 불러주기만 한다면 널리 사용할 용의가 있다.

그리 불러 주시렵니까?

- 연당 달마 -

농사꾼의 외모

사람의 외모가 인격의 척도는 아니지요. 그러나 때로 나이가 듦에 따라 외모도 일정 부분 인격과 비례해야 하나 봅니다. 링컨 대통령은 남자 나이 마흔을 넘기면 외모에도 책임이 있다며 지인의 인사 청탁을 거절한 적이 있습니다. 쉽게 말해 외모 즉 생긴 게 마음에 들지 않았다는 이야기인데 은근히 시사하는 바가 있습니다.

부모가 물려준 유전학적 유산인 외모! 자신의 책임은 아니지요. 잘생긴 차인표 나 젊은 날의 신성일쯤이면 배우 하지 농사나 짓고 시골구석에 소박맞은 며느리인 양 웅크리고 있겠냐고 비죽거릴 일은 아닙니다.
배우가 우등하고 농사꾼이 열등하다는 것은 더욱 아닙니다. 삶이 겸손하고 온화하며, 항상 낮은 곳으로 임하며 소외된 자의 눈물을 닦아주는 사람은 외모마저 변하나 봅니다. 몇 년 전 우리나라를 찾아온 베트남의 틱낫한 스님의 모습에서 그분의 행적을 꿰지 않아도 그의 온화한 미소에 슬며시 전염됨을 경험한 적이 있지요.

손님 세 분이 귀한 발걸음을 우리 집까지 하셨습니다. 같이 저녁도 먹고 내친김에 반주도 한잔하였지요. 그중 한 분은 운전기사에 당첨되어 술은 못하시고 사이다로 건배해야 하는 다소 열 받는 입장이셨습니다.

나라면 무지 열 받습니다. 그러면서 우리는 펜션이 어떻고 여행문화가 이러쿵저러쿵하며 주(酒)중 궤변을 서슴지 않았습니다. 그러다가 헤어졌는데, 오늘 홈페이지를 열어보니 펜션 방문기를 올려 주셨군요. 감사합니다.

첫인상이 예술과 전혀 접목이 힘든 전형적 농사꾼 모습이라고요? 울마눌에게 들어보고 두 번째 듣습니다. 간혹 권투선수 닮았다는 이야기는 종종 듣는 편입니다만……. 그리고 보면 전형적 농사꾼이나 권투선수 중에는 미남은 별로 없는 듯 나도 미남 축에는 못 드나 봅니다.

필명이 '문경 달마'이니 언감생심 미남을 꿈꾸겠습니까? 원래 내 필명은 장비나 여포를 닮은 달마가 아니라 참신한 필명 '못다 핀 꽃 한 송이'였지요. 속절없는 세월 속 피지도 못하고 떨어질 무렵 '문경 달마'로 바뀌는 반전이 있기는 하였지만, 그렇다고 필명과 외모가 무슨 관계가 있겠습니까?

나는 아주 예술적으로 생긴 화가이기를 바라지는 않습니다. 다소 시골스런 외모로 신인왕전에 나와 1회전에 쌍코피 나고 들것에 실려 나간 권투선수를 닮아도 좋습니다. 지천명을 바라보는 나이에 맞는 외모를 지니고 살고 싶은 희망을 품고 살아갑니다.

로맨스 그레이(Romance gray) 나, 신선 같은 풍모보다도 조금은 쭈그러져도 온화하며 친근하고 넉넉한 마음으로 생활에 지친 여행객에게 위로와 활력을 줄 수 있는 작은 도우미였으면 좋겠습니다.

그 역할이 너무도 잘 어울리는 펜션 '마당쇠 달마'로 살고 싶습니다. 그렇지 않나요? 단양의 종이비행기 님.

– 지천명 달마 –

탄원서

탄원인 : 문경 달마

주　소 : 변방 주흘산 어림 토굴

직　업 : 환쟁이

　충청도 A 시에서 유통업체를 경영하던 B는 어린 시절을 동문수학(同門修學)한 죽마 지우입니다. 개구멍바지를 입고 달랑 달랑거리며 놀던 불알친구이지요. 근간 자기 회사 직원의 고의적인 업무방해로 사업이 어려워져 결국 파산(破産)하였다는 소식을 듣고 안타까운 마음 금할 길 없었습니다. 영업에 치중하다 보니 아마 집안 단속이 소홀했나 봅니다. 업종은 같지 않으나 그래도 언감생심 같은 중소기업을 한다고 생각하는 터라 타산지석(他山之石)으로 삼아야 할 것입니다.

　파산하기 전 그의 회사를 몇 번 방문한 적이 있는데 직원들의 업무공간 사무실 문을 열면 정면 벽에 '잠들지 말라 내 영혼아!'라는 다소 특이한 경구(警句)를 큼지막하게 걸어둔 것을 보고 슬며시 미소 지었습니다.

　이 자는 요상하고 특이한 복장에 관우 수염 인지 장비수염 인지를 길렀는데 암튼 미염공(美髥公)은 아닙니다. 첫인상이 산적 임꺽정의 수배 몽타주처럼 보입니다. 게다가 최상층부의 두피는 근본 성장을 허락지 않아 민 대머리인데 달마도 처음에는 사문의 큰스님께서 오신 줄 알고 버선발로 뛰어 나갈 뻔하였습니다. 저런!

달마는 봉두난발 파계승인데, 이 자는 진짜 달마처럼 보였습니다. 복장은 노출이 심한 개량 한복 비슷한 것을 걸치고 아랫도리는 국적불명의 반바지를 대충 허리춤에 메고 신발은 그나마 백 고무신이라면 어울릴 법도 한데 비까번쩍한 등산화를 신고 다닙니다. 노출된 가슴과 맨다리에는 원숭이 버금가는 거뭇거뭇한 털이 숭숭 한 것이 보기에도 흉측하다고 하였더니 그런 소리 말라 여성동무들이 섹시하다며 뿅 간다는군요.

대충 그림 그려보면 계율을 어겨 절집 산문에서 승복 몰수당하고 몽둥이로 쫓겨나기 직전, 야반도주에 성공한 파계승 모양새입니다. 아마 동쪽으로 가지는 않았을 것입니다. 그쪽에는 이미 내가 있었거든요 -.-

그러나 달마는 개성 만점이라고 생각하였습니다. 요상한 차림에 요상한 마스크이니 그 캐릭터가 강렬하여 한번 만난 사람은 절대 잊어버리지 않겠구나 하였습니다. 고객들은 진짜 가짜인지는 가릴 이유가 없겠고, 고객 눈에는 스님의 캐릭터만 남는 독특한 접근방식이었습니다. 달마는 디자인 업종에 종사하는 관계로 역발상 식 접근방식에 높은 점수를 주는 편입니다. 개성 표현도 자유로운 탈 무개성 시대를 살고 있으니까요. 그 친구의 다소 우스꽝스러운 외모는 사람에 따라 거부감을 줄 수도 있고 고정관념을 깬 신선함을 줄 수도 있습니다.

이런 모습으로 그려진 자가 사업을 하고 있으니, 사훈이나 근무자세 지침 같은 것도 아주 선문답(禪問答)입니다. 사장은 일탈한 종교의 큰스님이요, 직원들은 안거(安居)에 든 수행승(修行僧)이라, 회사는 선방(禪房)

입니다.

벽에는 영혼이 잠들 것을 경계한 신언패(愼言牌)까지 걸어 놓았으니 죽비 든 큰스님 아니면 연산군(燕山君) 입니다.

이 특이하게 개발된 경구(警句)의 내용을 유추 해석해 볼 때 '양심에 기초한 원칙을 가슴에 품고 타성에 젖지 말고 늘 깨어있으라'는 아주 심오한 철학적 메시지를 직원들에게 전달하려고 했다'고 해석했다면 달마의 분석력도 드디어 죽비(竹箆)든 수준입니다.

미염공(美髥公)이라는 멋진 별명을 가졌던 삼국지(三國誌)의 관우를 벤치마킹하려던 내 친구 B는 결국 실패 하였습니다. 잠들지 말았어야 했는데 안타깝게도 수행 중 '잠들어 팔선녀를 만나버린 한 영혼' 때문에 가게 문을 닫고 말았습니다.

그러나 친구 입장에서 이 자의 외모에 대한 편견을 버리고 집중하여 해부해보면 심성이 근본 어질고 착하며 기업가 정신이 살아있다 생각합니다. 지금은 파산이라는 어려움에 부닥쳐 있으나 반드시 재기에 성공하여 기업가 정신이 어떤 것인가를 우리 모두에게 보여 줄 것이라고 믿습니다.

기업가란 근본적으로 이익만을 추구하는 사업가와는 근본이 다르다고 믿습니다. 기업을 창업하고 더불어 기업을 같이 일으킨 사람, 직원들과 이익을 공평하게 분배하며 기업의 공익적 가치를 우선하며 창출된 이익으로 지역과 사회와 국가에 봉사하고, 또한 어떻게 분배, 공유, 재투자할 것인가를 고민하며 궁극적으로는 사회로 환원을 모색할 수 있는 사업가여야 만이 기업가로 불릴 자격이 있습니다.

외모가 말 광대 같아 편견을 불러일으키는 내 불알친구 B는 파산하여 모든 사람에게 지탄받는 실패한 사업가가 아니라 현재의 시련을, 굳세게 견디며 미래(未來)를 준비하는 기업가로 달마는 믿고 싶습니다.

사업한다는 것은 곳곳에 널브러진 지뢰밭을 목숨 걸고 지나가는 일입니다. 법을 어기지 않으려고 해도 우리는 법을 잘 알지 못해 지뢰를 밟습니다.

그렇다 해도 내부직원의 업무방해를 사전에 막지 못한 책임을 벗어날 수 없는 'B 도사'라고 불리는 친구, 진짜 도사도 가짜 도사도 아닌 미래 기업인 전(前) ○○ 유통 B 사장을 검사님께서는 편견 없이 조사 굽어 통촉하여 주시기를 오체투지(五體投地) 탄원 드립니다.

— 탄원인 달마 올림 —

4

배권사

성은 배(裵) 씨, 교회에서 직분은 권사(勸士), 배 권사로 불리는 마눌의 교회 직함이다. 인터넷 유저들이 자격과 능력 검증 없이 함부로 지어 불린 나의 '달마'라는 닉네임과는 격(格)을 달리한다.

울 마눌의 신앙은 모태신앙쯤이다. 신앙생활은 엄격하며 기도는 불철주야(不撤晝夜) 25시다. 달마 조사의 9년 면벽쯤은 새 발의 피다.

달마 조사님 측에서 보면 문경 달마의 마눌이 보살도 아니고 권사라니…! 동쪽으로 깜빡이를 켜실 수밖에 없으셨을 것이다. @.@

연애 시절 마눌은 "하나님! 목사가 버거우시다면 전도사쯤이라도 되는 짝꿍을 구해 주세요 ~네?" 이렇게 간절하게 기도 하였다. 그러다가 어찌어찌 하나님께서 이 달마를 짝으로 점지해주셨는데 마눌 까무러쳐 경기할 일이다. 당근 연애 초부터 나에게 교회를 나가지 않으면 결혼은 꿈도 꾸지 말라고 울부짖었다. 그런데 내가 누구인가, 일언지하(一言之下)에 묵살 지도해주었다.

"내 그대와의 결혼식을 목사님 주례 하에 교회에서 올려 주꾸마!" 당근 울 마눌 감격해서 울며불며 면사포를 썼다. 할렐루여!

근데 내가 또 누구인가, 달마다. 조사님께서 이 사실 아시면 경을 친다. 울 조사님은 비 폭력계의 절대지존이시다. 일단 맘에 드시지 않으면

가차 없이 물 양동이를 아래로 휙~! 집어 던지시는 스타일이시다.

　나는 늘 허허로운 들녘 전원에서 비(雨)폭력에 시달렸다. 필사적인 무저항(無抵抗)만이 유일한 생존법이었다. 개굴~!

　오늘도 내일도 나는 달마도 권사도 아닌 자유의지 때문에 불쌍해진 한 떨기 덜 피어난 꽃, 가여운 영혼일 뿐이다.

　'문경 달마'라는 필명에 대해 울 마눌의 고견은 언제나 나의 잠자리를 정처 없게 할 뿐이다 -.-

　이런 달마가 요즘 집사로 불린다. 교회생활 5년 차에 접어든 '선데이 크리스천(Sunday Christian)'이 된 것이다. 아미타 할렐루야~!

　가화만사성(家和萬事成)이란 고금(古今)의 진리다.

　쉿~! 달마 조사께서 들으시면 또 물 양동이 날아온다. 개굴굴~!

- 열린 믿음, 열린 신앙 -

5

농심(農心)

달마가 시골살이를 하고 있으나, 전원생활만 하는 것은 아닙니다. 여행객을 상대로 펜션을 운영하고 있으니, 오롯한 전원생활자도 못됩니다. 절반의 전원생활에 절반의 방 장사를 겸하고 있으니, 도랑 치고 가재 잡겠다는 다소 약은 치입니다. 여행객 떠난 객실을 무심코 청소하지는 않습니다. 생각도 정리하고, 감정도 쓸고, 상념도 닦습니다. 수도꼭지에 묻은 비눗물 자국을 닦으며 다음 손님이 반짝반짝한 수도꼭지를 보면 상쾌해 할 것을 상상하며 광을 냅니다.

침대 커버에 숨어있는 머리카락 한 올을 주우며 빠트릴세라 두 눈 부릅뜨고, 숨은 머리카락 보물찾기를 합니다. 샴푸와 치약은 안녕한지, 저번에 놓아둔 세면 용 비누는 다 짓물러서 빈대떡이 되었군요. 값비싼 도자기 그릇은 주인 몰래 한두 개씩 깨어져, 수시로 쓰레기통으로 들어갑니다.

남자 여행객을 위하여 객실에 면도기를 준비해야겠다 생각하며 마트로 갑니다. 면도기 하나를 들고 한참을 끙끙거리다, 여섯 개를 사왔습니다. 몇백 원짜리 일회용 면도기만 사용해온 나는 여태 한 번도 써 본 적 없는 고가의 면도기이었습니다.

치약을 삽니다. 영업사원이 이 치약은 일반치약보다 훨씬 비싼 치약인데, 비싼 만큼 조금만 짜서 사용해도 되는 좋은 물건이랍니다. "이 치약 좋은 치약임, 조금만 짜서 사용하시오."라고 써 붙여야겠습니다.

최대수용인원이 6명인 객실에 10여 명의 여행객이 오셔서 편의 좀 봐 달라시는군요. 저희 펜션의 약속과 규칙 위반이니 입실이 불가합니다. 규정을 지켜주시든지 아니면 추가 요금을 내십시오. 하여야겠지만, 소중한 여행을 준비하시고 오신 분들에게 그만한 일로 상처를 줄 수는 없습니다. 펜션 규정이라며 엄격한 규정만을 고집할 수는 없습니다.

예부터, 농공상(農工商)이라고 하였습니다. 세 가지 직업 중 단연 농업을 으뜸 삼았지요. 대대로 농경사회를 살아온 민족이니 어찌 보면 당연합니다. 이 세 가지 직업 중에서도 농업을 최우선시하였지요. '순수하고, 베풀고, 나누는 마음 더불어 서로 도와가며 살아가는 마음을 농심(農心)이라 하였습니다. 남을 귀하고, 긍휼히 여기는 어여쁜 마음을 '농심'에 비유하였지요.

공심(工心)이야 장인(匠人)의 정신일 것이니, 그 집요함이 자기 내면을 불같이 달굴 것이요, 상심(商心)이야 이익을 많이 남겨야 하니, 그 내면에 두 개의 얼굴쯤은 가져야 했을 것입니다.

유년시절 성장기는 농부의 자식으로 늘 부모의 곁에서 일손을 거들며 자랐습니다. 또 생산한 농산물을 장날 내다 팔아 생계를 꾸렸었지요. 긴긴 여름밤, 청솔가지 꺾어 피운 맵싸한 모깃불 앞 툇마루 온 가족 도란도란 둘러앉아 상추며, 열무며, 파 등을 밤새도록 다듬고 묶어 내일 장날을 대비하였지요. 그 고단한 노동 속에서 가족의 유대와 애환이, 청솔 모깃불처럼 맵고 알싸하게 사그라졌습니다.

좋은 것은 내어다 팔고, 험하디험한 찌꺼기는 우리 가족이 먹는 궁핍한 삶 이였습니다. 그러나 벌레 먹은 복숭아를 도려내고 먹어도, 당연하고 감사하게 생각하며 먹고 살았습니다. 나는 밀기울로 허여멀건 기울죽을 끓여 끼니를 이을지언정, 손님에게는 씨 나락을 찧어서라도 하얀 쌀밥을 대접하는 것이 농부의 상식이었습니다. 그런 마음을 농심(農心)이라 하지요. 그래서 '천심(天心)'이지요.

내 집을 찾은 여행객에게 최고의 대접을 하고 싶습니다. 나는 빨랫비누로 머리 감고 세탁세제로 헹굴지언정, 여행객에게는 고급샴푸를 내어놓습니다. 나는 낡고 해진 이불을 덮고 자나, 여행객에게는 비단 금침을 내어줍니다. 여행객이 흡족해하면, 나는 바보처럼 덩달아 좋아져, 히죽히죽 행복합니다.

아내와 약속을 합니다. "내 집에 온 여행객에게는 소모품 작은 물건이라도 좋은 물건을 사용할 수 있도록 합시다. 업소용 치약이나 면도기를 줄 수는 없소" 아내와 함께 떠나던 내 젊은 날 여행 몇만 원쯤 하는 숙박료도 아깝다며, 봉고차에서 새우잠을 자며 추억여행을 한 적이 있지요.

변한 세월이 유수와 같고 추억이 어리도록 애잔하지만, 내 젊은 날의 한 페이지입니다. 요즈음은 펜션이라는 새로운 고급숙박 여행문화가 생겨나 보급 중이며, 나 또한 펜션을 운영하고 있습니다.

삶의 본질이 펜션과 아무런 상관이 없다더라도, 그리 살고 싶습니다. 주어도, 닳아도, 깨어져도, 헤져도, 아깝지 않은 삶이지요.

문득, 그런 삶이 농심(農心)인 양 여겨져, 아침 잡기장을 긁적이고 있습니다.

"옴마니 반메훔!"

6

나무꾼과 선녀의 겨우살이

스산한 날씨가 종일 변덕을 부립니다. 눈, 비, 바람을 몰며 심술을 부리던 날씨가 이제 곧 한겨울을 부를 요량입니다.

12월도 동지를 향해 줄달음합니다. 이 혹한에 찾아온 지구촌 경제위기는 체감 추위를 더욱 떨어뜨릴 것이고요. 도시나 시골이나 모두 겨우살이를 철저히 준비하여야 이 겨울 동사(冬死)를 면할 것입니다. 난방비가 만만치 않습니다.

김장도 이제는 막바지 달마는 오늘도 겨우살이 준비에 분주합니다. 미국발 경제위기에 살아남으려면 내 손으로 할 수 있는 쉬운 일부터 해야 합니다. 겨울이 두려운 것은 추워서가 아니라 감당하기 벅찬 난방비가 두려운 것입니다. 게으른 전원 생활자인 달마가 겨울만 되면 부지런히 움직입니다. 지게 대신 손수레를 끌고, 망치 대신 톱을 들고, 솜바지에 장갑으로 중무장한 뒤 뒷산으로 올라갑니다. 나무꾼이 된 것이지요.

난방용 장작 준비는 내가 산을 직접 올라야 합니다. 화목용 장작을 파시는 분이 있길래 물어봤더니, 1톤 화물차 한 대 분량에 30만 원을 달라는군요. 쩝! 그 정도 분량에 그 가격이면 구매를 포기해야 합니다. 이참에 또 노동을 운동 삼아 뒷산을 타야겠지요.

산에야 굳이 나무를 베지 않아도 땔나무는 지천입니다. 쓰러져 썩어 가는 나무가 곳곳에 나뒹굽니다. 산주 아저씨는 년 전 과수원에 그늘 피해를 주는 낙엽송을 간벌하셨는데, 그때 베고 남은 잡목들이 곳곳에 있습니다. 아무도 이런 나무를 가져가는 사람은 없습니다. 하지만 요즈음 겨울철 난방수요가 화목 보일러를 가릴 형편이 아닌지라 산속에서도 경쟁자를 만날 확률이 높습니다. 이미 앞집 산주 어르신 반장님은 보일러를 '나무 먹는 하마' 라고 불리는 화목용 보일러로 바꾸시고 평소에도 수시로 산을 오르십니다.

산주의 입산 허락을 얻은 터라 콧노래를 부르며 산을 오릅니다. 이동하기 쉽게 적당한 크기로 자르고, 모읍니다. 수레에 싣고 눈 쌓인 산에서 스키를 타듯 나무와 씨름하며 내려옵니다. 그러기를 수차례 마침내 뒷마당에 나뭇더미가 수북하니 올겨울을 날 듯합니다. 화목용 크기로 자른 뒤 장작을 패기 시작 합니다.

퍽~! 퍼~억! 쫙! 쫘작!!

이마에 땀을 훔치며 가쁜 숨을 몰아쉽니다. 이때쯤입니다. 여~보옹~! 코빼기도 보이지 않던 마님께서 드디어 등장하셨습니다. 스타의 등장은 타이밍이 중요하다네요. 면피용 커피를 한 잔 들고 왔군요. 비아냥 섞인 비음(鼻音)이 귓가를 간질입니다.

"나무꾼께서 선녀 없이 나무를 해오셨군요. 안타까워 저를 어쩌나~! 분명 선녀가 필요했을 텐데~~!"

우라질 마누라! 커피 한잔으로 때우고 어차피 도와주지도 않을 것입니다. 비록 내 변방 주흘산 자락에 웅크리고 앉았으나, 달마 좋다는 여자가 어디 한둘인 줄 아느냐? 내일은 내 반드시 아랫동네 과수댁 아니면, 읍내 유부(有夫) 선녀라도 데리고 산을 오르리라.

– 나무꾼 달마 –

산중 겨울아침 _oil on canvas

7

떠난 젊은 임 그대 2

그대는 무엇으로 고민하는가. 젊음의 가치가 푸른 보석같이 빛날 그대

그대는 왜 안락한 삶에만 목적을 가진 젊은이처럼 보이는가? 그런 삶에는 패기와 열정, 도전, 그리고 성취감이라고 하는 젊음의 가치가 빠져 있다. 고대 메소포타미아의 쐐기문자 점토판 해석에 "보라 아들아 곤궁한 서기(書記)란 없지 않으냐"라고 자녀가 상대적 안락한 삶을 영위할 수 있는 가치로 '서기'라는 직업을 가지라고 당부하는 부모의 절절한 편지글이 있다.

요즈음 치면 공무원이나 대기업의 화이트칼라를 지칭하는 직업군이다. 고대에서도 지식산업에 종사하는 자라야 안락한 생활이 보장된 듯하다. 역사를 그런 서기들이 기록하였다. 그러나 역사를 그런 서기들이 만들고 창조하지는 못한다. 그들은 기록의 대가로 물질이나 풍요로운 삶을 받았을 뿐이다.

역사는 순리나 상황을 이해하고 현실 적응이 뛰어 난자가 전개하지는 않는다. 역사는 도전하는 마케도니아의 '알렉산더'가 말 달리며 쓰고 일자무식(一者無識)하였으나, 초원의 '칭기즈칸'이 들끓는 의지로 도전의 정복 역사를 썼다. 우리는 그들의 삶에서 고난과 불굴의 의지를 배우고자 한다. 피레네산맥을 넘은 카르타고의 영웅 '한니발'의 의지를 기억하며,

알프스를 넘은 '나폴레옹'의 용기에 환호한다. 또 우리의 영웅 '이순신' 장군의 용기와 지혜에 감동 무한 존경을 보낸다.

36년 일제 강점기하에서 부역한 하이칼라 노동자들 그들이 당대에 누렸던 영화가 부끄러운 역사에 기록되었고, 비록 만주 벌판에서 노숙하며 고난의 말을 달렸던 민족의 선구자 피와 땀의 역사는 잊히지 않고, 잊지 않으려는 노력을 오늘도 도도히 이어가고 있다.

왜 이 땅의 젊은이는 자신이 목마르게 느끼고 깨닫고 공부했던 진리를 망각하고 팽개치기를 두려워하지 않는 걸까. 그들은 왜 '상대적 편리한 자본과 물질의 가치'만을 쫓으려고 할까. 우리가 자본을 황금만능 배금주의(拜金主義)라고 하나, 그 말속에는 가치상실을 내포하고 있다.

이 땅에는 왜 끝없는 청년실업이 사회문제이며, 젊디젊은 그대들이 깊은 패배감과 박탈감이라는 수렁에서 허우적거리며, 3D 업종이라면 의당 3세계 가난한 나라 노동자들의 몫쯤으로 피해 가는가. 그들은 가난한 나라 3등 국민이니 고생 좀 해야 할까. 한때 우리가 3등도 아닌 4~5등 국민이던 시절은 없었을까.

미국으로 유학 간 유학생이 접시 닦아 학비를 벌고, 이민자가 운영하는 슈퍼는 밤낮없이 불을 밝혀 '지독한 코리안'이란 별명 듣고, 고학력 노동력이 달러벌이를 위해 독일이나 중동 등 남의 나라에 가서 3D 업종에 종사한 적은 단연코 한 번도 없었던 귀족국가 대한민국이었는가.

도시에서는 인구가 넘쳐 일자리가 없다며 홈리스가 횡횡하고, 시골에선, 늦어도 10년 안에는 사망이 분명할 경쟁력 없는 한계 노동력만 남아 있다. 불행히도 우리는 별로 가진 자본도 부존자원도 내세울 것도 뚜렷이 없이 빈곤만을 대물림해오던 백의민족이었다.

우리 삶 깊숙이 들어와 힘들고 더럽고 위험하며 또 영양가 적은 일을 하면서도, 코리안 드림을 꿈꾸며 한국을 찾아온 고학력 외국 노동자들은 분명 그들이 도전해서 헤쳐나가야 할 절대명제를 안고 찾아온 그 나라의 투사들이다. 이는 마치 화려했던 로마가 멸망할 당시 갖은 부와 절대 권력으로 사들인 저 북쪽변방 게르만의 용병 오도아케르에게 멸망함을 곱씹어야 할 것이다.

우리에게 뱃가죽이 등가죽에 붙을 정도로 허기진 시절이 불과 수십년 전 이였다. 근대 자본이 꽃피면서 그 자본의 폐해는 생산성의 저하로 이어졌다. 아이러니하게도 '풍요에 따른 생산성 저하'였다.

지난 공산주의가 꽃피던 시절에는 또 다른 생산성 저하가 몰락의 길을 재촉하게 된다. 그 또한 아이러니하게도 '빈곤에 따른 생산성 저하'였다. 부나 빈곤은 항상 적당하게 깨어있는 환경이 있어야 한다. 태풍 '매미'는 분명 자연재해인 재앙이지만, 가두어져 오염된 대기를 순환시켜주는 고마운 면이 있고, 우리 미래의 안전을 재설계해야 한다는 경보를 울려준 재해인 것도 분명한 사실이다.

어느 체재도 구성원의 행복과 복지, 생산적인 미래를 지향함을 목적으로 한다. 불행히도 지금의 젊음은 미래가 불확실한 상대적 가치를 인정받기 위해 불확실한 투자를 아끼지 않는다.

신림동 고시촌 7~8수는 기본이며, 석 박사 학위 또한 기본 코스다. 그도 모자라면 가슴에 무공훈장 달듯 유학은 진급심사 스펙 쯤 된다.

그러고도 신분과 지위를 보장받지 못하면 사회와 국가와 제도를 탓하고 원망한다. 그 원망은 신분상승을 좌절당한 원망이지 젊음과 도전, 발전과 진보를 압류당한 분노의 절망이 아니다.

신분의 수직상승을 꿈꾸지 말고 눈높이를 낮추고 낮추어서 생긴 빈 자리를 패기와 용기와 도전으로 채우면 어떨까. 그리하여 젊음이 왜 아름다운 것인가를 증명하라. 현재의 이 아깝고도 절절한 노력과 비용이면, 차라리 난지도로 가서 쓰레기 산더미를 파서라도, 미래의 대체 에너지를 개발하기 위한 노력을 하는 게 훨씬 가치 있는 도전일 것이다.

국가와 사회가 나를 음지로 내몰았다고 시대를 탓하며, 체재를 모순하고 부정하며, 자신의 허물은 에둘러 보지 않으려고만 하지 말라.

위기란 또 다른 기회를 수반 한다. 인생은 현재가 아니며 미래 진행형이다. 각자의 삶의 가치는 그 삶에 종지부가 찍어지는 날 최종 성적표를 받게 될 것이다.

그대, 젊은 그대는 값비싼 상아탑(한때 우골탑(牛骨塔)이라 하였다)에 지급한 진리에 책임이 있다. 그대는 교수가 가르쳐준 진리 교훈이 새겨진 교훈 탑에서 숨은 진리를 발견한 것이 아님을 각성해야 한다. 진리란 길거리에서, 혹은 포장마차에서, 혹은 강의실 구석 한편 지저분한 쓰레기통에서도 보석처럼 빛난다.

그리하여 그대, 젊은 그대가 정의와 역사와 국가와 민족의 앞날을 걱정하고, 또 나의 미래가 그대 속에서 들끓은 것은, 지식과 진리와 배움이 캠퍼스 안에서만 존재하는 것이 아니라, 옳고 그름은 너무나도 간단한 상식에서 출발한다는 사실이 아닐는지. 인제 그만 사치하고 화려한 거죽 의식의 기득에서 벗어나야 한다.

사치와 방종 속 교만함과 물질의 가치 그 암묵적 기득권을 포기하면 어떨까. 그것만이 진정한 젊디젊은 그대의 참모습일진저…!

이 비싸고 귀한 시간을 한숨과 분노 박탈감으로, 허송할 건가. 그대의 젊음은 어느 수필가의 이야기처럼, 들끓고 피 끓어서 예찬하지 않을 이유가 없다.

도전하라! 바로 지금! 그대는 유수 한 대기업에 촉망받는 엘리트 코스를 밟지 않아도 그대의 삶은 누구보다 가치 있고 경쟁력 있다. 보장받고 싶어 하는 삶에 목을 매는 그대는, 차라리 자신의 영달에 목숨 거는 치사하고, 별로 약삭빠르지도 못한 하이에나, 불쌍한 하이칼라 등속일 뿐, 현재도, 미래에도, 쓰임새 없는 갑 속의 칼은 나약한 지식, 나약한 지성일 뿐이다.

모두가 의사와 약사, 한의사를 꿈꾸고, 법조인을 꿈꾸고, 교수를 꿈꾸는 사회는 건강한 사회가 아니다. 그대가 진정 의료인 법조인, 교수를 꿈꾼다면 얼마나 잘 벌어 잘 먹고 잘사느냐를 따지기 전, 그 직업이 얼마나 신성하고 성스러운 성직인가부터 고민해야 할 것이다.

그 직업이 가져다줄 부귀와 권세와 명예를 가슴속에서 지워 버려야 할 것이다. 따위의 것을 가슴에 담고 히포크라테스 선서를 운하며, 기울지 않는 저울과 정의를 이야기할 수 있겠는가. 낮은 데로 임하라는 것은 하나님 말씀이 아니라 상식의 다른 이름이다.

그대, 젊은 그대가 더 낮은 데로 도전할 수 있는 용기가 있다면, 그대로 인하여 사회와 국가와 민족은 고난현실에도, 질기고 질긴 생명력을 유지하며, 미래를 위한 아름다운 가치를 이어갈 반만년 유구 자랑스러운 대~한 민국 될 수 있다.

분명 한 것은 5천 년 유구하다는 우리 한민족 역사상 가장 인구가 많고, 부유하고, 풍요롭고, 자유로우며, 그로 인한 국력이 서방 선진 경제 협력 개발기구 OECD 35개 국가 중 한 국가인 것이 현재의 대한민국의 위상이라는 사실이다.

세상은 넓다. 할 일은 진정 많다. 태풍 '매미'에 지붕이 날아가 내일 당장 망할 공장에 앉아서, 미래를 설계해보면 어떨까. 그 위기에 목숨 걸고, 한번 도전해 보면 어떨까.

– 산중 아침 달마 생각 –

8

마누님 보시앞!

내 일찍이 가까운 장래에 그동안 그대가 '사랑스러운 나의 아내'라는 미명아래 저질러온 수많은 횡포와 평화스러워야 할 가정에 부당히 조성한 공포 분위기에 대한 날이 오고야 말리라! 내다보고 있었소. 그대는 지엄하신 서방의 권위를 세워 주기는커녕, 낭군님 기죽이기를 꺾꽂이 취미생활 하듯 하였소.

그대는 나 정도 여자가 무능한 환쟁이 당신에게 시집와 떡두꺼비 같은 아들 둘씩 낳아 살뜰히 살아주고 있는 것은, 진정 주님의 축복이라고밖에 볼 수 없다며 하나님 은혜에 무한하게 감사하라며 콧날을 세웠소.

그것도 모자라 옥골선풍 부럽지 않은 외모를 농사꾼과 복싱선수 얼굴을 버무려 반죽한 모습이니, 어느 양갓집 규수가 시집왔겠냐며 흥흥거렸소. 400만 농가 농부의 아낙과 챔프를 꿈꾸는 수많은 복싱 꿈나무에게 씻을 수 없는 모욕적인 발언이라 할 것이요.

부모님이 물려주신 단 하나밖에 없는 외모, 그것도 얼굴도 직업도 안 물어보고 사위 삼는다는 셋째아들, 게다가 뼈대가 통뼈이신 고려 개국 공신 대장군의 후예인 이 몸이요. 이만한 가문의 셋째아들이면 진골(眞骨)로 추앙받아 마땅하오.

그대와 난 지난 수년간 역할을 서로 바꾸어 생활하였소. 내가 그대를 여러 사람에게 소개할 때, 나는 깍듯하게 그대를 우리 집 바깥양반이라 소개하였으며, "나는 집사람 즉 안 사람입니다."라고 자세를 낮추었소.

그대는 여타 한 가정의 가장들처럼 당당히 돈 벌러 아침에 출근하고 저녁에 퇴근하는 분명 우리 집 바깥양반이었소. 그대의 다소 늦은 귀갓길도 이 몸은 바깥양반의 업무상 바깥일을 안사람이 안다리 거는 칠거지악을 삼가고 무탈한 그대의 퇴근을 배시시 언제나 상냥히 맞았소. 그리고 그대의 그 날 치 노고를 불문곡직(不問曲直) 치하 하였소. 할렐루야

나야 뭐 집사람이니 집에서 무엇 하였겠소. 물려놓은 아침상 설거지하고, 구석구석 청소한 뒤 빨래해서 널고, 마른빨래 개어서 장롱 속에 넣고, 애고! 허리 한 번 편 뒤, 부리나케 청소기 들고 여행객이 떠난 빈 방 쓸고, 닦고, 조이고, 기름 친 뒤, 쓰레기 분리 배출하고 마당 쓸고 전공 살려 풀 뽑고, 그리고 일용할 라면 한 개로 점심 때우고 나면 어느덧 해가 기울고 드디어 재택근무의 백미인 컴퓨터 켜고 예약 확인하고 답글 달며 친절히 전화받고 여행객 맞이하기 등 불알에 요령 소리를 내다 보면 벼락같이 땅거미가 집을 지었소.

다시 부리나케 저녁밥 지어놓고 된장, 김치찌개, 보글보글 참신 전업주부의 모습으로 돌아가 그대의 퇴근을 오매불망 기다리던 난, 그냥 평범한 가정의 집사람일 뿐이었던 것이오. 전업주부가 집안을 얼음처럼 반짝하게 만드는 일은 실로 간단치 않은 일이요. 나나 되니 우리 집이 빙판처럼 반들반들한 것이오.

그럼 당신은 놀고만 있었느냐고? 잔말 마시오. 내가 그렇다면 그런 것이요.

20여 년 전, 그대가 나를 처음 만난 순간부터 사실 그대는 행운을 잡은 로또녀였소. 다행히 보는 눈이 있어 여타 여성들이 눈앞에 콩깍지가 쓰여 앞 못 보고 헤 메일 때, 그대는 안광(眼光)이 지배(紙背)를 철(徹)하는 혜안으로 콩깍지를 꿰뚫고 나를 더듬어 심 봤다! 하였던 것이오. 그대에게 있어 나라는 남자는 축복 그 자체이오.(심한가?) 그리하여 나는 '그대 앞날에 무궁한 영광 있으라!'며 축복하였으나 그대는 감히 내가 손도 내리기 전 여우의 꼬리를 드러내었소. 마각(馬脚)이라는 다소 흉측한…!

선량한 아내의 무를 다 할 것이란 나의 기대는 이윽고 군림과 지침에 따른 교지를 하달받는 한심한 남편, 무늬만 가장으로 전락하고 말았소. 무소불위 권좌의 정점에 있는 그대 모습을 발견했을 때는 이미 버스 떠난 뒤였소. 아~우!

그대는 험난 세상 힘겹게 살아가는 낭군의 처세에 대하여 '융통성이 없다. 앞뒤가 콱 막혔다'는 등 신랑의 체면에 부단(不斷) 없이 똥침을 가하였소. 비록 무명이기는 하나 순수한 창작열에만 불타야 할 화가인 나를 험하디험한 세상 한가운데로 속절없이 내몰아 화업(畵業)보다는 생업(生業)에 목을 매게 하였소.

'그림전선'을 생명으로 하는 나에게 '목구멍 전선'이 맞을 리 있겠소. 장래가 구만리 전도가 양양한 미래의 피카소는 꿈을 한참 뒤로 접을 수밖에 없었고 결과 오늘날 민박집 주인으로 거듭나는 퇴행을 하고야 만 것이오.

그대 스스로 발등을 찍었다 할 것이오. 그대가 일찍 나의 미래 가치를 조기에 발견하고 투자하였던들, '잘 키운 화가 하나 열 재벌 안 부럽다!'며 당대의 저명한 화가 사모님 소리 들을 수 있었음에도 기껏 시골 민박집 안주인 소리밖에 들을 수 없던 것이오.

비록 늦은 감 없지 않지만 내 다시 붓을 들기로 하였으니, 나에 대한 그대의 지난 세월이 잘못이었음을 깨닫게 해줄 것이오. 나는 한다면 하는 사람이오. 이른 치매는 걱정하지 마시오. 마음속 상처가 구만리라 반드시 그리될 것이오. 제발 그렇게만 해 달라고? 걱정하지 마시오. 제발 그렇게 될 것이요.

손님 없어 엄청나게 지겹고 추운 겨울 오후, 청소를 끝낸 창밖에 겨울 파리 한 마리가 붙어 또 안으로 날아들 기회를 호시탐탐 엿보고 있소.

요놈!! 얍~~!

— 엄처(嚴妻)시하 달마 —

9

도둑고양이

　유기견이란 금이야 옥이야 애완용으로 길러지다 변덕스러운 주인 만나 용도 폐기되어 함부로 버려진 개를 말합니다. 이런 개들은 어김없이 달마 집을 선호합니다. 그냥 달마 집 대문 밖에서 "이리 오너라~!"하면 됩니다. 그러면 달마가 냉큼 달려가 먹여주고 재워주고 입혀주고 목욕시켜주며 안락한 침식까지 제공해 줍니다. 그러다 드디어는 달마네 집 근위견(近衛犬) 자리까지 내어주지요.

　물론 그랬던 놈치고 주인의 은혜에 감읍 근무에 만전을 가했던 놈들은 단 한 놈도 없었습니다. 그렇지만 그렇게 하여 달마 집 가족의 일원이 되었던 개들은 많았습니다. 찡구, 멍구, 달구 등 이 집 쥔 달마는 유기견을 박대할 정도로 매몰찬 인간이 못됩니다. 제 놈들이 살다 지쳐 스스로 떠나기 전까지 먼저 쫓아낸 적은 단 한 번도 없었지요.

　유기견 계(界)에는 '춥고 배고프면 달마 집으로~!' 뭐 이런 소문이 돌았겠지요. 근데 그런 풍문이 바람결 유기 고양이 계로 번진 것 같습니다. 유기 묘(猫)라는 것도 있나요? 야생 도둑고양이야 도시와 시골을 막론하고 어디든 흔히 볼 수 있지요.

　우리 집 근처에도 꽤 여러 마리가 돌아다닙니다. 야생고양이야 태생이 야생인지라 사람과 친하게 지낼 수 없습니다. 그저 인가(人家)의 주변에서 변두리 삶을 힘겹게 살아갈 뿐입니다. 출근길 도로에서 차에 치여 비명횡사하는 수많은 동물들의 사체를 많이 만나게 됩니다. 주로 길고양이가 많지요. 참으로 안타까운 일이 아닐 수 없습니다.

요즈음 달마는 고양이 한 마리를 기르고 있습니다. 시골살이에 지쳐 외로움을 달래려 돈 주고 고양이를 샀을 리 만무합니다. 이 고양이는 귀엽지도 앙증맞지도 않습니다. 회갈색 빛 얼룩무늬에 크기도 묘계(猫界)에서 헤비급쯤 되어 보입니다. 이런 놈이 애완고양이로 보일 리도 만무합니다. 일견 야생 도둑고양이쯤으로 보이지요.

내 허락도 없이 언제부터인가, 우리 집 창고를 저놈의 간이 휴식처로 삼고 수시로 드나들던 놈입니다. 나는 놈을 쫓아낼 아무런 이유가 없습니다. 밥을 달라는 것도 아니요. 쾌적한 잠자리를 요구한 것도 아닙니다. 놈이 창고에 버티고 있으니 단지 서생원(鼠生員)들이 불편할 뿐입니다. 놈의 존재만으로도 서생원 들은 근처 얼씬도 못 합니다.

돈 안 들이고 창고지기를 구한 셈이니 싫어해야 할 이유가 없을 것이고요. 제 놈은 나를 '소' 보듯 하였고 나 또한 놈을 '닭'보듯 불가근불가원 관계를 유지 하였지요. 더러 나를 보며 그윽한 눈빛으로 야옹~! 하면 혹 배가 고픈 것은 아닐까 하여 생각 날 때마다 부정기적으로 생선 머리를 몇 번 주었을 뿐입니다. 그렇게 소와 닭의 관계를 유지하며 살아왔었는데, 언제부턴가 요놈이 개의 흉내를 내는 것이었습니다. 그렇다고 멍멍 짖기까지야 했겠습니까. 만은 아침에 일어나서 문밖을 나갈라치면 문 앞에 웅크리고 앉아 야옹 하며 꼬리를 세우고 잘 주무셨느냐 인사합니다.

여행객이 저녁에 바비큐를 하면 어김없이 나타나 테이블 밑에서 고기를 얻어먹을 준비를 합니다. 저놈은 여행객에게 주눅이 들지 않을지 모르겠지만, 여행객들은 놈의 덩치와 외모에 주눅이 듭니다. -.-

통역이 필요해 지지요. "야옹아 이리 온!" 하며 불러서 머리를 쓰다듬어 줍니다. 그제 서야 여행객은 긴장의 끈을 놓고 고기 몇 점을 던져주며 조심스러운 타협을 시도 합니다.

바비큐 시간이 되면 어김없이 문밖에 앉아 야옹야옹하며 빨리 고기 구울 것을 재촉합니다. 손님에게 그러면 안 된다고 야단치는 나에게 달려와 꼬리를 세우고 얼굴을 비비며 말릴 걸 말리라며 난리를 칩니다. 참으로 기가 막힌 개 고양이 놈입니다. 고양잇과가 아니라 전생이 아마 갯과였을 겁니다. 유기견들이 임시거처로 자주 애용하던 달마네 집입니다. 유기 묘든, 도둑고양이든 그게 뭐 중요하겠습니까?

유기견 들도 자주 이용했었는데 유기 묘 한 마리가 이용 좀 했기로 서너 닳을 일도 없고 유기견 들이 '유기견 휴식권 사수! 유기 묘 물러가라!' 데모할 일도 없습니다.

사람과 사람만이 얽히며 설키며 살아갈 일은 아닙니다. 더불어 살아가는 삶에 사람과 동물과 자연이 따지고 묻지 않으며 얽히며 설키며 살아가는 것도 삶의 지혜입니다. 인간만이 가질 수 있는 넉넉함이 있고 인간만이 감사하며 겸손할 줄 아는 짐승과 다른 울림이 있습니다.

오늘 아침 야옹이가 모습을 보이지 않아 걱정인 달마입니다. 어느 날 갑자기 우리 집 가족의 일원이 되어버린 고양이 개 놈 근데 요놈 이름을 뭐로 지어줘야 하는지?

- 별걱정 달마 -

10

박근혜와 최순실

정말 화나는 일이다. 꽃 중년 갱년기 때 이른 치매를 자주 의심 할 때도 그랬고 지금도 그렇다. 내용은 다른데 화나기는 마찬가지라는 것이다. 왜? 나는 이 두 사람으로 인하여 분이 끓어오르는가. 화가 곰삭지 않는가. 도대체 그들이 누구이기에 매일 분노하고 잠 못 이루며 우울해지고 건강했던 내 생활 리듬이 꼬여버리고 말았는가. 나는 왜 매일 TV 종편, 인터넷에서 눈을 떼지 못하며 시간만 되면 리모컨을 집어 드는가. 그리고는 중독자가 알코올을 찾듯 채널을 이 두 사람에 맞추며 몽유병 환자처럼 리모컨을 더듬고 있는 것인가.

농한기라는 겨울이 깊어가고 있다. 현대를 살아가는 농부는 겨울이라고 한가하지 않다 게으른 농부가 아니라면 겨울이 더 바쁘다.

시골의 겨우살이는 하지 않으면 일이 없고 하려 하면 일이 끝없는 곳이 시골이다. 나무를 하고 도끼질하며 퇴비를 밭에 내고 이듬해 치 비료를 뿌리고 과수에 전지작업 하고 낙엽을 긁어모으고 태우는 허드렛일까지 바쁜 일상에 함몰(陷沒)되어 있어야 한다.

멀리 서울 광화문에서 들려오는 촛불의 함성쯤이야 먼 나라 이야기다. 나와는 아무런 상관이 없다며 마냥 바쁘게 종종거려야 겨울을 날 수 있다. 그 두 사람이 쌍으로 대한민국을 농단했고 그들의 부역자(附逆者)가 집단으로 그들만의 밀실 무도회 파티를 즐겼다고 해도, 한민족 5000년 역사 이래 두 번 다시 없을 해괴한 사건이 터졌다고 해도, 고려 말 요승 신돈을 떠올리고 제정 러시아 말기 괴승 라스푸틴을 떠올린다고 해도, 그래도 우리는 차마 아니라며 도리질 쳐도 이 분노의 근본은 도무지 사그라질 기미가 보이지 않는다.

'이게 나라냐'라고 쓰인 광화문 피켓을 바라보며 뜻 모를 분노는 우리 모두에게 물밀 듯한데 국가를 경영하는 방식이 너무나도 상식에서 벗어나 있기 때문인가, 도무지 상황판단이 안 된다. 멀거나 가까운 친인척도 아니지만 40여 년 피보다 진한 물이라는 이야기도 헷갈리고, 성도 이름도 분명치 않고 중(僧)인지 목사 예언자인지도 모르고 이제는 존재치도 않는 최 모 씨 이야기도 미스터리 하고 그 족속들과 벌여온 지난 40여 년 세월은 이제 세상에 희화화(戱畵化)되기에도 지쳐 후세 수 많은 작가에게 무한한 상상력을 제공해 세기의 명작들로 다시 태어날 조짐이다.

더럽고, 추하고 사악하며, 미스터리 하고, 기적 같은 이 두 여자의 관계로 인한 합리적 의심은 이제 무서운 상상을 넘어 현실로 한 발짝씩 우리들 곁으로 드라마틱하게 다가오고 있다. 실시간으로 예고, 중계해 주고 있는 중독성 강한 추리소설 드라마 같은 이 현실에 미디어에서 눈을 떼지 못하고 있는 내 모습이 황당하고 노여운 것이다.

허접하여 어여쁠 수밖에 없는 불쌍한 백성들은 똑똑하지 못해 억울하고, 돈이 없어 분하고, 그 잘난 학연이나 지연을 갖지 못해 체념하고, 그래서 또 허무한 하루 치 삶의 쳇바퀴를 굴린다.

그렇게 똑똑지 못해가진 것 없는 민초 백성들이 광화문 한자리에 모여 매일 밤 촛불을 밝힌다. 아니, 토요일 밤에만 횃불 같은 촛불을 든다. 낮은 부지런한 일개미처럼 살아야 하고 주5일은 주 6일처럼 종종거려야 살 수 있을 터이니 법 테두리 안에서 톱니바퀴 부속품처럼, 속절없이 살다가 토요일 밤 횃불 같은 촛불을 들고 위선적 위정자(爲政者)들을 향해 거대한 촛불파도를 타며 군대개미처럼 행진한다.

그러나 갈등도 폭력도 무질서도 없이 법이 정해준 테두리 안에서 속절없는 메아리 같은 함성을 우레와 같이 토해낸다. 위정자들에게는 서늘한 간담(肝膽)을 그 부역자들에게는 두려운 공포심을 쌈짓돈처럼 꼬깃꼬깃 넣어준다.

정작 가냘프고 바람 불면 언제 꺼질지 모를 우리 백성들은 위태로운 촛불 하나 들고 성냥팔이 소녀처럼 마지막 성냥불을 밝혀 언 손을 녹이려 한다. 아직은 희망을 버릴 수 없는, 아직은 소망을 놓을 수 없는, 가여운 백성들의 국가와 민족에 대한 긍지와 사랑 어린 자부심이, 폐부 속 못다 핀 장미꽃 한 송이처럼 피어난다. 감동 같은 위안을 받는다.

그래! 원래 이런 모습이 우리 민족의 참모습이다. 언제 위정자들이 민족과 나라를 사랑하여 외세로부터 백성들과 이 강토(江土)를 지켜 왔던가. 우리 민족은 언제나 자신을 한 몸 불사르며 온몸으로 던져 이 나라를 위기 속에서 지켜오지 않았던가.

역사에서 분노를 배우고 역사에서 희망을 더듬자. 멀리 갈 것도 없이 7년 전쟁 임진왜란 정유재란 때도 그랬고, 조선 후기 동학혁명 때도 그랬으며, 일제 강점기 3·1 운동 때도 그랬다. 비록 계층 간 계급 간, 빼앗으려는 자와 빼앗기지 않으려는 자와의 피비린내 나는 상쟁(相爭)이 인류사라고는 하나, 이분법적 판단을 유보하더라도, 분노와 좌절만을 곱씹고 희망과 미래를 이야기하지 않을 수 없다.

분노는 희망을 잉태하여야만 분노할 가치가 있는 것이다. 그래야만 매서운 칼바람을 몸으로 저항하며 광장에 서 있을 가치가 있는 것이다. 탄핵(彈劾)이란 참으로 슬픈 일이다. 왕조시대라면 국상일(國喪日)과 다름 없는 슬픈 일이다. 고종황제의 인산일(因山日)을 앞두고 온 백성이 모여 일제에 저항한 것이 3·1 운동이였다. 국주(國主)가 승하(昇遐)한 슬픔을, 나를 팔아먹고 호의호식한 그 부역자들에 대해 노여움을, 제국주의자 들을 향한 분노를, 국상일 슬픈 날을 맞이하여 역동적으로 폭발시켰던 것이, 가진 것 없는 민초(民草)들이었다. 외세에 대한 이 민족적 저항 정신이 우리 민족의 자부심이자 긍지였다.

그런데 세상이 바뀌어 이제 국주를 탄핵하는 일에 온 국민이 기뻐하고 30년 전 6·29 선언이 있었을 때처럼, "오늘은 기쁜 날 커피 무한 공짜!" 같은 일이 광화문에서 재현되고 있다. 슬퍼해야 할 일이 기뻐해야 할 일로 다가오니 혼란스럽고 두렵고 또 못 견디게 화가 나는 것이다.

참으로 아이러니한 역사를 오늘날 목도(目睹)한다. 그러나 병신년 세밑에 사자성어(四字成語)가 송박영신(送朴迎新), 송화영태(送火迎太)라는 희화화된 사자성어를 접하는 우리는 슬프다.

진정 껍데기는 가라! 정녕 껍데기들은 가라! 정유년(丁酉年)을 노려보는 눈 '이게 진짜 나라냐' 송구영신(送舊迎新)하고 싶다.

　　　　　　　　－ 병신년(丙申年) 말(末) 울화 병(病) 다스리는 달마 －

산촌의 오후 _oil on canvas

11

농부 소리가 듣고 싶다

더 늦기 전 농부 소리가 듣고 싶다. 더 늦어진다면 농부가 아니라 놀부가 될 것이다. 은퇴한 퇴직자가 건강을 위해 산을 오르듯 놀기 삼아 채소밭 가꾸는 일이라면, 틈틈이 시간을 농사로 소일 삼는 놀부인 것이다. 저 한 몸 건강에만 관심이 있는 낙향 귀거래(歸去來)한 강남처사(江南處士)를 누구도 농부라 부르지 않는다.

아직은 환갑도 지나지 않은, 할 일 많은 늘 꽃다운 약관(弱冠)이란 생각이다. 한참을 일하고도 남을 시간 위에 평생 인생 5모작을 꿈꿔 오다 이제 막 3모작쯤 마쳤다고 스스로 기고만장해왔다.

하물며 또다시 한 번 나래를 펼치려는 꿈 많은 청춘에게, 농사가 아무나 지을 수 있는 것인 줄 아느냐 농사지을 땅이라도 있기는 하냐. 나이를 생각하라 이건 예의가 아니다. 걱정을 해주는 것이 아니라, 언감생심(焉敢生心) 저 못하는 일에 도전하려는 모습이 가당찮고 배 아픈 것이다.

전업 농부 소리가 듣고 싶다는 달마의 유년시절엔 만단정회(萬端情懷)가 있다. 빈농에 태어나 대를 이어 물려 지는 천직(天職)이 농부들을 주변에서 수없이 보며 겪으며 성장하였다. 농자가 천하지 대본(農者 天下之大本)이라 하였던가? 머슴 두고 농사 짖는 배부른 귀족 양반에게는 농지천하지 대본(農地 天下之 大本)이 맞다. 동서고금을 통틀어 토지는 부의 원천이었다.

그들의 눈에 토지란 많으면 많을수록 좋은 다다익선(多多益善)이었다. 땅이 많아야 더 많은 땅을 살 수 있다. 땅이 많다는 것은 영원히 마르지 않는 화수분(河水盆)을 가진 것과 같다. 토지란 정말 묘한 것이다. 죽어서 흙으로 돌아갈 인생이 정녕 소유하지 못할 흙을 소유하고자 하니 참으로 아이러니다. 땅이란 직업을 불문하고 인간 누구나 소유하고 싶은 그래서 화수분인 것이다.

화가가 캔버스에 그림을 그려 자신을 표현하고 남기듯 농부가 되어 대지에 그림 그리는 삶을 살다 귀천(歸天)하고 싶다. 지난 시절 농업이란 죽지 못해 짓거나, 배운 것이 없어 지을 수밖에 없었던 그야말로 선택을 압류당한 막장직업이었다. 이 직업에 종사한 농부들은 안다. 이 직업이 가져다주는 노동의 강도와 돌아올 대가의 상관관계가 비례하지 않음을, 오늘의 농업은 세월의 빠른 변화처럼 변화의 속도가 현기증 난다.

정부가 주도하는 농업 6차 산업이란 비전속에 강소농업 육성정책에 보조를 맞추어야 한다. 그래야만 정부가 제공해주는 각종 당근을 받을 수 있는데, 그 당근에는 당근 채찍이 따르기 마련이다.

1차 농산물인 생산에서부터 가공, 유통, 체험, 숙박, 투어, 레저 등등을 패키지로 묶어 판매하여야 한다. 이름하여 6차 산업이라 한다. 가히 강소농민으로 살아남으려면 마징가 람보형 슈퍼 농민으로 재탄생해야 한다.

두뇌도 따르고 체력 뒷받침할 노동력도 따라야 하고, 가공기술도 습득해야 하고 IT를 접목한 홍보 마케팅 전략도 세우며, 지역 문화 관광 자원과 연계도 필요하고 필요하다면 골프나 스키도 치고 타야 한다. 왜냐하면? 비즈니스이니까!

농민이 농사만 잘 지으면 되는 시절은 지나도 한참 지난 추억일 뿐이다. 아니 한때는 농민은 농사만 잘 지으면 된다고 믿었다. 지구촌의 이해관계가 빠르게 변하고 국가의 정책이 그에 따라 수시로 변하고 문화가 앞서서 변하니 이제 농민도 스스로 변하지 않으면 살아남을 수 없는 환경이 되어버렸다.

좁디좁은 땅덩이에서 뱁새가 황새를 따라잡기 위해 가랑이를 찢어야 할 환경인 것이다. 그렇지만 달마는 그렇게 전업 농부의 삶을 위해 무지막지 치열하게 농사지으며 살고 싶지는 않다.

유목민을 거쳐 수 천 년 농경사회를 살며 이 땅에 정착했던 농부를 조상으로 둔 말학후농(末學後農) 그들의 삶과 지혜와 철학을 이해하고 4분의 4박자로 따르고 싶을 뿐이다. 단지 그뿐이다.

디지털 유목민(digital nomad 族)이 아니라 아날로그 형 정착민(Analog settler)으로 살고 싶은 것이다. 오늘도 들 앞 새 영 강(永 江) 줄기는 고즈넉하다.

– 부양 접은 달마 생각 –

12

촛불과 태극기

이 두 단어의 연관성에 관한 사전적 의미는 현재 없다. 그냥 양초에 밝힌 작은 불과 나라를 상징하는 국기일 뿐이다. 그런데 앞으로는 사전적 의미로 등록될지도 모르겠다. 오늘날 대한민국을 들끓게 하는 전대미문의 대한민국 대통령 탄핵소추 현실에서 탄핵을 찬성하는 쪽과 반대하는 진영 간 집회의 상징이 되어 버렸다.

이렇게 온 나라 국민들이 양 진영으로 나뉘어 죽기 살기 식 대립과 갈등을 표출하고 있으니, 후대에 촛불과 태극기는 역사의 사전적 의미로 등록되지 않겠는가. 참으로 이해가 불가하다. 아무런 연관성도 없어 보이는 이 두 단어가 깊은 연관성을 가지고 있다?

촛불은 십여 년 전 미군 장갑차에 희생당한 효선, 미선 양을 추모하는 모임에서 처음 들려져 평화집회의 상징으로 발전하였고, 태극기는 구한말 일본을 방문하는 수신사 박영효가 배 위에서 대한제국을 상징하는 팔괘 문양의 깃발을 그린 것이 그 시초라고 알고 있으며, 그 후 대한민국을 상징하는 국기로 채택되었다.

일견 태극기는 국가와 국민의 위엄과 권위, 존엄 그리고 애국심 상징이다. 그래서 우리 국민은 국가적 애경사에 상처받거나 감동 받을 때, 태극기를 들고 몸과 마음이 하나 되어 동질성을 회복한다. 우리의 태극기가 서슬 푸른 압제자, 독재한 권력자의 상징은 더더욱 아니다.

근본 태극기를 시위용품으로 사용하기에는 개인적으로 불편하다는 생각이다. 외세에 저항하던 3·1 운동과 6.10만 세 운동도 아닌데 말이다. 좌우든 보수와 진보든 다 견해와 생각이 다를 뿐 모두 대한민국 국민으로서 존중받아야 한다. 태극기란 진영의 전유물이 아닌 그보다는 훨씬 더 국가의 민족적 상위개념이란 이야기다.

반면 촛불은 그냥 바람 불면 꺼질 수밖에 없는 존재로 가냘프고 연약한즉슨 사회적 약자 나아가서는 국가의 구성원 국민 개개인의 상징이라 볼 수 있다. 이쯤에서 참으로 이해 불가한 의심이 구름처럼 밀려온다.

태극기, 자랑과 권위와 존엄. 애국심의 상징이고 촛불은 작고 연약한, 밀알 같은 애처로움의 상징 태극기는 국가의 권력처럼 크고 위대하며 애국의 상징이니 태극기가 한번 휘둘려 지면 촛불은 작고 힘없어 함부로 다루어지다가 소리 없이 꺼져버릴 것이다.(?)

그래서 검사 출신 한 국회의원은 "촛불은 바람 불면 꺼진다."라는 명언을 남겼고 그분 친정(검찰)에서는 모 비서관의 녹취록을 다 틀면 "촛불이 횃불 된다." 는 더 큰 명언을 남겼다.

촛불을 꺼뜨릴 수 있는 것도 태극기이고 태극기를 태울 수 있는 것도 작은 촛불에서 시작된다. 그래서 불이란 위험한 것이다. 어쩌면 이런 불 관리를 잘해야 하는 것이 진정 태극기의 몫일 것이다.

양대 진영의 상징이 되어버린 태극기와 촛불 그 양대 진영이 보수와 진보를 상징한다고 단언키도 어렵다. 촛불은 방어적이고 비폭력적 평화적으로 진행되어 세계적인 민주주의 시위문화의 귀감이 되었지만, '이석기 석방' '미군철수' '사회주의 구현' 등 국민 정서와 여론에 반하는 구호와 팻말을 들었고 태극기는 혼란에 빠진 국가적 위기를 극복하자며 등장하였으나 이 갈등과 아무런 연관이 없는 대형 미국 성조기가 등장하고 '할복' '계엄령 선포' '손모, 박모, 특검을 때려잡자!' 등 상식을 반하는 폭력성으로 우려를 낳았다.

결론은 우리 국가와 사회가 현재 박근혜 현 대통령을 탄핵하는 것이 옳은지? 탄핵을 반대하는 것이 옳은지? 를 판단하기가 국민들은 혼란스러우니 법치 국가인 대한민국 헌법 재판소가 명확하게 판단해 달라는 것이다.

국가와 민족을 사랑하는 방법이 촛불 식 일 수도 있고 태극기 식일 수도 있다. 첨예한 생각과 의견의 차이가 대중 속에는 상존한다. 그것이 대중 민주주의의 본질이다. 내 생각이 남과 다름과 차이가 있음을 인정하고 그럼에도 불구하고 우리는 더불어 사회와 국가의 구성원을 이루며 공생하고 있다.

갈등과 대립의 끝은 분열이 아니고 화해에 있으며 결론에 따르는 승복이 반드시 뒤따라야 한다. 그것이 성숙한 민주주의의 페어플레이 정신이다. 과연 촛불과 태극기, 양 진영의 대립은 누가 최후의 승자가 될까?

정답은 상식이 승리할 것이다. 법보다 상식이니 말이다. 법보다 상식이 도도하게 흐르는 사회가 건강한 사회이니 말이다.

– 토굴 속 달마 생각 –

13

찡구 2

찡구는 우리 집 강아지 이름이라고 하였습니다. 우리 집에 보금자리를 틀었던 개들은 암수 불문 같은 이름으로 불렸습니다. 바로 '찡구'라는 이름이지요. 개 이름을 작명소에서 지을 수 없는 노릇 부르기 편하고 기억하기 편하면 그만이지요.

달마의 시골살이가 15년 차를 지나고 있습니다. 세월은 무심히 나는 살처럼 빠르게 지나갔지요. 아이들 감성 충전도 할 겸 시골살이를 결행하였는데, 그 아이들은 감성 충전 끝낸 성인이 되어 떠나버렸고 제 머리는 감성 충만한 무서리가 내려앉아 백발 성성이 되었습니다. 저런!

우리 집에 여행 온 꼬맹이들은 이제 나를 보고 더이상 '아찌! 아찌!' 하며 부르지 않습니다. 언제부턴가 '하아부찌! 하아~부~찌!' 하며 부른답니다. ㅠ.ㅠ

나는 여태껏 아이들을 키우며 아이들에게 시골살이를 반려할 동물을 사 준 적이 없었습니다. 동네 곳곳에 득실거리는 게(犬) 유기견입니다. 개 중에는 멋지게 생긴 유기견도 많습니다. 그런 정서 동물인 개 때로는 고양이를 키울 기회를 아이들에게 나는 무한 제공해 주었다 할 것입니다.

덕분에 아이들은 정서가 충만한 감성 인으로 성장하였지요. 자동차

면허가 있어도 '뚜벅이'로 삽니다. 언제 밑에 깔려 죽을지 모를 하위생명체 등속을 긍휼히 여기나 봅니다. 역시 달마의 아들입니다. 쯧!

그런데 이번에 새로이 입양한 유기견 '찡구' 이놈은 확실하게 다른 놈입니다. 발발이에 시츄 종 검정색 암놈인데 몇 주 전 아침 비교적 비루먹은 허접스러운 몰골로 우리 집 잔디밭을 기웃거리고 있었습니다.

놈을 처음 만나던 날 나야 뭐 드라이 하게 대뜸 "찡구야 이리 와!" 하였지요. 냉큼 꼬리를 흔들며 달려오더니 납작 엎드려 꼬리로 잔디밭을 씁니다. '어쭈 이놈 봐라? 지놈 이름이 찡구 일지도 모른다는 판단을 순간 동물적으로 하였다? 그렇다면 내 시골살이 최초 명 유기견 한 마리를 얻을 수도 있겠다.'라는 생각이 뇌리를 스쳤습니다.

어디 보자, 머리를 쓰다듬어 주었더니 곧바로 발라당 뒤집어 배를 보입니다. 복종의 표시이지요. 얼른 번쩍 들고 전에 살다 사라진 유기견 찡구 집 앞에 내려놓고 목줄을 채워주고 급하게 읍내 가서 개 사료를 한 포 사옵니다. 앞으로 달마 최초로 명견을 기르게 될지도 모를 일인데 서둘러야 합니다. 얼마를 굶었는지 허겁지겁 씹지도 않고 흡입합니다. 불쌍한 놈! 누가 버렸는지 모르지만, 벼락 맞을 겁니다.

울 마눌은 개를 엄청나게 싫어합니다. 유기견만을 유별 좋아하는 신랑 고집 때문에 수많은 유기견을 입양하여 키워봤지만 신통한 놈이 별로 없었거든요. 사료만 축내는 놈들이었지요. 거리에서 풍찬노숙하던 유기견 들이 우리 집을 발견하면 거의 이유 불문 찾아옵니다.

이 집 쥔이라면 동냥은 못 얻어도 쪽박을 깨지는 않을 것이라는 직감을 동물적으로 합니다. 나 또한 버선발로 뛰어가 맞은 적은 없었지만 그렇다고 몽둥이 들고 맞은 적도 없었습니다.

우리 집 찾아온 유기견에게는 두 가지 선택이 기다리고 있습니다. 유리걸식에 풍찬노숙이었지만 종전의 무한했던 자유와 '목줄이라는 구속은 있으나, 안락한 숙소가 딸린 침식의 보장' 중 선택 하여야 합니다.

놈들은 대부분 후자를 선택하는 교활함을 보이는데 그렇다고 이 달마 또한 만만하게 볼 상대는 아니지요. 놈들에게는 앞으로 달마 집 근위견의 의무가 기다리고 있습니다. 그렇게 시작된 계약관계를 가지고 놈들과 합숙 동거에 들어갑니다. 그런데 이 계약관계를 파기하는 쪽은 항상 찡구 놈 쪽이었습니다.

우리 집이 펜션인 관계로 여행객을 상대로 짖어서는 안 됩니다. 그래서 목줄은 필수입니다. 개를 싫어하는 사람 무서워하는 아이들도 많으니까요. 이 과업은 개 입장에선 좀 난해합니다. 선택적 경계경보 발령이란 참 풀기 어려운 숙제입니다. 쉽게 말해 '사람 봐가며 짖어라!'인데 ㅠ.ㅠ

이 문제는 목줄이라는 안전장치로 적당히 해결합니다. 또 배변과 방뇨의 가림 능력이 필요합니다. 묶여있을 때와 해방되어 있을 때를 구별하여야 합니다. 묶여 있을 때는 선택의 여지가 없으니 달마가 약간의 수고로움으로 해결해 줄 수 있습니다.

문제는 해방되어 있을 때인데 달마는 정원을 더럽히는 행위를 절대 용납할 수 없습니다. 정원은 지놈의 전용 놀이터와 배변의 장소가 아닙니다. 여행객들의 휴식공간입니다. 이 문제를 해결할 줄 아는 개는 여태껏 단 한 마리도 없었습니다.

우리 집 주변에는 유기견뿐만 아니라 야생 들고양이로 전락한 유기 묘의 후손들도 지천으로 살고 있습니다. 이들은 여행객들이 바비큐를 시작할 무렵이 되면 슬금슬금 때로 출몰합니다. 여행객들이 던져주는 삼겹살 구이 몇 점에 입맛이 길들여진 놈들입니다. 한번에 10여 마리씩 나타나서 야생 고양이인 줄 모르고 예쁘다며 쓰다듬어 주려는 여행객의 손등을 할퀴기도 하고 흙발로 온 탁자 위를 돌아다니며 고기를 물어가는 등 피해가 막심합니다.

이들을 구제해야 할 임무가 찡구에게 주어져 있습니다. 이 문제들을 담박 해결해 준 개가 지금 나타난 찡구입니다. 울 마눌과 나는 요즈음 찡구 사랑에 푹 빠져 있습니다. 아이들이 다 장성하고 떠나버려 '빈 둥지 증후군'을 심하게 앓고 있었습니다.

어느 날 나타난 찡구 놈이 명견의 모습을 하고 그 빈 둥지를 찾아왔습니다. 평소 개를 좋아하지 않던 울 마눌도 요즈음은 찡구만 보면 미소 짓고 어느 날 갑자기 사라질세라 자나 깨나 찡구만 걱정합니다. 심지어는 안아주기까지 합니다. 고무장갑 끼고! 헐~!

놈은 목욕도 엄청나게 좋아합니다. 놈의 목욕 재개도 당근 우리 부부 공동의 몫입니다. 찡구는 나의 원칙인 '불구속 자유와 구속적 침식 제공'이란 공식을 단박에 깨뜨렸습니다. 찡구에게는 목줄이 필요 없습니다. 여행객을 겁박하거나 짖지 않습니다. 알아서 근무지로 출퇴근합니다. 근무지에서 할 일은 야생 들고양이들의 동태 파악입니다.

찡구가 근무를 시작한 이래로 우리 집에는 야생 들고양이가 종적을 감추었습니다. 아니 아예 우리 동네에서 사라졌습니다. 놈이 마을 전체를 제 관할구역으로 선포하였나 봅니다.

대소변도 알아서 해결합니다. 나는 찡구가 정원 잔디밭에서 대소변

해결하는 모습을 본 적이 없습니다. 내 허락 없이 나의 주거를 침입하거나 신발을 물어뜯고 빨래를 훼손하는 일이 없습니다. 근무를 마치고 제집으로 귀가하면 동이 틀 때까지 귀여운 모습으로 새근새근 잘도 잡니다. 아침 근무가 시작되면 고양이들에게는 사자와 같은 위엄을 보입니다. 식사도 사료를 주로 먹지만 제가 특식으로 식빵과 캔 참치도 제공해 줍니다.

이 정도 명견이라면 개 키울 만합니다. 오늘도 우리 부부는 찡구를 물고 빱니다. 애고고~~! 눈에 넣어도 안 아플 요 귀여운 것! 왜 이제 나타나쪄~!! ^^

– 찡구 사랑에 빠진 달마 부부 –

– 사자를 닮은 찡구 근영 –

이곳에서 호시탐탐 우리 집을 노리는 들고양이를 감시합니다.

"에고 무서버라" – 들고양이들 –

14

어느 날 갑자기 2

어느 날 갑자기 나는 삶을 송두리째 바꾸어야 하는 심각한 상황에 직면하게 되었다. 상황이 몹시 심각하다는 사실을 인지하였을 때, 내 나이는 58세 쉰여덟이었다. 남은 생의 형편이 여드레 묵은 쉰밥쯤이다.

그런데 병실 내 침상에는 'OS M55 신상현'라는 인식표가 붙어있었다. 그때야 내 나이가 생명을 다루는 병원 나이 55세인 것을 처음 알았다. 기분 좋았다. 3년의 덤이 생겼으니, 천만다행이었다. 3이란 숫자가 왠지 행운을 가져다줄 것 같다.

그러나 달리 상황은 좋지 않았다. '대장암 3기 절제 수술 후 항암치료 6개월 앞으로 5년간 요주의 관찰 추적 치료 대상' 병실 명찰에 이렇게까지 세세하게 표기되어 있지는 않았으나 공짜로 번 3년이 한방에 날아가 버린 천만 불행의 상황이었다. 저런!

경황 중 아무런 마음의 준비 없이 개복 절제 수술을 하였고 현재 항암 3개월 차 치료를 지나고 있다. 항암치료는 그냥 하는 것이 아니다. 극심한 부작용과 고통을 수반 하는데 그동안 수행 법력(?)으로 그냥저냥 버티며 잘 지내고 있다. 완치판정 졸업장을 받으려면 앞으로 약 5년이라는 기나긴 시간 투병생활이 기다리고 있다. 나는 원래 싸움을 좋아하지 않는다. 투병이라니 왠지 전투적인 용어가 마뜩잖다.

그냥 암세포와 더불어 싸우지 않고 친구 하면서 한 5년 친하게 지내 볼 요량이다. 그들도 내가 죽는 것을 원치 않을 것이다. 내가 살아야 저들도 산다. 나를 대적할 아무런 이유가 없다는 사실을 저들도 알아야 하는데, 그들은 나의 생존에 별 무관심한 듯하여 안타깝기 그지없다. 여하튼 나는 병원 의사의 처방을 바이블(bible)로 받아들여 100% 지시에 순종하며 투병생활을 이어가고 있다. 희대의 풍운아 청개구리 달마는 이미 간곳없다.

　의사의 처방 혹은 간호사의 간호지시에 행동반경이 입력된 로봇처럼 기계적 움직이고 있는 모습에, 스스로 아연 실소 한다.
　평소 삶에 초연한 듯, 별 무관심하듯 하던 달마가 '당신 대장암 3기요'하는 의사의 선고에 공중부양을 멈추고 헐레벌떡 지상으로 내려온 것이다. 역시 이상은 멀고 현실은 가까웠다. 인간의 한계는 곧 달마의 한계였다. 고고한 척 무게 잡아 봤자 겨우 요기 까지다.

　한때 암이란 병은 개인과 가정을 나락으로 떨어뜨리는 불귀객으로 사람들은 두려워하였다. 암환자를 둔 집안은 치료비를 감당 못 해, 경제적으로 파산하였고 결국 암환자도 고생 고생 끝에 죽음을 피하지 못하였다. 그러던 세월이 많이 지난 요즈음 치료가 어려운 말기 진행형만 아니라면 암이란 감기나 몸살처럼 평소 생활 질환처럼 관리형 질환으로 매우 가벼워졌다. 즉 달마의 생존율도 높아졌다는 이야기다.

　삼 년 고개에서 한번 넘어지면 삼 년밖에 살지 못한다는 '삼천갑자 동방삭'이 삼 년 고개에서 한번 넘어진 셈이다. 동방삭은 삼 년 고개에서 수없이 넘어지는 다소 단순 무식한 방법으로 수명을 삼천 년으로 늘렸다. 이 고개만 잘 넘으면 달마도 '백세시대'에 성큼 다가갈 것이다.

그러나 정말 큰일거리다. 지금도 주변의 상대적 젊은것들이 은근 뒷방 늙은이 취급을 하는데 백세시대는 축복이 아니라 재앙이다. 생각만 하여도 끔찍하다. 나는 백세시대를 즐길 만큼 준비가 되어있지 않다. 그런데 준비가 시급한 상황이 도래한 것이다. 나는 분명 의사의 지시와 처방을 순한 양처럼 잘 따를 것이고 앞으로 5년 뒤 암의 완치 판정을 받아낼 것이다. 그러면 불문곡직(不問曲直) 달마는 백세시대에 동참하게 된다.

삼천갑자 동방삭이 삼 천 년을 살게 된 연유를 우리는 잘 안다. 삼 년 고개에서 일부러 넘어져 삼 천 년을 번 것이다. 그러나 그 후 동방삭의 삶은 소개되어 있지 않다. 삼 천 년 비루빡('벽'의 경상도 사투리)에 환칠(그림 칠)할 정도로 오래 살았다는 동방삭이 대체 무슨 일로 삼 천 년을 소일하며 살았는지 궁금하기 그지없다. 그러나 너무 많이 알려 하면 다치는 수? 있으니 그저 장수가 소원이었던 선조들의 소원이 담긴 전설이겠거니 하고 말겠다.

지금은 장수가 소원인 시대가 아니다. 장수도 좋지만 '삶의 품질'이 최고의 가치다. 생명의 연장은 축복이 아니라 고통이기 때문이다. 치료가 끝날 달마는 앞으로 얼추 40~50년 삶을 준비하여야 할 것이다. 참으로 피곤한 일이다. 지나온 오십 여년의 삶도 악전고투였는데, 앞으로 살아야 할 오십 여년을 임전무퇴 다시 또 무장해서 살아야 한다니 상상조차 싫다. 병실의 달마는 현재 고민에 빠져있다. 치료 후에 어떤 삶을 새로이 준비해야 하느냐 하는 난제를 풀어야 하기 때문이다. 어느 날 갑자기 말이다.

– 병실 달마 –

15

Me Too 그리고 To Me

2018년 3월 우리 사회는 어느 날 갑자기 Me Too 바람이 조금씩 불어오더니 지금은 미풍이 아니라 매머드급 태풍으로 성장하여 온통 우리 사회 구석구석 광풍으로 휘몰아치고 있다. 인기몰이에 목숨을 거는 연예인의 선풍적 인기 신드롬이 아니라 사회 각층에서 인기 정상을 구가하던 지도자급 들이 광풍 속에 추풍낙엽처럼 우수수 나가떨어지고 있는 것이다. 그들의 가면이 벗겨지고 양의 탈을 쓴 두 얼굴이 드러난 것이다.

지금까지 우리 사회는 마치 내부의 잘못된 시스템을 고발하고 양심선언을 한 용기 있는 양심 약자들을 보호해 주기는커녕, 조직의 치부 또는 오랜 관행 또는 잘못된 문화를 치료하기는커녕, 조직의 위계를 흐리는 내부고발자로 낙인찍어 도리어 손가락질과 보이지 않는 차별과 스멀스멀한 따돌림 냉소적 역차별로 되갚았다. 이런 이율 배반이 우리 사회에 보이지 않는 규율처럼 존재했었다.

지난 가치이지만 아름답고 보듬어야 할 우리들의 소중한 자산이라고 생각하는 사람의 집단을 보수라 하고, 아직은 가보지 않았지만, 당연히 우리 사회가 모험을 해서라도 이루어야 할 미래적 가치를 지향하는 사람의 집단을 진보라 하였다. 그러나 보수와 진보를 싸잡아 가치를 지키거나 지향하기는커녕 헌신짝 팽개치듯 하는 것이 우리네 지도자들의 민낯 생얼굴이다.

서로 양편으로 갈라서서 집단 이전투구를 하며 내로남불(로맨스와 불륜)타령이나 하고 있는 것이 오늘의 지도자들 양면성이다. 들불처럼 번진 Me Too 운동에서도 예외가 아니다. 보수와 진보를 따질 것도 없이 국민들의 눈에 똑같은 놈들로 보이는 자들이 위기를 맞아 좌충우돌하고 있는 것이다. 상호 암묵적 합의가 있는 관계였지 폭력은 아니다 라며 개가 웃을 변명 아닌 변명을 주절거린다.

지금 우리 사회가 용광로를 끓어 넘쳐 들불처럼 번져가고 있는 이 Me Too 운동은 본질적으로 동의할 수밖에 없는 차별 없는 세상을 꿈꾸는 민중들의 자각적 의식들이 균형을 찾아가는 도도한 흐름일 것이다. 차별에 성별이 있을 수 없다. 여성을 차별해 왔다는 것은 생물학적 권력의 독점과 이에 따른 불공정한 갑질의 한 행태이다. 그것이 어쩔 수 없이 행해져 왔던 남성과 여성으로, 창조 또는 진화되어 왔었던 생물학적 갑질이었다고 항변하더라도 현실을 살아가는 거대한 시대적 조류를 거스를 수는 없다. 쉽게 이야기해서 과거에 당연시되어왔던 남성 권력의 비이성적 반 상식적 행태가 오늘날 정당화될 수 있는 현실이 아니라는 것이다.

남성이란 근본 상대적 힘센 권력이다. 거기에다 사회적 경제적 지위라는 권력이 더해지면 남성이란 인간은 분별력을 잃어버리기 쉽다. 본시

312

돈과 권력은 불가분 수평적 힘의 정점에 같이 존재한다. 돈이면 안 되는 일이 없고 권력이 곧 돈이 되는 불가분의 상호 역학관계를 가진다. 이렇게 자각과 이성을 상실한 권력의 민낯이 오늘날 만천하에 드러난 것이다. 어제는 문화계, 오늘은 예술계, 내일은 정치계 또 모래는 어디로 튈지 모르는 벌거벗은 임금님들의 행진 모습을 보게 되는 것이다.

참으로 딱하디 딱하다.
서로 암묵적 상호합의에 의한 남녀 바람도 사회통념에 벗어나면 지탄의 대상이 되고 법의 단죄를 받는 것이 세상살이거늘 현재 Me Too의 본질은 일방적으로 휘두른 권력으로 생긴 상처이다. 이들은 지금도 본인들은 억울하고 과거 우리 사회 권력자 누구도 그러했다며, 단지 억세게 재수 없어 걸려든 나만, 아니 우리 몇몇만 원통하다 할 것이다.

그들은 모두 우리 사회 알만한 권력자들이다. 그중에는 스스로 도덕성을 생명으로 한다고 자처하는 진보적 종교인, 예술인, 지식인, 정치인들도 많다.
도덕성은 참으로 귀하디귀한 가치라, 금고 속에 꼭꼭 숨겨두고 알몸으로 뛰쳐 나온 가엽고 딱하디 딱한 임금님들이시다. 제왕적 군주가 아니라 계몽 군주를 흉내 낸 독재자들인 것이다.

도덕이란 것이 얼마나 종교적이며 금욕적이며 실천적 가치 인지를 그들은 몰랐을까? 그들의 삶에는 지식만 있고 지성은 없었을까? 지식과 지성은 단순 별개의 가치일까? 앎은 각성을 수반하고 실천이 뒤따른다고 생각하는데 그것은 단지 곰팡이 냄새나는 박물관 교과서적 상식일 뿐일까?

많은 의문이 꼬리를 물고 구름처럼 일어나나 이 문제를 해결하고자 머리를 깎거나 또 다른 토굴을 파고 싶은 생각은 없다. 어렵게 산다고 쉬운 문제가 어렵게 풀릴 일도 없다.

그들의 오랜 횡포에 반작용이 시작된 Me Too 운동

오랜 관행에 나 역시 당했던 적이 있었다며 용기를 낸 양심 고백과 선언

또다시 우리 사회가 이들을 보호해 주지 않고 수많았던 양심선언 내부 고발들이 경험했을 역차별의 시간들로 시곗바늘을 거꾸로 돌려질까 하는 일말의 불안한 의구심들로 우리 사회는 배신의 홍역을 앓고 있다.

오늘날의 리더쉽이 허물어지게 된 이 현상은 피라미드 구조 상층부의 붕괴를 의미한다. 자조적으로는 위에 다 삿대질하며 "너나 똑바로 하세요!" 할 것인가 아니면 민중의 힘으로 아래를 내려다보며 "너 똑바로 해!" 할 것인가, 이제 우리는 선택해야 한다. 인내천(人乃天)이라 백성이 하늘이라고 하지 않았던가?

분노는 좌절을 잉태하는 것이 아니라, 패배를 넘어 새로운 희망을 세울 능력이 있을 때 분노할 가치가 있다고 하였다.

가치 상실의 혼란 속에 문득 To Me? 하고 나를 돌아본다. Me Too 가 "나 역시 당했다"라는 피해자 동질성 고백이라면 나는 또 어떠한가? 라고 To Me의 성찰의 시간을 갖게 한다. 나도 생물학적 남자이니 권력

자인 것이다. 집안 권력이야 마눌에게 양보하고 내려온 지 오래인 마당쇠일 뿐이고 사회적으로는 이미 잊혀진지 오래 일 것이니, 권력이 존재할 리 없고 단지 생물학적 권력만 남을 뿐이다. 그나마 세월 지난 녹슨 권력이라 휘두를 힘도 없다. 그러나 내 지난 시간 남자라는 이유로 상대에 대한 차별과 업심 여김이 없었을까? 결코 자유로울 수 없다 할 것이다.

성찰과 반성의 시간 속에 오늘의 현상을 지켜보며 본질적 Me Too 운동에 동의 지지한다. 그것이 우리 인류가 여성에 대하여 암묵적으로 행하여온 수많았던 권력적 폭행에 대한 작은 개선이요 진보를 실천하는 길일 것이다.

누가 뭐라 하지 않았지만 스스로를 점진적 합리적 미래를 지향하는 따뜻한 시민의 한 사람이라고 생각하며 살아왔다.

오늘 이 릴레이 고백의 사회현상의 끝이 어떻게 결말날지 아무도 모른다.

또 가해자들의 말로가 어떻게 될지도 아무도 모른다. 단지 모든 상식이 인간의 소중한 양심에서 기인한다면 사필귀정 우리 사회가 수긍하는 결론을 내어야 할 것이다.

그러면서도 의구심 하나는 끝내 지워지지 않는다.

생물학적 약자인 여성이 진짜 약자인 것인가?

묻고 싶다. Me Too and To Me?

순서가 바른 문장인가?

− 골똘한 달마 −

쓰기를 멈추며

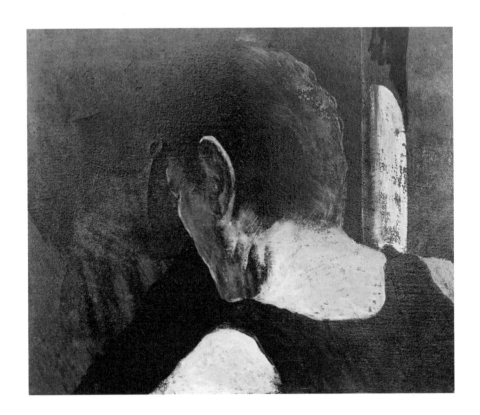

하릴없이
주절거렸다.

영양가 없는 이야기
별 감동 없는 시골살이 신변잡기를
뜬금없이 지껄이다.
제풀에 지쳐버렸다.

머릿속은 백지처럼 창백해지고
생각은 나지 않는다.

그칠 때가 된 것이다.
쓸 말도 할 말도 없어진 것이다.

창백한 각성(覺性)
백면서생(白面書生)이나마
말하며 살리라 하였으나,

없는 지식과 지혜가 마른 옹달샘
바닥을 긁고 있었다.

"할 말은 태산 같으나 이만……!"

성숙해진 날
다시 뵐 수 있기를 기대하며

- 졸고(拙稿) 종 치는 달마 -

풀 뽑는 남자

초판 1쇄 인쇄 2018년 03월 06일
초판 1쇄 발행 2018년 03월 12일

지은이 신상현
펴낸이 김양수
표지 디자인 신상현   **본문 디자인** 맑은샘   **교정교열** 박순옥
펴낸곳 도서출판 맑은샘   **출판등록** 제2012-000035
주소 (우 10387) 경기도 고양시 일산서구 중앙로 1456(주엽동) 서현프라자 604호
대표전화 031.906.5006   **팩스** 031.906.5079
이메일 okbook1234@naver.com   **홈페이지** www.booksam.co.kr

ISBN 979-11-5778-271-0 (03800)

＊이 책의 국립중앙도서관 출판시도서목록은 서지정보유통지원시스템 홈페이지(http://seoji.
  nl.go.kr)와 국가자료공동목록시스템(http://www.nl.go.kr/kolisnet)에서 이용하실 수 있습니다.
  (CIP제어번호 : CIP2018007563)
＊이 책은 저작권법에 의해 보호를 받는 저작물이므로 무단전재와 무단복제를 금지하며, 이 책
  내용의 전부 또는 일부를 이용하려면 반드시 저작권자와 도서출판 맑은샘의 서면동의를 받아
  야 합니다.
＊파손된 책은 구입처에서 교환해 드립니다.   ＊책값은 뒤표지에 있습니다.